말의 사람

글의 사람

말의 사람

글의 사람

이재영 지음

아침의
정원

나는 말 잘하는 사람일까, 글 잘 쓰는 사람일까? 사실 어느 것에도 자신 있게 답할 주변머리는 되지 못한다. 나는 이러한데, 주위에는 말 잘하고 글 잘 쓰는 사람들이 넘쳐나니 그저 부러울 수밖에 없다. 이따금 작정하고 말을 좀 하고 돌아온 날이면 어김없이 그 말만큼은 하지 말았어야 했는데, 혹은 왜 이 말을 해주지 못했을까, 하는 후회를 한다. 부지런히 SNS에 댓글도 달아보고 사진도 올리지만 대부분 시간과 함께 잊힌다. 나의 말과 나의 글을 어떻게 좀 해보자는 결심을 하지만, 매일매일 말과 글의 홍수 속에 살기에 그 넘쳐남으로 포기하게 되는 것은 나만의 문제일까? 그래도 말 잘하고 글 잘 쓰는 것만큼 살아가는 데 도움 되는 것은 없다.

이 책은 '말과 글의 힘'이 공감을 자아내는 힘 이외에 우리의 젊음을 지속시켜주는 힘이 있음을 말하고자 한다. 젊음의 묘약으로 우리는 주름을 펴주고 피부를 밝게 하는 화장품을 비롯해서 노화를 방지하는 수많은 약들을 알고 있다. 그러나 이런 약들과 달리 말과 글에도 젊음을 유지할 수 있는 시간을 조절하는 능력이 있다는 것을 밝히고 싶다. 말은 우리의 현재를 지속시켜 주고, 글은 우리의 시간을 영원으로 인도한다. 그러니 우리는 말과 글로 현재에 머물며 우리의 현재를 불변의 것으로 바꿀 수 있다.

이 책은 또한 말과 글의 달인들을 소개하고, 그들의 성공과 실패를 들여다보아 타산지석으로 삼고자 하는 사람들과 함께하고자 한다. 똑 같은 일을 하는데도 말을 잘하는 사람과 글을 잘 쓰는 사람은 어떤 식으로 일을 전개하고, 어떻게 성공했고, 어떻게 어려움을 겪었는지를 살펴보는 것이다. 사람들을 선동하여 전체주의로 나간 정치 지도자, 종교개혁을 주도한 개혁가, 창의성으로 세상을 바꾼 사람, 사상가들, 예술가, 과학자, 이런 사람들도 어떤 이는 말을 잘했고, 어떤 이는 글을 잘 썼다. 말을 잘하는 사람이 빛나는 순간이 있고, 글을 잘 쓰는 사람이 빛나는 순간이 있으니, 이를 살펴보며 우리 스스로의 빛나는 순간을 찾아보는 것은 어떨까 한다.

또한 말을 잘하는 사람 이전에 말과 관련된 이상 증세들, 예컨대 말더듬이나 심한 사투리 억양과 같은 것을 극복한 사람들의 사례를 보면서 우리의 언어생활을 개선해보는 것도 좋을 것 같다. 글을 쓰는 사람들의 텍스트를 이해하거나 지어내는 능력, 문해력과 문장력을 살펴보면서 이것을 증대시키는 것으로 자기만의 세계와 강점을 구축하는 부분을 살폈

다. 또한 글쓰기의 이상 심리인 불록 현상과 하이퍼 그라피아^{hypergraphia}를
보고, 이를 극복하는 노력도 살펴보았다.

마지막으로는 말 잘한다거나 글 잘 쓴다는 말이 욕이 되는 경우를 종
종 접하면서 어떻게 하면 말과 행동, 글과 행동이 일치하는 인생을 살아
갈 것인가를 고민해보았다. 오늘날 존경 받을 위치에 있는 지도자들의
언행불일치는 사회를 어지럽히는 가장 큰 이유가 되고 있으니, 이를 경
계하고 작은 실천이라도 한다면 비록 달변이 아니고 작가가 아니더라도
우리의 인생에서 망언이나 필화로 고생하는 일은 줄일 수 있지 않을까?

말과 글에 관련해서 수많은 좋은 책이 나와 있는 현재, 이 분야에 글을
쓴다는 어리석은 일을 저질렀다. 이 모든 것은 말로 시작되었다. 어느 종
교모임에서 강연을 하게 되었는데, 초대교회를 일군 사도 중에 어부 출
신의 베드로와 학자 출신의 바울을 놓고 비교를 하던 중, 베드로는 말의
사람이고 바울은 글의 사람이란 말을 한 것이 화근이었다. '말의 사람 글
의 사람'이란 제목은 그 자리에서 만들어졌고, 말 안 하는 사람 글 안 쓰
는 사람은 한 명도 없기에 이 제목이 만들어놓은 광활한 고원을 헤매고
말았다. 언어학의 높은 영역과 현대 철학자들의 난해한 개념은 말에 대
해 함부로 말하지 말라는 겁박을 주었고, 글로 생활하는 글로생활자들
의 어마어마한 문장들은 글에 대하여도 할 말이 없게 만드는 것이었지
만, 용기를 내어 말과 글, 그리고 행동이 일치하는 사람을 향해 생각을
다듬어보았다.

어느 날 문득 경험한 얼치기 하이퍼 그라피아 증세로 인해 글은 순간에 다 썼지만 다듬는 과정은 한없이 고통스러웠고, 그 고통은 너무나 많은 훌륭한 책들로 인한 것이었다. 그러나 말의 사람의 인생을 뒤지는 순간은 너무나 행복했다. 글의 사람의 인생을 뒤지는 과정은 그들이 겪는 건강의 문제들로 마음이 아렸다. 또한 성직자 같은 리추얼^{ritual}을 바라보면서 불멸을 탄생시키는 글쓰기는 인생 자체를 바치는 인신공양적인 것이구나, 하는 생각을 하게 해주었다.

　우리 모두는 말도 하고 글도 쓰고, 각기 다른 말의 사람과 글의 사람들을 갖고 있을 터이니, 그들을 살피면서 우리를 돌아보는 저마다의 즐거운 탐험이 시작된다면 좋겠다.

차례

7장 흉내 내기의 비밀 ———

1장

/

젊게 오래살기

깡충거미의
춤 ─

거미줄을 치는 거미는 대단한 공간 설계사
다. 공중에 그물을 치고 날아다니는 곤충을 잡아먹는다. 그런데 이렇게
거미줄을 치는 거미줄거미들만 있는 것이 아니다. 깡충거미는 거미줄을
치는 대신 점프력을 키웠다. 날아다니는 먹이를 발견하면 있는 힘껏 뛰
어올라 먹이를 잡는다. 그래서 거미줄거미와 달리 시력이 좋다. 깡충거
미의 눈은 요즘 나오는 휴대폰의 카메라 렌즈 같다. 가운데 두 개의 큰
눈이 있고, 그 옆에 작은 눈이 있어 전방에만 네 개의 눈을 자랑한다. 흡
사 외계인 같다. 깡충거미는 성질이 일반적으로 사나워서 다른 깡충거
미들과 만나면 목숨을 걸고 싸움을 한다. 거미 싸움을 즐기는 사람들도
있다. 이들은 조개껍질 안에 거미를 담아 다니면서 싸움을 시킨다. 거미
의 체력을 보충한답시고 모기를 잡아 먹이기도 한다.

호전적인 깡충거미는 짝짓기도 매우 위험천만한 방식으로 한다. 암컷

깡충거미는 수거미를 만나서 맘에 들지 않으면 즉석에서 잡아먹어치운다. 그래서 수거미는 목숨을 걸고 사랑 도박을 한다. 목숨을 보존하려면 암거미의 맘에 들어야하는데, 이를 위해 이들은 본능적으로 희한한 행동을 하게 되어 있다. 바로 현란한 춤을 추는 것이다. 수놈 깡충거미는 멀리 떨어져 춤을 추면서 암거미의 동태를 살핀다. 긴 다리 두 개를 하늘로 치켜세우고는 지휘자가 지휘를 하듯이 리드미컬하게 휘젓고 박자에 맞추어 서로 부딪친다. 그리고 배를 접어 하늘로 향하게 하고는 부채를 흔들 듯이 흔든다. 춤이 현란하면 할수록 암거미는 수거미의 접근에 관대하다. 그러나 언제든지 암거미는 수거미의 몸에 독니를 꽂을 수 있기에 수거미는 거리가 좁아질수록 더욱 현란하게 춤을 춘다. 그리고 일정한 거리에 접근하면 갑자기 몸을 떨면서 진동하기 시작한다. 이 진동은 암거미에게 최면을 걸어 기절시키려는 수작이다. 진동이 격렬해지면 암거미는 실신을 한다. 이때 수거미는 잽싸게 암거미에게 달려들어 씨를 넣고는 뒤도 돌아보지 않고 도망친다. 이 와중에 암거미가 깨어나면 바로 즉석요리가 되고 말기 때문이다.

깡충거미는 목숨을 걸고 춤을 추며 접근하고 마침내 최면을 건다. 최면은 상대방을 꼼짝 못하게 하는 기술이다. 심리학자들은 이것을 라포르rapport를 건다고 한다. 우리는 라포르를 신뢰관계의 뜻으로 사용하지만 원래 라포르는 최면술사와 상대 사이에 생기는 일방적인 심리적 교류를 의미했다. 그러나 점차 상호 심리적 교류로 확대되어 사용되고 있다. 이제 라포르가 생겼다는 말은 서로 마음이 통하고 감정교류가 원활하여 공감하는 상태를 말한다.

라포르가 생기는 것은 의도하지 않은 우연한 끌림으로도 가능하지만, 종종 깡충거미가 보이는 바와 같은 엄청난 저돌적 행동과 노력을 요구하기도 한다. 공감능력이 최고의 능력으로 인정받는 시대, 우리는 과연 어떻게 깡충거미보다 더 뛰어난 라포르의 대가가 될까? 공감의 결여는 젊음의 상실을 의미하는 다른 말이고, 꼰대라는 국제통용어를 만들었다. 적어도 꼰대는 되지 말자는 다짐을 하는 시대, 라포르를 위한 깡충거미의 현란한 춤과 진동은 결국 우리의 말과 글이 아닐까? 공감은 소통을 요구하고 소통은 말과 글로 이루어지니, 우리는 지금보다 조금이라도 더 나은 말의 사람, 글의 사람이 되기를 바란다.

누구라도 청춘으로 살아갈 수 있다 —

100살의 노인이 용감하게 양로원의 창문을 넘었다! 답답하고 무료한 양로원 생활을 탈출하기 위해 창문을 넘은 알란은 어린 시절 폭발물을 갖고 놀기 좋아했던 화려한 과거를 가지고 있는 100살의 노인이다. 요나스 요나손 Jonas Jonasson, 1961~은 양로원의 따분한 일상을 결별하는 일로, 그저 창문을 열고 밖으로 뛰어내린 노인을 주인공으로 삼아 100세 이후의 삶이 얼마나 흥미롭고 진진해질 수 있는지를 재치 있게 보여준다. 젊은 주인공 알란은 과학자들이 쩔쩔매는 문제들을 그의 폭파 기술로 해결하곤 했는데, 원자폭탄을 만드는 오펜하이머 Robert Oppenheimer, 1904~1967의 문제를 해결해주기도 했고, 우주 프로그램의 문제도 해결해주었다. 그런 그가 양로원의 무료함을 떨쳐내기 위해 창문 넘어 거리로 나섰고, 그리고 슬쩍 훔친 트렁크로 인해 수많은 사건을 경험하게 된다. 구부정한 노인은 이제껏 그가 해결해온 방식으로 자신의 모든 지혜를 써서 난처한 상황들을 헤쳐나가려고 애를 썼다. 문제 속으로 뛰어든 노인에게 100세는 그저 숫자일 뿐 그는 문제해결을 위해 요청하는 대로 움직인다. 규칙이나 목적이 이끄는 사람이 아니라 문제가 이끄는 삶이다. 그를 문제 속으로 끌어당긴 것은 그저 트렁크 하나다. 소설은 유쾌하고 기발한 전개로 우리를 즐겁게 해주고, 우리는 주인공인 100세 알란에게서 삶의 열정과 희열을 느낀다.

소설 속에만 100세 노인의 활약이 있는 것은 아니다. 요즘 심심치 않게 맹활약을 하는 100세 즈음의 울트라 슈퍼실버들이 있다. 이들 덕분에 그 연세에 달한 사람들의 삶의 민낯을 보게 된다. 가난한 시절, 에세이를 읽으며 인생을 고민하게 해주었던 김형석 교수는 어느덧 100세가 되어 『100살을 살아보니』라는 에세이를 냈다. 책에서도 그렇지만 그가 보여주는 백 세 노인의 삶은 생각보다 활기차다. 오히려 젊은이보다 더 바쁘고, 많은 사람을 만나고 있다. 연애에 대한 이야기도 하신다. 역시 사랑은 뇌가 하는 것이 맞는 것 같다.

사회주의 경제를 주장하다가 펜실베이니아 대학에서 교수직을 박탈당했던 스콧 니어링 Scott Nearing, 1883~1983은 아나키스트로서의 삶을 지향하기 위해 척박한 산속으로 들어가 생활한다. 요즘 TV에 나오는 〈나는 자연인이다〉의 주인공들이 대부분 혼자 사는 것과 달리, 그는 아내와 함께 들어가 땅을 일구고 벌을 키운다. 자급자족을 완성하고, 저술과 강연을 하며 살았다. 니어링 부부의 삶의 방식과 사상을 보기 위해 수많은 사람들이 환경의 성지처럼 버몬트를 찾았다. 그는 100세까지 열정적으로 활동했고, 누구보다 자연을 사랑했다. 그리고 100세 생일 일주일 전부터 곡기를 끊고, 아내의 무릎을 베고 죽었다. 그는 자연을 사랑했기에 청춘 같았다.

이런 장수 노인들의 이야기를 듣다 보면 육체의 나이와 정신의 나이는 다를 수 있다는 것, 특히 육체가 쇠락할지라도 젊음을 유지하는 건 가능하다는 생각이 든다. 자연을 사랑하거나 강연을 들어주는 청중을 사랑하거나, 무엇인가 사랑하는 일과 대상이 있기에 이들은 건강하게 나이를 잊고 살아간다. '노년의 사랑' 하면 괴테^{Johann Wolfgang von Goethe, 1749~1832}를 빼놓을 수 없다. 노년의 괴테가 요양을 위해 온천욕을 하러 마리엔 바트에서 묵었던 때, 집주인의 손녀인 열아홉 살의 앳된 울리케 폰 레베초에게 연정이 싹텄다. 일흔네 살의 괴테는 얼마나 그녀에게 빠져들었는지, 마침내 체면을 몰수하고 열아홉의 울리케 폰 레베초에게 구혼을 한다. 여관집 주인 가족의 반대와 친척들의 반대, 그리고 울리케의 거절을 받은 괴테는 말할 수 없이 상심한다. 그러나 괴테는 거절로 인한 좌절을 「마리엔 바트의 비가」라는 작품으로 남겼다. 사랑에 빠진 노인을 어찌 노인이라 할 수 있을까? 그의 마음은 나이를 잊고 젊음의 열정으로 가득했다. 가슴 설레는 대상이 있는 노인은 청춘이다. 그 대상을 향한 사랑은 알란처럼 창문을 뛰어내리게 하기도 하고, 김형석 교수처럼 수많은 강연을 마다않고 달려가게 해준다. 스콧 니어링처럼 자신을 버린 대학을 원망하기보다는 자연으로 돌아가 자연을 살리는 데 헌신하게 한다. 그러면서 100살까지 살아간다.

그래서 사랑은 젊음의 상징이다. 사랑은 빠져드는 것이고, 동시에 생산하는 것이다. 그래서 학문에 빠져들건 애국심에 빠져들건 사회의 공공선에 빠져들건 아름다움에 빠져들건 그 대상은 무수하나 그 양상은 동일하다. 사랑은 사랑하는 대상과의 공감을 요청하고, 사랑의 대상과 더불어 창조한다. 그래서 창조와 공감은 젊음의 묘약이다. 육체적으로 젊다하여도 공감능력이 없고, 창조할 아무런 대상도 없다면 그의 정신은 한없이 늙었다. 그러나 육체는 비록 쇠락하여 빠르게 달리지도 못하고 눈도 침침하고 잘 들리지 않아도 사랑할 대상이 있고 대상과 공감한다면, 그는 젊은이다.

청춘은 정말 찬미할 정도로 아름답다. 1930년대, 『폐허廢墟』 동인으로 활약했던 작가 민태원閔泰瑗, 1894~1935은 식민의 어두움이 짙어가는 시대에 조선의 청춘에게 인류의 새로운 역사를 써내려갈 피와 새 시대를 만들어낼 이상을 품을 것을 권했다.

> 청춘! 이는 듣기만 하여도 가슴이 설레는 말이다. 청춘! 너의 두 손을 가슴에 대고 물방아 같은 심장의 고동을 들어 보라. 청춘의 피는 끓는다. 끓는 피에 뛰노는 심장은 거선巨船의 기관같이 힘 있다. 이것(끓는 피=정열)이다. 인류의 역사를 끌어온 동력은 꼭 이것이다.

가슴속에서 방망이 치는 심장을 거선의 기관으로, 인류 역사를 끌어온 동력으로 묘사하는 이 글에서 우리는 청춘이 얼마나 소중하고 부러운 것인가 생각하게 된다. 문제는 모두가 청춘을 지금 보내고 있거나 이미 보낸 상태라는 것이다. 그러나 청춘의 시간이 지났어도 우리는 여전히 거선의 기관 같은 심장을 가지고 역사를 꾸려가고 있다. 민태원은 청춘의 증거로 이상理想을 꼽는다. 이상을 찾아 설산으로 나아간 젊은 싯다르타Gautama Buddha, B.C. 563경~B.C. 483경의 모습에서 그는 청춘을 보았다. 정열과 이상은 청춘을 청춘답게 만든다고 했다.

청춘은 과연 그의 말처럼 이상에 도전하는 열정으로 정리될 것이다. 그러나 나이가 들어가면서도 이상을 향한 열정을 간직해 나갈 수 있을까? 대부분의 사람들은 살아온 날과 살아갈 날의 길이를 재면서 하루하루 이상을 현실로 대체하고 열정을 경험으로 대체한다. 그리고 청춘은 육체적인 젊음 이상도 이하도 아니라고 생각한다. 바로 여기서 '꼰대'가 탄생한다. 이상을 잃은 현실주의자에게 다 해보았다는 경험 충만한 사람이 보여주는 행동은 꼰대를 넘어설 수가 없다. 남의 이야기는 현실을 몰라서 하는 말이고, 경험이 없으니 안 되는 것을 된다고 우기는 것이라 폄하한다. 그래서 가르쳐야 하고 고쳐놔야 한다고 여긴다. 당연히 상대방에게 명령하게 되고 공감 없는 매뉴얼 읽기식의 대화를 하게 된다. 그가 제아무리 슬로우 에이징의 묘약을 먹고 주름살 하나 없는 피부를 간직하고 있어도 사람들은 금세 꼰대를 가려낸다. 젊은 척하는 꼰대는 더 보아주기 어렵다.

얼굴에 주름이 가득하고 등이 굽었어도 젊음을 간직하게 해주는 묘약은 이상과 현실 사이, 열정과 경험 사이를 방황하는 꼰대와 선생의 어느 지점이 아니다. 바로 '공감과 소통'이다. 공감과 소통은 젊음의 묘약이다. 젊은이들과 대화를 하다가 간혹 듣는 최대의 칭찬은 이것이다.

"선생님, 귀여우셔요."

귀엽다는 표현은 어린아이에게나 하는 말인데 요즘 사람들은 어느 정도 소통이 되고 공감이 되면 이런 말을 즐겨 쓴다. 귀엽다는 말은 젊음을 넘어선 감정이기에, 이미 나이를 초월한 것이다.

오늘날 젊으나 완고한 꼰대들의 기본은 공감과 소통의 부재다. 그들은 대부분 이상에 충만하고 열정이 지나치다. 그래서 자기의 이상과 조금만 다르면 고함을 치고 나쁜 말을 서슴지 않는다. 상대방을 헤아리지 않으면서 어떻게 공감을 바랄까? 어떻게 소통이 일어날까?

만일 「청춘예찬」을 쓴 작가가 2020년대에 수필을 쓴다면 분명 다른 글을 쓸 것 같다. 청춘의 심장을 이야기하면서 오히려 뜨거운 피보다는 따스한 공감을 말할 것이고, 그 공감력이 거선의 엔진처럼 큰 배를 움직일 것이라고 하지 않을까? 그리고 청춘의 특징으로 이상을 말하며 홀로 설산으로 들어간 석가모니보다는 천국을 말하기 위해 갈릴리호수에 나타나 천국을 비유로 말하던 예수를 예로 들었을지도 모른다. 이제 젊음의 묘약에는 이상과 열정이란 두 개의 성분에 내성이 많이 생긴 탓에 효과가 크지 않다. 오히려 이상과 열정은 젊은이들에게 너는 왜 이상이 없니, 너는 왜 열정이 없어, 하면서 꾸짖는 꼰대들의 회초리가 되었다. 그렇다고 젊어서는 다 흔들리는 거야, 이런 식의 위로도 도움이 되지 않는다. 이미 성공한 사람이 또 다른 꼰대가 된 것으로 위로를 받은 것 같지만 자신의 현실은 아무것도 변하지 않아 더 큰 절망을 줄 수 있기 때문이다.

이제 청춘의 묘약, 젊음의 묘약은 바로 '공감과 소통'이다. 이상과 열정은 자기 자신만의 문제이지만 공감과 소통은 타인을 필요로 한다. 자기 자신에서 타인으로 경계를 넘어설 것을 요구한다. 그 순간 등장하는 타인은 나이로도 열정으로도 이상으로도 다양한 사람이기에 그들을 이해하고 함께할 공동의 지역을 만들어내는 노력이 필수적이다. 이것은 서로 사이에 없던 공감이라는 공간을 만들어내는 창조적인 작업이 필요하고, 그 공간에 서로의 생각을 꺼내놓는 소통의 기술이 필요하다. 공감과 소통은 그런 면에서 매우 창조적인 활동이다. 그 창조의 결과물도 너무나 다양하여 매 순간 고유한 것이다. 영화 〈기생충〉에서는 '그까짓 것 nothing'이라고 폄하할 만한 것들이 공감의 영역으로 들어오면서 매우 특별한 '그 무엇something'이 되기도 한다. 이것은 분명 창조다. 썸씽을 만들어내는 것, 그 창조력은 그것이 무엇이건 젊음의 상징이다. 이상과 열정으로 이루어내는 창조력도 위대하지만, 매일의 일상에서 소소한 만남에서 공감의 공간을 만들어내고 서로가 소통하는 관계의 창조력은 집단지성의 시대에 가장 큰 영향을 미친다. 그런 면에서 한 개인의 위대함에 의존했던 과거와 달리 우리 모두가 공감과 소통의 달인이 될 때, 우리는 적어도 매일 무엇인가를 창조해낼 수 있는 젊음을 소유하게 된다.

공감으로 시간을 넘어서다 ──

인생에 대해 말할 때 흔히 사용하는 탄생과 성장과 죽음, 이 세 가지 표현은 모두 존재와 관련된다. '탄생'은 존재의 시작이고, '성장'은 존재의 작용이며, '죽음'은 존재의 소멸이다. 그래서 숨 쉬고 밥을 먹으면 존재함이 분명함에도 '나는 존재하는가?'라는 질문은 끊임없이 따라다닌다. 데카르트$^{René\ Descartes,\ 1596~1650}$의 존재론의 정의에 따르면 '나는 생각하는 것으로 존재한다.' 그런데 생각 없이 지내는 나날과 순간이 얼마나 많은가? 내가 사는 동안 실제로 생각하는 시간들만 모아본다면 얼마나 될까? 육체적으로는 100세를 살았어도 생각의 시간을 모아보면 고작 20년 혹은 10년을 산 사람들도 부지기수일 것이다. 그렇게 데카르트의 존재의 시간은 엄격하다. 이것을 좀 더 늘려보자면 심리학자들이 발견한 무의식을 동원해야 한다. 의식의 작동만을 '생각한다'로 보지 말고, 무의식의 작동도 '생각한다'에 넣는다면, 가까스로 우리는 "나는 생각한다, 고로 존재한다."라는 말에서 존재의 시간과 물리적 시간을 맞출 수 있을 것이다.

'나는 과연 존재하는가?'라는 질문은 오랫동안 서구인들에게 매우 강박적으로 던져진 질문인 것 같다. 생존이 아닌 실존의 시간을 가늠하는 것은 내가 과연 '나'로서 얼마나 오랜 시간을 점유하는가를 따져보게 된다. 그래서 그 실존의 시간을 늘리는 것에 집착하게 되지만 동시에 우리의 실존의 시간은 생존의 시간을 넘어서지 못할 것이다. 실존의 시간에 우리는 생각하고 그것을 말하거나 글로 씀으로써 타인에게 알리고 공감을 얻고자 한다. 공감은 실존의 시간의 한계인 생존의 시간을 넘어서게 하는 힘을 발휘한다. 따라서 우리는 이미 고인이 된 사람들의 작품을 보면서 그들과 공감한다. 10년 동안 1,000여 점의 작품을 그린 고흐는 생존의 시간에는 전혀 인정받지 못했지만, 그가 죽은 후에 그의 작품은 빛나고 있다. 그의 실존의 시간은 온통 그림을 그리던 활동으로 채워져 있었다.

만일 번지점프를 하면서 공중에 몸을 던지는 것을 실존으로 여기는 사람이 있다면, 그가 허공에서 벅찬 감동으로 '나는 살아 있다!'고 외친다면, 그의 실존의 시간은 얼마나 짧을까. 또한 그는 그 실존을 위해 얼마나 많은 위험에 도전해야 할까. 생존보다 실존을 하자는 이 거창한 구호는 실제 인생을 살아가면서 우리가 얼마나 많은 시간을 생존에 쓰고 있는지를 생각해볼 때, 다소 사치스럽기까지 하다.

생존의 차원에서 보자면 우리의 시간은 육체의 변화와 함께 달라진다. 어린 시절의 시간은 그야말로 천천히 흘러서, 언제나 어른이 될까 조바심을 치게 한다. 그 무료한 시간을 달래려 어린이들은 모여서 놀이로 하루를 보낸다. 땅거미가 지면 동네 마당에서 아직도 놀고 있는 아이들에게 어서 들어오라는 불호령이 떨어지고, 하나둘 아쉬움을 투덜거리며 집으로 간다. 하루가 아주 잘 지나간 것이다. 그러나 놀이마저 없다면 생각하는 시간만큼 존재한다는 데카르트의 정의로 볼 때, 어린이가 깊은 생각에 잠겨 보내는 시간은 얼마나 될까? 육체의 시간과 생각의 시간이 주는 부조화는 존재에 감정을 던진다. 어린이 입장에서는 육체의 시간보다 생각의 시간이 너무나 짧기에 존재의 빈 시간은 무료하기 짝이 없게 된다. 그래서 '심심해'라는 말을 달고 산다. 뭔가 의식을 흔들 그런 이벤트가 필요하다.

나이가 들어가다 보면 살아갈 방도도 생기고 목표도 생기면서 점점 의식의 시간이 길어진다. 점점 눈코 뜰 새 없이 바쁘다는 말을 입에 달고 산다. 그리고 이렇게 바쁘다는 것은 뭔가 앞날에 좋은 일이 생길 것이란 경험적 믿음으로 더욱 강화된다. 이제 할 일이 없거나 생각할 거리가 없으면 불안해진다. 일중독자가 되기도 하고, 자신의 모든 시간은 생존보다 더 차원 높은 실존의 경지라고 굳게 믿게 된다. 그러나 이 일은 정년이란 육체적 시간이 알리는 종소리와 함께 사라진다. 갑자기 자신의 정체성과 일이 소멸되고 나면 다시 우리 인생은 육체의 시간에 비해 의식의 시간이 형편없이 줄어드는 어린 시절로 돌아간다. 어린 시절에는 친구들과 하찮은 놀이를 하면서도 하루를 보냈지만 이제는 그렇게 힘이 넘치지도 않고 놀아줄 친구도 많지 않다. 그 친구들은 모이기만 하면 자신의 과거를 돌아보며 생각에 잠긴다. 노인에게 과거 회상은 가장 편리한 생각거리다. 그러나 그 생각 속에서 새로운 것이 탄생하기는 어렵다. 그래서 오히려 과거라는 미로 속에 들어가 마침내 길을 잃게 마련이다. 그것은 후회와 탄식일 수 있다. 어렵게 과거의 성공과 환희를 떠올리지만 그것을 현재화하기는 어렵다. 이미 흘러간 까닭이다.

육체의 시간, 생존의 시간은 정해져 있다. 실존의 시간은 이보다 짧다. 그러나 사람들은 존재의 시간의 한계를 넘어서고자 한다. 그래서 죽음 이후의 세계를 꿈꾸고, 죽음을 이겨보고자 한다. 죽음을 극복하려고 진시황제 역시 장생불사의 묘약을 찾았다. 그가 찾은 묘약은 죽기 직전의 몸을 부패하지 않도록 보관하는 고대 이집트인들이 찾아낸 방부제가 아니다. 그것은 젊음을 유지하며 세월을 막아줄 젊음의 묘약이었다. 그러나 역사는 그가 죽었으며, 그의 불로불사의 프로젝트가 실패했음을 알려준다. 시안의 진시황릉 근처에 있는 병마용갱兵馬俑坑에는 삶의 실제 크기로 표정까지 제각기 다른 도자기로 만든 병사들과 말이 가득하다. 그는 죽어서 썩어 사라질 육신의 이미지를 담아놓고 비록 지하에서라도 그의 치세를 유지하고 싶었나 보다.

우리는 병마용에서 도자기 병사들을 보면서 진시황제의 꿈을 공감한다. 그의 꿈은 헛되지만 적어도 진지했다. 그래서 우리는 도자기 병사들을 보면서 살아 있는 병사를 상상한다. 그 상상은 도자기를 만들던 사람들과의 공감이고, 그들의 죽음과 생존한 시간의 한계를 넘어선 감정이다. 그래서 공감은 존재의 시간을 뛰어넘는다. 결국 불사의 묘약은 그가 창조한 도자기 병사를 바라보는 공감이다.

작가도 알 수 없는 옛날이야기들이 시간을 초월하여 전해지는 것은 그 이야기에 시대를 초월한 공감의 매력이 숨어 있기 때문이다. 그리스의 영웅들인 신과 겨룬 헤라클레스, 죽음과 다툰 아킬레우스, 운명의 장난과 다툰 오디세우스의 이야기는 아직도 많은 사람들에게 영감과 교훈을 준다. 특히 평범한 인간이나 운명의 장난에 대항하는 오디세우스의 이야기는 누구나 겪는 이유 없는 불행을 어떻게 헤쳐나가야 할 것인지 생각하게 만들어준다. 잘된 스토리는 시간의 한계를 넘는다. 이야기를 만든 사람은 인생의 시간을 넘을 수 없지만, 이야기는 인류의 기억에 남아 공감을 끊임없이 일으킨다. 인류가 가지는 기억과의 공감, 기억과의 소통은 젊음을 넘어 불로장생의 묘약이 아닐 수 없다.

결국 인류의 기억과 공감하는 것은 스토리고, 스토리는 말과 글로 구성된다. 말을 잘한다는 것, 글을 잘 쓴다는 것은 생각의 표현이니, 생각은 말이나 글로 표현되면서 이어지고 창조되는 역동적인 것이다. 말을 한다는 것, 글을 쓴다는 것은 가장 적극적인 생각하기 활동이다.

삶의 의미 부재:
그 지루함과 극복 ━

청춘은 지루할 틈이 없다. 자신의 이상과 열정이 잠시도 가만두지 않기 때문이다. 그러나 사실 청춘도 지루할 수 있다. 자신의 이상이 북극성처럼 도저히 다다를 수 없을 때, 가슴 설레는 열정은 사라지고 일상은 포기와 절망으로 지루해진다. 손목시계의 시간은 물리적으로 쉬지 않고 가건만 우리 마음의 시계는 다르게 간다. 지루함은 마음의 시침이 아주 천천히 갈 때 느끼는 감정이다. 이 감정을 대부분 견디기 힘들어 한다.

사람들은 왜 지루함을 견디는 것을 힘들어 할까? 왜 지루함은 견뎌야만 되는 대상일까? 누구나 지루함으로 괴로웠던 경험이 있기에 그것이 견디기 힘들다는 것은 서로 공감하지만 본인이 견뎌야 했던 지루함의 실체는 각자 다르다. 어린 시절의 지루함은 더욱 견디기 힘든 형벌이다. 틈만 나면 동네 아이들과 어울려 놀이를 하는 것은 지루함을 쫓기 위함이었고, 하늘이 어둑어둑해지고 그만 놀고 저녁 먹으란 소리는 밤의 지루함이 다가온다는 소식이었다. 시간이 정지한 것 같은 기분은 불쾌하고 두렵기까지 하다. 아이들의 놀이는 대부분 불안한 지루함을 즐기는 것으로 구성된다. 술래에게 잡힐 때까지 숨조차 죽이며 숨어 있는 시간 동안, 들킬지도 모른다는 불안감과 더불어 느리게 흘러가는 시간의 감각이 주는 지루함이 압박한다. 이 놀이에서 술래가 하는 역할은 이 지루함과 불안감이 주는 스트레스를 끊어내어 배출시켜 주는 일이다. 숨어 있는 아이를 찾아내거나 결국 주어진 시간을 넘겨 놀이를 끝내는 순간까지다.

25개 국어를 능수능란하게 사용하는 노르웨이의 심리학자 라스 스벤센Lars Svensen, 1970~은 '지루함은 바로 삶을 채우기 위한 끝없는 욕망의 추구가 초래하는 불가피한 결핍'이라고 했다. 또한 '인생이란 존재를 위한 분투이고, 존재 혹은 생존이 보장되었을 때 삶은 지루해진다.'라고 했다. 우리는 주변에서 목표를 세우고 분투하는 많은 사람들을 본다. 그들은 초인적으로 일하고 성공의 사다리 높이 발을 놓고자 안간힘을 쓴다. 한 발 한발 성공으로 나가는 모습은 경이로우며 아름답다. 그러나 그들이 막상 원하는 목표에 도달하여 느끼는 환희는 잠깐이고, 그 상태는 금세 당연한 것이 되어 여러 가지 불만이 생겨나기 시작한다. 입시생들이 그토록 합격을 기원했던 대학에 들어가서 얼마 지나지 않아 실망하는 것도 당연하다. 스벤센은 분명 욕망이 다 충족되고 나면 만족감과 행복감으로 가득 차야 하는데 마치 김이 빠진 탄산수처럼 되어버리는 이 증세를 '욕망을 다 채워도 부족하며, 없앨 수 없는 결핍으로 지루함이 끼어드는 것'이라 말했다.

라스 스벤센의 지루함에 대한 생각과 달리, 우리가 어린 시절 느낀 천천히 가는 시간과 나이 들어가면서 느끼는 빨리 가는 시간 감각은 지루함과 연결되어 있는 것일까? 여기서 다소 겸연쩍은 마음이 들지만 개별적인 지루함을 좀 더 심층적으로 들여다보자는 생각에서, 어릴 적 시간이 정지했던 것 같았으며 매우 고통스러웠던 지루함의 경험을 나누고자한다.

어릴 적 군사분계선 근처 마을에서 자랐고, 당연히 마을에는 아이들이 거의 없었기에 늘 심심했었다. 그 심심함에 덧붙여, 어른들이 일하러 나간 사이 어린아이 혼자 있는 시골집은 아이의 인지 영역에 비해 매우 큰 공간으로 다가와 외로움을 더해주었다. 문제는 이런 대낮에 한센병 환자들이 동냥을 오는 것이다. 당시에는 어른들이 아이들을 겁주느라 한센병 환자들이 병이 나으려면 어린아이 간을 빼먹는다는 말을 해놓은 터라, 이 상황은 숨바꼭질 놀이와는 차원이 다른 생명을 놓고 벌이는 숨바꼭질이 된다. 마루 밑에 숨거나 쌀뒤주에 들어가 있기도 했는데, 나중에 생각해보니 쌀뒤주에 숨는 것은 가장 위험한 일이었다. 한센병 환자들은 밥을 구하러 다닌 것이니, 너무 배가 고프면 쌀뒤주라도 털어야 했기 때문이다. 어쨌든 당시 밀폐된 공간에 숨어서 멀리서 들리는 인기척, 발자국소리를 듣는 동안의 시간은 왜 그리 천천히 흐르는지 거의 정지한 것 같은 느낌이었다. 심장은 쿵쾅거리고 긴장으로 사지가 오그라들고 등이 흔들렸다. 고립되어 아무것도 할 수 없는 상태는 시간이 언제 지나간 줄 모르게 즐거운 순간과는 거리가 멀었고, 너무나 고통스러워 수십 년이 지난 지금도 생생하게 느껴지고 몸서리가 쳐진다.

최근 COVID-19로 인해 자가 격리에 들어간 사람들도 심적으로 많은 어려움을 토로한다. 그들의 괴로움은 격리 자체도 있지만 코로나 바이러스로 인해 생명을 잃을 수도 있다는 불안감이 함께하여 2주 정도의 기간이 몇 년처럼 느껴지기도 한다. 이 느리게 흐르는 시간 감각은 지루함의 요체다.

지루함을 증폭시키는 요인을 고민한 심리학자는 칼 융^{Carl Jung, 1875~1961}이다. 그는 지루한 가운데 경험하는 '의미의 부재'를 언급했다. 정신을 병들게 하는 이유로 개인이 가져야 할 의미의 부재가 큰 요인이라고 했다. 그의 말대로라면 생존을 위한 필수품은 '의미를 향한 의지'다. 빈 출신의 정신과 의사인 빅터 프랭클^{Viktor Frankl, 1905~1997}는 나치 수용소에 감금된 상황에서 살아남은 자와 죽은 자를 가르는 가장 큰 요인으로 '단순한 생존을 넘어 생의 의미를 찾고자 하는 욕구'를 들었다. 그저 단순히 살고자 한 사람보다 자신의 인생의 의미를 찾고자 한 사람들이 모멸스럽고 절망적인 상황에서 그 시간을 견디어내는 힘이 컸다. 돌아보면 마루 밑에서 숨어 있던 어린이가 경험한 지루함은 단순히 살고자 하는 의지였다. 내가 무엇을 위해 살거나 어떤 의미의 인간이 되고자 하는 성찰을 하기에는 너무 어렸기 때문에 이 시간이 길었다면 살아남지 못했을 것이 분명하다. 빅터 프랭클은 '의미에의 의지^{will to meaning}'를 품었을 때 지루함을 넘어설 수 있음을 실제로 체험하기도 했다.

지루함을 견디기보다는 피하기 위한 수많은 방법이 고안되었다. '놀이'는 지루함을 넘어서는 가장 좋은 발명품이다. 그러나 놀이는 종종 정도를 넘어서서 중독의 단계로 접어들게 한다. 게임중독, 도박중독, 약물 중독 등등 수많은 중독 증세가 사람들 사이에 퍼져 있다. 놀이가 주는 쾌락을 통제하지 못할 때 그 놀이에 빠져들어 일상을 잊어버리곤 한다. 그것은 앞서 말한 의미에서 볼 때 의지 상실도 크게 작용한 것이고, 그보다 일차적으로는 인생에 닥쳐온 지루함을 견디기 힘든 마음이 작용한 탓이다. 그러나 일상의 다양한 놀이는 인생을 풍부하게 하고, 기쁨을 던져주며, 새로운 것을 창조하게 하는 힘이 있다. 그래서 지루함을 극복하는 과정에 신선한 창조물이 탄생하게 된다.

지루함을 피하기 위해 '바쁨'을 찾는 사람도 많다. 일정표에 빈칸이 하나도 남아 있지 않으면 마음이 편안해진다. 무료한 시간은 없고, 모든 시간은 일로 가득 찬 것을 바라보는 마음은 흡족하다. 문제는 충만한 바쁨이 만들어내는 결핍들이다. 그것은 대체로 의미의 부재가 만들어내는 결핍이다. 스벤센이 경고한 충만함이 지어내는 결핍이다. 너무나 바쁜 일과를 보내던 어떤 벤처기업의 CEO는 너무나 지쳐서 붉은 신호등 앞에서 차를 세웠다가 깜박 잠이 들어 뒤에 수많은 차가 경적을 울리는 소리에 깨어났다는 이야기를 했다. 얼마나 바빴는지에 대해서는 누구나 한 가지씩 들어보지도 못한 이야기가 있을 것이다. 우리는 간혹 유명 연예인들이 고백하는 공황장애에 놀라곤 한다. 인생에서 거의 모든 것을 얻은 것 같은 사람들이 호소하는 괴로움은 이름을 얻은 것과 함께 남들이 부러워하는 일이 일상이 된 사람에게 찾아오는 의미의 부재, 혹은 이 모든 행운을 한 번에 잃을지도 모른다는 상실의 불안일 것이다.

지루함을 피하는 방법으로 방랑을 빼놓을 수 없다. 평생 근면하게 일한 많은 퇴직자들이 꼭 해보고 싶은 일 중에 마음껏 여행을 하는 것은 빠지지 않는다. 이제 더 이상 일정표는 위안이 되지 않는다. 오히려 텅 빈 일정표가 주는 지루함은 견디기 힘들다. 그러나 여행을 떠나면 익숙지 않은 공간과 문화가 만들어주는 시시각각의 변화로 시간은 가득 차게 되고, 무료함을 느낄 겨를이 없어진다. 눈에 다 담을 수도 없을 많은 풍경이 스쳐지나가고, 다 기억할 수도 없는 음식들을 먹으며, 지루함을 잊는다. 물론 집에서 TV채널을 돌리는 일 역시 자신의 눈길이 스스로의 지루함을 들여다보는 대신 화면이 던지는 정보에 정신을 빼앗겨 몇 시간이 금방 지나가도록 하는 힘과 돈이 들지 않는 '거실 방랑'을 유도한다. TV를 바보상자라고 부르면서도 눈을 떼지 못하는 모습이야말로 우리가 얼마나 지루함을 견디지 못하는가를 입증해주는 것이 아닐까?

그러나 우리는 가끔 지루함의 한가운데로 몸을 던지는 사람들을 발견한다. 속세의 연을 끊고 산중에 거하는 사람들이다. 이 중에는 '무소유'를 가르치며 맑고 향기로운 삶을 살아간 법정스님 같은 분들도 있다. 그는 외로움을 택하고 지루함 속에 들어가서 수많은 사람들의 스승이 되었다. 스님이 하신 말씀은 모두 '지루함'이 내어준 것이다. 그는 아마 '삶의 의미로의 의지'를 불태웠던 것 같다. 그의 수필집에서, 선물 받은 난초 하나를 놓고 고민하는 모습을 보면 그가 얼마나 세세한 일상과 사물에 마음을 다잡아갔는가를 알 수 있다. 그는 자신의 삶이 의미로 충만하기를 바랐고, 그것은 시간을 초월한 가치였기에 지루함이나 바쁨은 본시 고려의 대상이 되지 않았다. 그는 자신에게 주어진 의미의 한계를 탐험하기 위해 지루함에 몸을 던졌다. 그리고 그 한계가 지어낸 닫힌 세계에서 충만할 수 있었다. 그는 자체로 완성된 하나의 모나드monad, 모든 존재의 기초가 되었고, 그 고유성으로 사람들에게 맑은 울림이 되었다. 선생은 그렇게 울려야 하는 사람이다. 그 지루함 속에서 버리고 버려 마침내 아무 것도 소유하지 않아도 남는 것, 바로 자신을 발견했고, 그것이 삶의 의미였다.

지루함은 우리에게 의미를 찾지 못하고 그저 살아가는, 생존하는 인생이 허다하게 많다는 것을 알려준다. 텅 빈 공간은 지루함을 던져준다. 텅 빈 것은 무의미하다고 느끼게 한다. 이것에 무엇인가 나의 것들을 채워놓아야 비로소 공간은 나의 것이 된다고 생각한다. 그러나 그 나의 것들을 버려내는 것으로 나를 찾은 스님의 가르침은 텅 빈 공간을 사물로 채우는 것이 아니라 보이지 않는 나의 의지 혹은 자유로 채워내야 하는 것을 알려준다. 과연 우리는 무한 차원의 지루함을 의미의 생산기지로 만들 수 있을까?

혹시 타고난 미니멀리스트로 누구보다도 텅 빈 공간을 유지하고 살아갈 자신이 넘치더라도, 텅 빈 공간이 우리 정신의 자족과 풍요를 대변하지는 않는다. 간혹 우리는 이 텅 빈 정신의 공간을 남의 이야기로 가득 채우는 경우가 많기 때문이다. 성공한 사람들의 비법을 듣기도 하고, 명사의 잘 정리된 감동적인 강연을 듣기도 한다. 드라마를 보면서 눈물을 흘리기도 하고, 가수가 된 것처럼 일어서서 큰소리로 노래를 부르기도 한다. 그러나 이런 감동으로 마음을 채우고 채워도 더 크게 일어나는 결핍은 무엇일까? 그것들이 결코 내 이야기가 될 수 없기 때문이다. 수많은 감동과 결심을 해도 변하지 않는, 이 강고한 자기 자신을 어찌 하지 못하는 무력감은 우리를 절망시키고 더 큰 지루함으로 던진다. 그러나 이 지루함은 남의 인생을 흉내내고 부러워하는 허영을 깨트릴 가장 강력한 도끼다. "이제 스스로의 인생을 살아가야지."라고 지루함은 단호하게 말한다. 이때 우리는 N차원의 지루함의 공간에서 비로소 자신의 이야기를 시작하게 된다. 이 이야기의 결말은 오직 지루함의 주인공, 자신만이 알 것이다.

지루함은 '삶의 의미로의 의지'를 갖는 정도에 따라 형벌에서 창조력으로 바뀐다. '의미'를 붙잡는다면 지루함은 우리에게 불안과 권태보다는 '즐거움'을 더해준다. 그리고 성찰의 습관을 들이도록 해주어 우리의 영혼에 아름다운 결을 지어준다.

지루함의 얼음장을 깨트리는 도끼 ──

'의미 없음'은 지루함으로 연결된다. 의미 없는 시간의 흐름은 우리의 영혼에 어떠한 결도 만들어내지 못한다. 마침내 영혼은 생기를 잃어가고 서서히 병들어간다. 몸의 건강을 지켜내는 항체가 있듯이 영혼의 건강을 지켜내는 무기도 필요하다. 무시무시한 맹수와 싸워 이긴 우리의 먼 조상들은 생존을 위해 도구를 개발했고, 무기를 들고 맹수를 처단했을 때 그들은 살았다는 감정을 넘는 희열을 느껐다. '무의미'는 맹수처럼 우리의 영혼을 삼키려고 달려든다. 만일 우리가 무의미라는 맹수와 싸워 이겨낸다면 이것은 고대인들이 경험한 그 짜릿한 생존경험과 일치할 것이다. 무의미와의 싸움은 치열하지만 지루함은 그 싸움 자체를 포기하게 하여 스스로 자멸하게 하는 인식이다. 무의미와 싸울 때 쓰는 무기는 무엇일까?

무의미한 지루함 속에서도 유지되는 것은 기본욕구다. 식욕과 성욕, 수면욕 같은 것은 종종 균형을 잃지만 이 모두를 상실하기는 쉽지 않다. 그런데 가만히 들여다보면 이 모든 욕구는 창조욕망에 연결되어 있다. 생존을 위해 필요한 식욕과 종족을 번식시키기 위한 성욕을 채우고 나서 그저 늘어지게 자는 수면욕에 빠진다면 벌건 대낮에 낮잠을 즐기는 사자무리와 다를 바가 없다. 그러나 우리는 수면욕보다 차원이 높은 창조의 욕망에 집중한다. 동굴벽화를 그렸던 사람들은 그 깊은 지하 동굴을 찾아들어 어둠 가운데 횃불을 들고 낮에 잡았던 동물을 그려 넣으며 사건을 기록하고 의미를 담았다. 창조의 욕구는 이렇게 뿌리가 깊다. 이것이야말로 무의미의 지루함을 견딜, 오랜 잠을 자는 수면욕과는 차원이 다른 욕구다. 그런 면에서 창조력은 무의미와 지루함을 깨뜨리는 망치가 아닐 수 없다.

고요히 지루함을 들여다보는 것은 창조력을 일으키기 위한 기본이다. 이제 오히려 지루함으로 더 들어가 본다. 그러면 무의미의 한가운데 잔잔한 상념의 파도가 일어난다. 갑자기 단어가 등장하고 그 단어는 수많은 이야기를 들추어낸다. 조금만 지나도 온갖 생각으로 가득 찬 상태가 된다. 문제는 그 수많은 생각이 들끓는 가운데 우리는 또다시 깊은 무의미함을 발견하는 것이다. 생각은 부서져 있고, 연결은 제대로 안 되고, 서로 반대되어 으르렁거린다. 지루함의 고요, 혹은 깊은 낮잠보다도 더 혼란한 상태가 된다. 차라리 생각을 말 것을, 하는 후회가 생겨난다. 그래서 이런 생각들을 쓸어버리는 도구로 단어 하나를 붙잡으라는 조언을 한다. 바로 화두話頭다. 상념의 바다에 말머리 하나를 던져놓고 연관지어 일어나는 수많은 생각을 하나하나 지우고 다듬는 과정에서 우리는 무의미의 바다를 헤쳐 나올 수 있다.

　오늘날 명상의 효과를 인정하는 사람들이 점점 늘어가는 것은 상념의 바다를 흔드는 정보의 양이 많아지는 것과 연관된다. 베르나르 베르베르Bernard Werber, 1961~와 같은 베스트셀러 작가도 하루 일정한 시간을 고요한 명상으로 머리를 비워내는 것을 소중하게 여긴다. 역사학자 유발 하라리Yuval Noah Harari, 1976~ 역시 어떤 동양의 명상 스승이 가르쳐준 방식으로 명상을 하고 그 효과를 말한다. 이들이 특정 종교인이어서 행하는 것은 아니다. 많은 서구인들이 동양인들의 정신 수련을 따르는 것은 무의미를 극복하기 위해 치열한 의미탐구의 끝에서, 그들이 겪는 상념의 파도가 던지는 더 큰 무의미의 세계를 본 까닭이다. 동양인들은 오래전에 이미 무의미의 의미를 알아차렸고, 그것의 모순을 극복할 마음 다스리는 기술을 익혀왔다.

　명상은 외부와의 교류를 끊고 마음속의 생각을 정리하는 과정이다. 정리는 하나의 단어 '화두'를 붙잡는 것으로 시작한다. 물론 유발 하라리 같은 사람들이 하는 명상은 '알아차림'이란 방식으로, 자기 자신을 들여다보면서 무엇을 의식하고 있는지를 의식하는 것이다. 숨을 들이마시면 들숨이라 하고 내쉬면 날숨이라고 한다. 지금 아무런 생각을 하지 않더라도 자기가 인지하는 몸의 변화를 인식하는 것이다. 이와 같이 끊임없는 알아차림은 다른 생각이 파고들 여지를 제거하면서 의식의 정돈을 가져다준다. 화두로 정리가 되었든 알아차림으로 정리가 되었든 명상을 하면서 얻어진 마음은 평상시의 마음과 다른 새로운 상태의 마음으로, 우리는 이렇게 마음을 새롭게 창조할 수 있다는 것을 명상 체험가의 증언으로 알 수 있다. 새로운 마음이 창조되는 것은 겉으로 볼 때 아무런 변화가 없고, 어쩌면 아무 일도 하지 않고 조용히 숨만 쉬고 있는 게으름으로 보일 것이다. 이러한 '정지'는 창조에 필요한 순간이다. 애벌레가 날개를 단 나비가 되기 직전에 우리는 이러한 정지를 바라본다. 바로 번데기가 되어 배추이파리에 매달린 상태다. 이때 번데기의 모습은 장차 등장할 나비의 어떤 이미지를 갖고 있다. 우리는 이것을 이마고^{imágo,} 주관적 느낌이 가미된 시각적 표상라고 부른다. 이집트 피라미드에서 발견된 왕들의 시신을 담은 관에는 생전의 왕의 이미지를 담은 조각이 새겨져 있다. 젊은 날에 죽은 비련의 왕 투탕카멘^{Tutankhamen}의 조각은 아름답기 그지없다. 죽음을 덮은 생전의 모습이 관의 이마고라면, 번데기는 애벌레가 장차 이룰 나비의 완성된 모습의 이마고이다. 그 속에서 죽은 듯 움직이지 않는 애벌레는 신경조직 몇을 남기고 모든 부분이 변하는 엄청난 변신을 이룬다. 배춧잎을 갉아먹던 게걸스런 입은 꿀을 빨아들일 긴 관으로 바뀌고, 등에는 없던 날개가 돋는다. 공중을 날아야 하니, 이파리에 붙어 있던 시절과 완전히 다른 시각 능력을 얻기 위해 전혀 다른 눈동자를 갖게 된다. 이 모든 변화는 번데기 안에서 소리 없이 이루어진다.

  명상은 고요한 가운데 일어나는 엄청난 변화다. 이전의 마음이 애벌레였다면 이후의 마음은 나비가 되어, 면을 달리던 2차원의 생각은 하늘을 날아오르는 3차원의 생각으로 차원의 변화를 이룬다. 창조는 이와 같이 철저히 내부적이어서 겉으로 드러나지 않는다. 창조의 비가시성은 그래서 오묘하다. 그리고 지루하다. 내부에서는 전쟁이 일어나고 있더라도 외부에서 보면 아무것도 보이지 않는다. 애벌레뿐이 아니다. 어린이들의 성장도 마찬가지다. 우리는 어느 날 갑자기 자라나기 시작하는 아이를 바라보며 놀란다. 한창 자랄 때는 하루하루가 다르게 큰다. 그러나 마음이 자라나는 것은 눈치채기 어렵다. 어느 유명한 언론인이 자기가 발견했던 어떤 순간을 기록한 것을 읽은 기억이 있다. 그는 매일 쓰는 고정 칼럼에 온 힘을 기울이고 있었다. 집에 들어오면 당연히 서재에 틀어박혀 글을 다듬고 또 다듬었다. 아이들은 그저 자라주어 고마웠고 그는 '일중독자'였다. 어느 날 그의 서재에 막내딸이 들어왔다. 예전 같으면 책상으로 달려와 종이를 어지럽히고 놀아달라고 했던 그 아이가 조그만 소리로 말을 했다. "아빠 나는 이제 더 이상 이것이 필요 없어요." 그리고 문을 닫고 나갔다. 그는 아무 생각 없이 일에 몰두했고, 작업이 끝났을 때 비로소 문간에 아이가 놓고 간 물건을 보았다. 그것은 인형들이었다. 그는 순간 딸아이가 아이에서 소녀로 변신한 순간을 보게 된 것이고, 감동했다고 한다. 그리고 자신의 변화의 순간을 보여준 어린 딸에게 고마워했다. 겉으로는 눈치채기 어려운 엄청난 변화는 이렇게 늘 같은 것 같은 변화 없음, 혹은 무의미함으로 포장된 지루함으로 나타난다. 그러나 그 지루함이 창조에 반드시 필요한 재료라는 것은 아이러니하다.

고요한 명상은 편안하고 마음을 누그러뜨리고 정렬하는 과정으로 보이지만 그 과정은 종종 엄청난 내적 전쟁을 요구한다. 완벽이란 괴물은 항상 명상의 순간에도 등장하여 아직도 딴 생각이군, 하며 우리를 조롱한다. 생각을 생각하는 과정에서 우리는 용맹하게 맞서야 하고, 그런 끝에 비로소 지루함의 깊은 심연의 중앙에 도달하게 된다. 심연은 모든 선각자들이 마음에 두었던 것이다. 그 깊은 중앙으로 내려가려는 것은 일상과는 다른 행동이고 마음이다. 우리의 일상은 끝없이 표현하고 드러내고자 하는 욕망에 사로잡혀 있을 때가 많다. 거대한 야생의 소를 잡느라 피가 튀고 근육이 긴장으로 떨리던 순간에, 깊은 동굴로 내려가 그림을 그리려던 고대인의 마음속에는 무엇이 있었을까? 그들은 어쩌면 죽은 소의 영혼을 위로하려는 마음이 있었을지도 모른다. 죽음의 세계로 들어가는 영혼을 위해 지하 깊은 동굴로 횃불을 밝히며 들어갔을 것이다. 마찬가지로 명상은 우리의 마음 깊은 심연으로 들어가는 의식의 흐름이다.

창조는 침묵을 원한다. 그것은 창조가 거대한 전투이기 때문에 그렇다. 총성이 없는 전투이고, 문을 걸어 잠그고 입을 틀어막고 우는 울음소리다. 가슴을 치는 후회이기도 하고, 신에게 모든 것을 드러내는 간절한 기도이기도 하다. 스스로 격리된 자가 갖는 격리의 공간이고 시간이다. 그 공간은 지하 깊은 곳이어도 좋고, 아무도 모르는 숲속의 나무 등걸이어도 좋다.

눈이고 코고 뜰 사이 없이 바쁜 나날을 보내다 보면 모든 창조력이 고갈되지만, 지루함은 창조력을 충전시켜준다. 창조력으로 충만한 많은 사람들은 이 사실을 알고 실천한다. 일상의 지루함을 새롭게 해석하고 이용하는 것이다. 히브리인들의 조상 중에는 아브라함Abraham, 미상이란 남자가 있다. 그는 우상을 조각하여 팔던 사람으로 장사 수완이 좋아 부를 축적했다. 아브라함이 신의 말을 듣고 가나안을 향해 나아간 것을 위대한 믿음의 순종으로 이해하는 것이 보통이지만, 그가 익숙함을 버리고 모험을 택한 것에는 지루함도 한몫했을 것이다. 그는 신의 상징인 우상을 만들던 사람이었다. 그 우상을 사서 그 우상에 절하는 사람들을 알지만 정작 자신과 대화하는 신이 없던 그에게, 신이 말을 건넸다. 그의 일상은 의미 없는 우상으로 가득했고, 그 밥벌이가 주는 지루함을 일거에 털어낼 의미가 탄생한 것이다. 바로 신이 그에게 다가온 것. 이후 아브라함의 삶의 기록은 전적으로 신과의 관계 속에 얽어진 여정이다. 그의 긴 여행을 어떤 관점에서 보자면 오히려 더 목적도 없고 의미도 없는 무의미의 지루함으로 볼 수도 있지만, 수많은 사람들이 그를 믿음의 조상으로 추켜세우며 그의 여행을 들여다보는 것을 보면 그 무의미해 보이는 여행 속에 엄청난 의미가 탄생하고 있었다는 것을 알 수 있다.

구도자들은 대개 침묵한다. 그리고 신의 세밀한 음성을 듣고자 한다. 그러기에 더욱 침묵으로 들어가는 것이 필요하다. 신의 지혜를 갈구하는 사람들 사이에는 신의 지혜가 적힌 책이 있다는 추측이 떠돈다. 그 책의 이름은 나뭇잎의 책book of leaves이다. 솔로몬이 썼다는 설에서부터 신이 직접 쓰고 솔로몬은 단지 간직했다는 것에 이르기까지 무수한 기원에 대한 이야기가 있지만, 분명한 것은 그 책이 누군가에 의해 숨겨졌다는 것이다. 그래서 그 책은 다시 비밀의 대상이 되고 말았다. 신의 지혜가 누구나 읽어 해독할 수 있다면 신의 신비와 능력은 반감할 것이다. 신의 지혜는 침묵하는 자에게 어느 날 다가와 나뭇잎 사각거리는 소리처럼 나직이 들릴 것이다.

이와 같이 긴 침묵은 들리지 않는 소리를 듣게 하는 능력을 준다. 그것은 내면에서 피어나는 소리일 수도 있다. 침묵은 표면적으로 무의미한 지루함이지만 그 지루함은 예상 못한 영적인 각성을 던져준다. 이것을 주목한 심리학자는 칙센미하이^{Mihaly Csikszentmihalyi, 1934년~}이다. 그는 생각이 끓어오르다가 어느 순간 생각이 흐르기 시작하는 것을 흐름모드^{flow mode}라고 불렀다. 생각이 죽 끓듯 한다는 말은 번뇌와 상념으로 고통스러운 상황을 말하지만 생각이 물 흐르듯이 흐르는 경우는 완전히 다른 상황이다. 이 경우, 생각은 생각을 낳고 그것은 거대한 구조를 이루면서 모든 문제를 다 쓸어버릴 것 같은 장엄한 흐름을 이루기 때문이다. 흐르는 생각인 흐름모드는 '몰입'이라는 말로 번역되었다. 몰입은 무엇에 몰두하여 들어가는 것을 의미하므로, 어떤 목표로 향해 나가는 것을 나타내니 사실 매우 열심히 노력해야만 얻어지는 것이란 오해를 주기 십상이다. 그러나 생각이 흐르는 흐름모드는 노력을 오히려 줄이고 빈둥거리는 것으로 시작하는 것을 추천한다. 주어진 일과 자신의 능력 사이에는 언제나 부조화가 있다. 주어진 일이 자신의 능력에 비해 너무 쉬우면 하고자 하는 열망이 적어지고, 빈둥거리다가 꼭 해야 하면 마지못해 해주게 마련이다. 그러나 주어진 일에 비해 자신의 능력이 턱없이 부족하면 공포감을 갖고 포기하려 한다. 결국 주어진 일과 능력이 비례하는 경우에 일을 적절히 할 수 있게 된다. 만일 시간에 따라 주어진 일의 난이도가 점점 증가하고 능력도 증가하게 된다면, 혹은 점점 능력이 증가하면서 주어진 일의 목표를 스스로 높인다면, 이 사람은 일을 다 감당할 수 있을 뿐만 아니라 자신도 모르게 스스로 높여 놓은 일의 난이도로 말미암아 예상치 못한 탁월한 결과를 내게 된다는 것이 흐름모드의 힘이다.

일을 앞에 놓고 오히려 빈둥거리는 것은 사실 침묵 속에서 속을 끓이는 일이다. 이 빈둥거림은 즐겁게 노는 것이 아니고, 일을 놓고 놀지도 일하지도 못하는 그런 상태에 해당한다. 그러나 그 빈둥거림 속에 의식과 무의식이 총체적으로 작용하면서 문제를 해결할 실낱같은 작은 구멍을 찾게 된다. 그리고 문제의 벽에서 발견한 작은 구멍으로 의식은 몰려들고 흘러나갈 것이다. 몰입은 지루함의 장막에서 찾아낸 창문으로 맹렬히 흘러나가는 과정이다.

말없는 빈둥거림, 자폐적 자가 격리는 역설적으로 꽉 막힌 의식의 담에서 작은 틈새를 찾아내는 꼭 필요한 과정이고, 그 틈새를 넓혀 새로운 세계로 나아갈 길을 찾는 창조의 과정이다. 이 새로운 세계는 무의미에서 찾아낸 의미의 세계이고, 이를 위해 소모한 길고 긴 지루함은 삶의 의미를 향한 의지의 충전장치다.

2장

/

말하는 동안 현재에 머문다

물리학의
시간 —

아인슈타인^{Albert Einstein, 1879~1955}이라는 봉두난
발의 괴짜 물리학자 덕분에 우리 모두는 시간과 공간, 그리고 물질이 빛
의 속도에 대해 어떤 속도로 운동하느냐에 따라 달라진다는 사실을 알
게 되었다. 그가 이런 생각을 하기 이전에는 시간과 공간은 서로 아무 관
계가 없는 절대적인 것이었다. 시간은 신이 정한 규칙으로 흘러가고 공
간도 만들어놓은 그대로 있게 마련이다. 이 절대적인 시간과 공간에서
우리는 부지런히 움직이며 생을 꾸려가다가 때가 되면 세상을 떠난다.
그때도 우리 맘대로 정하는 것이 아니라 운명이라 했다. 우리가 상대론
은 물리학자들의 호사스런 외침이고 우리들의 일상에는 그다지 의미가
없다고 하면, 물리학자들은 우리가 누리는 삶에 상대론이 얼마나 깊이
개입하고 있는지에 대해 힘주어 말한다. 블랙홀 이야기를 해서 우리를
미지의 세계로 인도하거나, 자동차 내비게이션에 쓰이는 GPS에 상대론
보정이 절대적으로 필요하다는 말을 해서 고개를 끄덕이게 해준다. 나

도 모르는 사이에 내 생활 속에도 그 이론이 들어와 있다는 사실이 약간 놀랍기는 하나 그뿐이다. 우리가 생각하는 상대론에 대한 기대는 시간 여행을 하거나 우리의 시간을 맘대로 쫙 늘리거나 줄여서 행복은 무한대로 길게, 고통은 찰나로 지나가게 하고픈 것이다. 사실 상대론은 우리가 원하는 대로 하려면 특수 로켓을 타야만 하는 것이니, 그것은 없다고 보는 게 속이 편하다.

물리학자들은 시간과 공간에 대해 콘을 두 개 붙인 것 같은 형상을 보여준다. 고깔의 아래에서 위로 시간의 축이 흐른다. 두 개의 고깔이 만나는 점이 우리가 경험하는 현재다. 즉, 두 개의 고깔 꼭지를 '현재'라는 시간과 공간에 붙인 꼴인데, 미래의 시간이나 과거의 시간으로 현재에서 멀어질수록 그 고깔의 반경은 점점 넓어진다. 우리는 현재에 머물고 싶지만 현재는 바로 과거로 소멸된다. 현재에 충만한 삶은 물리적인 관점에서는 시간 지연을 위해 빛의 속도에 근접하는 운동을 하는 경우에 한한다.

과학자들은 물리현상의 흔들림을 시간의 미분방정식으로 나타냈다. 이것이 2차 미분이면 주기적인 반복을 나타내고, 1차 미분이면 폭발이나 소멸을 나타낸다. 그런데 이런 미분방정식의 시간 변화를 모두 없앤 나머지 식에서 얻은 답을 '고정점fixed point'이라고 부른다. 이 고정점은 어떤 시간의 변화가 일어나는 그 특이한 지점으로, 각기 다른 성격을 갖고 있다. 시간이 흐르면 결국 모든 상황이 이 특이한 점으로 수렴되고, 이 경우의 고정점을 '끌개'라고 부른다. 끌개를 안다는 것은 삼라만상의 변화 속에서 이미 그 모든 변화가 지향하는 궁극의 답을 아는 것이니, 만일 누군가 이런 끌개를 안다면 두려움이나 안타까움이 사라질 것이다. 어쩌면 토정 이지함李之函, 1517~1578 같은 사람은 천지의 조화 속에서 사람들이 인생의 변화를 인지하도록 이치를 알려 사람들을 위로하고자 했을지도 모른다. 어떤 경우의 고정점은 일단 그 점에 도달하면 한순간에 다른 곳으로 날아가는 점도 있다. 이것을 '차개ejector'라고 부른다. 이 점에 도달하는 순간 앞서와 달리 자연의 현상은 전혀 다른 곳으로 흘러나간다. 그러니 이 점도 예사로운 점이 아니다. 혁명을 결심하는 혁명가의 마음도 이런 차개의 고정점에 도달한 상태일 것이다. 마음의 방정식을 세운 사람은 어디에도 없지만 삼라만상의 변화 이치를 들여다보면 그 변화에는 특이한 점들이 존재하여 우리에게 고정점의 중요성을 일깨워준다. 그렇다면 우리가 말없는 명상을 통해 들어간 마음의 심연은 변화의 고정점이 아닐 수 없고, 그 고정점은 모든 변화를 일으키는 창조의 지점이다.

지금이라는 것은
무엇인가 ─

　　　　　　　　물리학적 시간은 언제고 똑같이 흘러가지만 우리는 지루함 속에서 흘러가는 시간과 즐거움 속에서 흘러가는 시간에 대해 다르게 느낀다. 물리적 시간은 태어나는 자식마다 잡아먹는 크로노스처럼 지금은 금방 과거로 없어져버린다. 지금이란 것은 끝없이 없어지는 시간이다. 그래서 우리는 항상 지금을 말하지만 사실은 과거를 말하고, 때로 오지 않은 미래를 지금이라고 한다. 아프리카의 콩고인들의 언어에는 미래시제가 없다고 한다. 그들에게는 과거와 지금만이 존재한다. 과연 이런 시간관념으로 살아갈 수 있을까? 아마 그들에게 미래는 보장된 것이거나 알 수 없어 말할 수 없는 것일지도 모른다. 미래시제가 없으므로 계획은 의미가 없다. 계획보다는 어떤 것을 하겠다는 의지만이 중요하다. 의지가 없으면 일어나지 않는 것이고, 의지가 있으면 그것은 적어도 시도된다. 그러니 미래의 언제라는 것은 특정되지 않는다. 미래가 없는 언어를 가진 이들에게 지금은 우리가 손목시계를 들여다보면서 바로바로 지나가는 지금과는 다른 좀 더 긴 지금을 갖고 있을 것이라고 추정된다. '조금 더 긴 지금', 이것은 많은 영성가들이 미래나 과거로 고통당하는 현대인들에게 내놓은 마음 처방전이다. 그러나 이것은 물리적으로는 가능하지 않다. 지금은 바로 지금 소멸되기 때문이다.

그러나 우리의 심리적 시간 감정, 앞서 말한 시간이 정지한 것 같은 감정인 지루함은 영성가들이 말하는 시간 감정에 가깝다. 물리적 시간에서 심리적 시간으로 개념을 옮기고자 하는 것은 과학이 발전한 현대에는 미신적인 이야기로 무시당하기 십상이지만 이것을 놓고 깊은 묵상에 들어갔던 위대한 현인은 북아프리카의 지중해 변방, 히포라는 도시에서 살던 어거스틴Augustine of Hippo, 354~430이다.

히포의 성자가 말하는 지금 —

어거스틴은 『고백록』이란 책으로 유명하다.

그는 로마의 변방인 북아프리카의 히포에 거주했지만 시골 촌뜨기로 끝난 것이 아니고, 그 변방의 서러움을 모두 떨쳐내고 중앙으로 진출했던 성공 스토리를 갖고 있는 인물이다. 그는 당시 수많은 논쟁의 핵심인 수사학을 공부했고, 마침내 수사학의 본고장인 로마 교황청에서 수사학을 가르치는 선생이 되었으니 그의 노력과 영특함을 잘 알 수 있다. 어거스틴은 『고백록』에서 자신의 젊은 시절에 즐거움조차 필요 없었던, 단지 죄를 짓고자 하는 열망으로 지었던 죄에 대하여 고백한다. 그것은 이웃집의 덜 익은 과일을 따서 먹지 않고 버린 것인데, 그는 과일을 먹고 싶다는 욕망에 의한 것이 아닌 단지 훔치는 죄를 즐기고자 한 것에 유념하여, 그것을 자신의 본성에 깃들어 있는 '죄성罪性'이라고 보았다. 또한 내재된 죄성에 대한 고민 끝에 그 죄성이 단지 어두움의 결과란 가르침을 준 마니교에 빠져들었던 일들과 유혹을 못 이겨 낳은 아이와 관련한 일들을 모두 고백했다. 그의 고백록은 어거스틴이 인간의 본성에 깃든 죄성을 논증하는 과정에서 자기 자신을 대상으로 삼았기에 그의 고백은 하나의 구체적 사례가 되었다. 그는 죄가 어떤 대가, 즉 쾌락이나 이익을 추구하는 과정에서 생긴다는 것을 넘어 본성에 깃든 죄성, 즉 어떠한 대가도 바라지 않고 단지 죄를 짓고자 하는 마음이 존재한다는 것을 자신의 과거를 돌아보며 찾아냈다. 그러한 깊은 고백적 성찰 이후에 어거스틴은 책의 뒷부분에 매우 철학적으로 심오한 주제들을 언급한다. 그것은 우주의 창조, 시간의 흐름과 같은 것들이다.

어거스틴의 고백록은 많은 사람들에게 죄성을 깨닫고 신에게로 돌아오게 하는 역할을 한 것과 동시에 서구의 근대를 여는 지성들에게도 엄청난 영향을 끼쳤다. 수사학으로 단련된 그가 쓴 글은 그리스시대부터 발달한 정치평론의 정점에 있었기에 주목할 만하다. 궤변론자라고도 불리는 소피스트들이 폴리스의 주요 정치 쟁점의 토론장에서 검투사처럼 입씨름을 하던 시절의 수사학은 설득이 가장 강력한 무기였기 때문이다. 어거스틴은 수사학 선생답게 글을 썼고, 독자의 마음을 사로잡았다.

어거스틴의 여러 말들 가운데 주목할 한마디가 있다. 그것은 그가 자신의 존재를 정의함에 있어서 의심하는 자로 정의했던 구절이다. "나는 의심한다. 고로 존재한다^{Dubito ergo sum}." 이 말은 오직 믿음을 강조하며 종교를 따르는 사람으로서 매우 의미심장한 선언이다. 그의 믿음은 맹목적인 믿음이 아니고 의심하는 가운데 확정되는 것들이었다. 반면, 나는 왜 존재하는가에 대한 질문을 이토록 짧게 말한 사람이 있을까? 그 사람은 바로 근대를 열어낸 프랑스의 철학자 데카르이다. 그는 그의 『방법서설』에서 "나는 생각한다. 고로 존재한다^{Cogito ergo sum}."라고 선언한다. 데카르트는 어떻게 생각할 것인가를 놓고 방법을 제시했고, 그것은 참과 거짓이 뒤섞인 세상에서 오직 참만을 받아들이려는 그의 결심을 실행할 수 있는 길이었다. 그의 진리를 찾아가는 방법은 근대 과학적 사고방식의 길잡이가 되었다. 그렇다면 이보다 훨씬 전에 히포의 수사학 선생은 무슨 의도로 이런 말을 남겼을까? 그는 인간 죄성^{罪性}에 대한 탐구뿐만 아니라 태초가 있어야 하는 이유, 신이 있어야 하는 이유 등 모든 것을 의심했던 것 같다.

그는 존재한다는 것을 어떻게 확인했을까? 의심을 하고 있는가 아닌가 하는 확신 속에 있으면 존재하는 것이 아닌가? 그는 존재한다는 것을 시간에 대한 자신의 점령 정도로 파악했다. 히포의 시골뜨기 수사학자, 그러나 바티칸에서 천하의 영재들에게 수사학을 가르친 선생 어거스틴은 존재와 관련하여 시간에 대한 의심을 시작한다. 물론 당시에도 해시계는 있었고 물리적 시간에 대한 개념도 있었다. 그러나 어거스틴은 이렇게 생각을 전개한다. 다음 문장을 읽어보자.

데우스 크리에이터 옴니뭄deus creator omnimum.

'창조자creator인 신deus은 어디에나 존재한다omnimum.'라는 뜻의 이 문장은 세 개의 단어로 구성되어 있다. 누가 이것을 읽더라도 앞의 두 단어와 같은 길이로 뒤의 한 단어 옴니뭄을 발음하게 된다. 사람들은 어떻게 말을 하면서 시간을 가늠하는 것일까? 뒤의 옴니뭄을 발음하는 과정에서 두 음절의 길이로 소리를 내기로 하고 마음속에 시간을 잰다면 금세 두 음절을 넘길 것이다. 너무 조급해서 일찍 끝낸다면 두 음절의 시간은 더욱 맞추지 못할 것이다. 음절마다 소요되는 시간에 대한 감각은 사람마다 갖고 있는 고유한 감각이다. 우리는 시계를 보면서 그 음절의 길이를 맞추려고 노력하지 않는다.

어거스틴은 이러한 사람마다 고유하게 갖고 있는 음절 길이에 대한 감각에도 주목했지만 문장을 끝까지 읽는 그 시간에 주목했다. 수사학자인 어거스틴은 수사학의 가장 큰 기술인 말을 하면서 상대방의 표정과 행동을 보고 자신의 말을 뒤집는 기술을 잘 알고 있었다. 즉 말이 끝나야 끝나는 것이라는 사실이다. 그러니 얼마든지 지금 하는 말의 반대로 표현을 바꿀 수 있다. 그래서 그에게 말을 하는 동안은 '한 덩어리의 시간'

2장 · 말하는 동안 현재에 머문다

일 수밖에 없다. 말을 하는 한 덩어리의 시간 동안 우리는 말을 만들어 목소리를 내고 표정을 바꾸고 억양을 변화시킨다. 그리고 말이 끝남과 동시에 한 덩어리의 시간은 과거로 흘러들어간다.

물리적 시간에서 순간이란 잡기 어려운 것이다. 시간은 디지털로 변하는 것이 아니고 그저 흘러가기 때문이다. 양자역학에서는 이러한 시간의 불확실성을 가지고 세상을 이야기한다. 우리가 정말 시간을 정확히 측정해서 어떠한 오류도 없는 시간에 서 있다면 신기하게도 에너지의 오차가 무한대로 커진다. 물론 위치에 대해서도 같은 말을 하게 되는데, 정확하게 위치를 고정한다면 그 대상의 운동량의 오차는 무한대로 커진다. 하이젠베르크Werner Heisenberg, 1901~1976의 불확실성의 원리다. 이런 원리를 들이대지 않더라도 우리에겐 현재를 붙잡을 길이 없다. 그러나 어거스틴의 시간관념으로 볼 때, 말이 시작되어 끝나기까지의 시간 덩어리는 '현재'라고 할 수 있다.

혹자는 말도 안 되는 소리라고 할 것이다. 지금이 어느 시대인데 1,000년 전의 수사학자의 말을 끄집어내어 물리학의 성배인 시간을 논하느냐, 호통을 칠지도 모르겠다. 그러나 어거스틴의 두비토 에르고 줌Dubito Ergo Sum 나는 의심한다 고로 존재한다의 정신을 발휘해볼 필요는 있다. 그의 말에 따르면 우리는 적어도 말을 하는 동안 시간을 점령하여 온전히 내 것으로 만들 수 있다는 것이다.

어거스틴은 말을 하는 사람이 말을 하는 동안에 청산유수로 말을 늘어놓는 것이 아니라 종종 하던 말을 끊고 머뭇거리거나, 눈을 굴리고, 손짓 발짓을 하고, 고개를 흔드는 것에도 주목했다. 말을 하는 동안이라는 시간 덩어리에서 말은 모든 시간을 점령하지는 못한다. 그 사이사이에 단절이 존재한다. 영성가인 어거스틴은 그 말하는 사이사이의 틈에 신의 계시가 임하는 것이 가능하리라 생각했던 것 같다. 그것은 기도하는 신자의 기도 중간일 수도 있고 광장에서 열변을 토하는 중간일 수도 있다. 홀연한 깨달음이 머리를 치는 것이다. 이것은 구도자들이 간절히 경험하고자 하는 것이다. 불교에서는 이 홀연한 깨달음을 '돈오頓悟'라고 했고, 다른 종교의 경전에는 신의 계시를 받는 메신저들의 이야기로 표현했다. 어거스틴은 말을 하다가 멈추는 순간에 영감 어린 생각이 등장한다는 사실에 주목했다. 수사학은 말을 하면서 끊임없이 듣는 이의 표정과 감정이입을 간파하고, 말을 하는 중간에 말의 논리를 전환하는 유연성이 요구된다. 이에 잠시 멈추는 순간은 이런 빠른 사고의 전환과 개입으로 진행된다. 말을 하는 동안 생각의 전환은 종종 어떤 알 수 없는 느낌으로 강요되기도 하고, 방금 말한 어떤 단어가 연상시킨 새로운 생각의 등장으로 이루어진다. 이런 관점에서 어거스틴에게는 적어도 말하는 동안의 시간 덩어리는 그가 살아 숨쉬고, 생각하고, 계시가 임하며, 인생의 의미를 찾을 수 있는 존재가 점령한 시간이었다.

말하는 동안
현재에 머문다 ―

어거스틴의 이런 시간 덩어리와 존재에 대한

생각은 현대과학의 금자탑을 넘어설 수 있을까? 물리적 시간의 정의를 위해 과학자들은 원자의 진동을 측정하는 기술을 개발했다. 원자는 영원히 존재할 것이다. 비록 우리의 몸이 영원히 존재하는 원자들로 구성되어 그들의 협력으로 숨을 쉬고 말하고 생식하더라도 결국 우리의 모든 삶은 유한하겠고, 원자들은 다시 원래의 원소로 환원되어 지구의 다른 존재를 구성할 것이기 때문이다. 그러나 최근의 뇌 과학자들은 원자가 구축한 우리의 장기인 뇌에서 일어나는 일들에 대해 탐구하면서 다양한 발견을 해내고 있다. 이들은 우리가 인지하는 시간이 물리학적 시간과는 다소 다른 방식임을 밝혀냈다. 우리의 뇌는 우리가 보고 들은 것을 신경회로를 통해 조합하여 판단하게 되므로 시간지연은 필수적이며, 종종 그것은 앞의 일과 뒤의 일이 시간의 순서와 반대로 조합되기도 한다는 것이다. 이러한 뇌의 인지 프로세스는 물리적 시계가 없이 적어도 한 문장을 말하는 동안의 시간 덩어리에서 손목의 시계를 보지 않고도 정확하게 Deus, Creator, Omnimum의 마지막 단어를 두 음절로 발음하도록 하는 심리적 시계가 작동함을 알려주고 있다.

"의심한다. 고로 존재한다."라는 어거스틴이나 "생각한다. 고로 존재한다."라는 데카르트나 이들은 '존재'를 말하지만 사실 의심하는 동안 혹은 생각하는 동안이라는 시간의 흐름과 떼어낼 수는 없다. 그렇다면 존재는 시간을 얼마나 점령하는가로 귀착된다. 마르틴 하이데거[Martin Heidegger, 1889~1976]는 『존재와 시간』이라는 책을 썼다. 그는 과연 존재가 시간을 온전히 점령하는 부분에 대해 얼마나 깊은 성찰을 해냈을까? 데카르트의 존재를 위한 성찰의 방법은 분석과 종합의 과학적 방법론으로서 있지만 그것에 소요되는 시간과 생각하는 사람의 존재와의 관계를 말한 것은 없다. 그런 면에서 어거스틴의 말하는 시간에 대한 성찰은 깊이 들여다볼 가치가 있다.

적어도 말하는 동안의 시간 덩어리는 아직 과거로 흘러들어가지 않은 것이고, 이것은 공항의 검색대에서 꼬리표를 붙인 채 컨베이어 벨트로 올라가기 전의 가방 같은 것이다. 그래서 그것으로 현재이며, 꽤나 오래 존재할 수 있게 되는 것이다. 문장이 끝나면 그 시간 덩어리는 과거로 흘러들어간다. 현대의 많은 현자들은 과거나 미래에 머물지 말고 현재에 머물라고 한다. 그리고 현재를 알아차리기 위한 명상을 권하기도 한다. 그러나 어거스틴의 말에 따르자면 우리는 말하는 자신의 말만 잘 들여다보아도 현재에 말을 끝내는 것은 또 다른 현재를 맞이하고 싶은 욕망의 산물이다. 그런 면에서 삼천갑자 동방삭이 이야기도 나름 의미를 갖는다. 저승사자는 적어도 그의 이름을 다 불러야 그를 저승에 데려갈 수 있기에 그의 부모는 그의 이름을 한없이 길게 만들기로 결정한 것이다. 그의 이름이 불리는 동안의 시간 덩어리에서 그는 살아 있을 수 있게 된다. 물론 그 이름을 부르는 동안 그가 당한 변고에서 아무도 구할 수 없어, 그의 심리적 시간은 물리적 시간의 무정함을 견디지는 못했다.

어거스틴의 시간과 말에 대한 성찰에서 우리는 단 한 가지의 고귀한 깨달음을 얻어냈다. 그것은 그 말의 내용이 어떠하든 적어도 우리는 말하는 동안 시간을 점령하고, 그 시간을 현재로 고정할 수 있다는 것이다. 그렇다면 우리의 실존은 많은 말을 할수록 길어질 것이다. 더욱이 어거스틴은 말의 중간에 형성되는 단절에도 주목했다. 그 단절은 생각의 이탈과 새로운 생각의 유입, 심지어 신의 영감 어린 계시조차 받아들이는 시간으로 인식했다. 그렇다면 말을 한다는 것은 전 우주가 참여하는 거룩한 시간으로 구별될 것이다. 아무 말 없이, 즉 아무 생각 없음으로 시간에서 존재를 털어내는 것이 아니라 말을 이어가는 것으로 우리는 심리적 시간을 자유자재로 다루는 시간의 연금술사가 될 수 있다.

우리가 선한 존재로서 혹은 악한 존재로서 존재하는 시간 역시 선한 말을 하는 동안과 악한 말을 하는 동안으로 구분할 수 있을 것이다. 그리고 그 시간 덩어리는 말이 끝남과 동시에 과거로 지나간다. 그러므로 우리는 우리의 존재를 얼마든지 매순간 창조해낼 수 있다. 물론 여기서 '말'은 타인과의 대화일 수도 있지만 대부분은 혼자 하는 말이다. 그것은 '생각'이라고 불리는 것이다. 우리는 언어를 이용해 또렷하지 않은 형태로도 생각할 수 있기에 수사학자 어거스틴의 심리적 시간관념은 얼마든지 생각의 시간 덩어리로 바꿀 수 있을 것이다.

소통과 공감은 젊음의 묘약이다. 동시에 소통과 공감의 시간은 오롯이 우리가 현재를 늘려 실존할 수 있는 시간이다. 그러니 젊음으로 실존하게 하는 특효약임에 틀림이 없다.

3장

/

말한다는 것

말하기의 4원소:
논리, 음성, 말투, 운율 ─

알렉산더 대왕의 과외선생이기도 했던 철학
자 아리스토텔레스^{Aristoteles, B.C. 384경~B.C. 322경}는 스승인 플라톤^{Platon, B.C. 427}
^{경~B.C. 347경}이 지향한 이상적 세계와 달리 현실세계로 눈을 돌려 수많은
지식을 펼쳤다. 그의 수많은 저술 가운데 〈수사학〉은 당시 폴리스의 다
양한 정치적 논쟁의 주인공들이었던 소피스트들의 설득의 논리를 체계
화한 것으로, 말하기의 교본이었다. 이렇게 설득의 방법과 논리를 제시
하고 유명한 제자를 여럿 둔 그가 쇳소리 나는 비호감의 목소리를 가졌
다는 것은 아이러니하기도 하다. 그러나 그는 그런 자신의 약점까지 반
영하여 수사학에 여러 챕터^{chapter}를 썼다.

그의 수사학은 논증의 방식, 즉 그가 제시한 '삼단논법'의 실행을 위
한 다양한 방식을 제시하고 있다. 물론 그는 대화방식의 논증에서 자신

의 엄밀한 삼단논법을 모두 펼치는 것이 듣는 사람이 논증을 모두 따라가기에 충분히 집중력을 발휘할 수 없다는 것을 고려하여 '간략 삼단논법'의 사용을 추천하기도 했다. 이러한 설득은 논증을 통해 상대방의 논지가 틀렸음을 입증해내고 자신의 주장이 옳음을 입증하는 것이었다. 그래서 법정의 다툼을 비롯하여 생명과 재산이 오고가는 상황에 유용하고, 오랫동안 진실을 가늠하는 방법으로 사용되었다.

아리스토텔레스는 이러한 논리적 다툼도 중시했지만 설득 부분, 특별히 '대중 설득' 부분에 많은 관심을 보였다. 그는 대중 설득에서 말하는 형태나 스타일 부분을 간과할 수 없었다. 그는 아무리 논리적인 말도 전달에 문제가 생기면 효과가 없다는 것을 이야기하면서 공연과 시낭송 같은 것에서 일어나는 현상에 대해 언급했다. 그는 공연이나 시낭송에서 연기자나 낭송자가 관객의 마음을 사로잡는 전달기술에서 주목할 것으로 목소리, 어조, 운율의 3요소를 꼽았다. 이들은 관객을 바라보면서 언제 목소리를 크게 해야 할지 작게 해야 할지, 그리고 보통의 크기로 소리를 내야 하는지 잘 알고 있었다. 이것은 관객과의 공감을 바탕으로 한 호흡 속에서 감정을 말에 담아내는 기술이다.

당시 비극은 많은 사람들의 공감을 불러일으키는 것으로 인기가 대단했다. 이때 비극의 배우는 때때로 아주 작은 목소리로 속삭이기도 하고, 때로는 비탄으로 울부짖기도 했다. 때로는 너무나 큰 슬픔에 아무 소리조차 내지 못하기도 한다. 아리스토텔레스는 건조한 논증과는 달리 이런 공감을 위해 배우나 낭송가의 목소리 기술이 얼마나 중요한가를 알았다. 오늘날도 우리는 듣기 싫은 목소리나 시종일관 웅변조로 이어지는 연설에 식상해 한다. 오히려 조곤조곤 하는 말 속에 깨알같이 담긴 통찰을 즐긴다. 슬픔을 딛고 입술을 씹으며 또박또박 말하는 소리에 전율한다. 그 호소력은 깊고 오래간다.

아리스토텔레스는 어조語調에도 주목했다. 언제 말투를 날카롭게 해야 하는지 묵직하게 해야 하는지를 알았다. 그는 보통의 말투와 이런 다른 말투의 혼합이 사람들의 마음을 파고든다는 사실을 지적했다. 말투는 말을 하는 버릇이어서 그 사람의 성격이 그대로 반영되어 있다. 그래서 통상적으로 하는 말투는 그 사람의 됨됨이를 드러낸다. 어떤 사람은 너무 빨리 말해서 듣는 사람이 숨이 찰 정도인 경우도 있고, 어떤 사람은 말을 너무 더듬어 소심하다는 생각을 하게 한다. 말투는 윗사람, 아랫사람, 친한 사람에 따라 달라지기도 한다. 그런데 특정 말투를 갖고 있는 사람의 말투가 달라지면 듣는 사람은 긴장하고 경청하게 될 것이다. 소심해서 말을 더듬는 사람이 갑자기 빠르고 강한 톤으로 말을 한다면 듣는 사람은 이 사람이 목숨을 걸고 생각을 토하고 있다고 느끼게 된다. 영화에서 큰 소리로 취조하던 수사관이 갑자기 담배 한 대를 입에 물려주며 나지막한 소리로 말을 하는 장면을 보게 되면 우리는 뭔가 거래를 시작하는구나, 하고 관람할 것이다. 수사학의 기술에는 이와 같이 말투를 바꾸는 것도 공감의 확장을 위해 포함된다.

아리스토텔레스는 운율도 공감 설득에 매우 중요하다고 했다. 내용에 맞는 운율은 이해를 돕는다. 시인은 운율에 맞춰 시를 쓰고, 시 낭송자는 그 운율을 살려 시를 읽는다. 위대한 연설들도 대부분 운율을 갖추고 있다. 링컨Abraham Lincoln, 1809~1865의 게티즈버그 연설은 '국민'이란 단어를 열거하는 운율을 사용했다.

우리나라는 하나님의 가호 속에서 새롭게 보장된 자유를 누릴 것이고, 국민의, 국민에 의한, 국민을 위한 정부로서 영원할 것입니다.

국민의 국민에 의한, 국민을 위한 국민….

히틀러에 대항하는 영국을 만들어낸 처칠Winston Churchill, 1874~1965 수상의 연설 역시 운율의 힘이 넘친다. 영화 〈다키스트 아워〉에서도 보여진 그의 연설은 '싸울 것입니다'의 반복으로 운율을 지었고, 마지막에 'Never give up'으로 오늘날도 여러 연설에 반복적으로 등장한다.

우리는 해변에서 싸울 것입니다. 육지에 올라가 싸울 것입니다.
들판과 거리에서 싸울 것이며, 언덕에서도 싸울 것입니다.
우리는 결코 항복하지 않을 것입니다.

흑인의 인권을 놓고 펼친 마르틴 루터 킹Martin Luther King Jr, 1929~1968 목사의 연설[1]은 시낭송과 같다. 그는 '저에겐 꿈이 있습니다.'라는 말로 시작하는 문장을 반복한다. 그 꿈은 미국의 특정 지명을 거론하면서 원하는

---

1 마틴 루터 킹 목사의 워싱턴 대행진 연설 〈I Have a Dream(나에게는 꿈이 있습니다)〉, 『세계를 바꾼 연설과 선언』 2006.1.15. 이종훈, 김희남 [네이버 지식백과]

소원을 말하는 형식이다. 이 나라, 조지아의 붉은 언덕, 삭막한 사막으로 둘러싸인 미시시피, 흑인 인권을 말살하려는 앨라배마…, 그는 이렇게 구체적으로 지명을 언급하면서 흑인 인권을 외쳤다.

> 저에게는 꿈이 있습니다. 언젠가 이 나라가 떨쳐 일어나 진정한 의미의 국가 이념을 실천하리라는 꿈. 즉 모든 인간은 평등하게 태어났다는 진리를 우리 모두가 자명한 진실로 받아들이는 날이 오리라는 꿈입니다.

> 저에게는 꿈이 있습니다. 조지아의 붉은 언덕 위에서 과거에 노예로 살았던 부모의 후손과 그 노예의 주인이 낳은 후손이 식탁에 함께 둘러앉아 형제애를 나누는 날이 언젠가 오리라는 꿈입니다.

> 저에게는 꿈이 있습니다. 삭막한 사막으로 뒤덮인 채 불의와 억압의 열기에 신음하던 미시시피 주조차도 자유와 정의가 실현되는 오아시스로 탈바꿈되리라는 꿈입니다.

> 저에게는 꿈이 있습니다. 저의 네 자식들이 피부색이 아니라 인격에 따라 평가받는 나라에서 살게 되는 날이 언젠가 오리라는 꿈입니다.

> 지금 저에게는 꿈이 있습니다!

그는 또한 성경구절을 앞에 놓고 그 구절이 앞서 말한 그 모든 지역에 울려 퍼지기를 반복적으로 외쳤다.

당신은 나의 조국, 자유가 넘치는 향기로운 땅, 나 그대를 위해 노래하리. 나의 조상이 묻힌 땅, 순례자가 칭송하는 땅이여, 모든 산허리에 자유가 울려 퍼지게 하리!

또한 미국이 위대한 국가가 되려면, 이것이 반드시 실현되어야 합니다. 따라서 뉴햄프셔의 거대한 산꼭대기에서 자유가 울려 퍼지게 합시다. 뉴욕의 거대한 산맥에서 자유가 울려 퍼지게 합시다. 자유가 펜실베이니아의 높다란 앨러게니산맥에서 울려 퍼지게 합시다. 콜로라도의 눈 덮인 로키산맥에서 자유가 울려 퍼지게 합시다. 캘리포니아의 굽이진 산봉우리에서도 자유가 울려 퍼지게 합시다! 하지만, 거기서 멈추지 맙시다. 조지아의 스톤마운틴에서도 자유가 울려 퍼지게 합시다. 테네시의 룩아웃마운틴에서도 자유가 울려 퍼지게 합시다. 미시시피의 모든 언덕에서도 자유가 울려 퍼지게 합시다. 모든 산허리로부터 자유가 울려 퍼지게 합시다!

마침내 자유를! 마침내 자유를! 전지전능하신 하나님이시여, 마침내 우리가 자유를 얻었습니다!

마르틴 루터 킹의 연설은 반복되는 말로 인해 가슴을 흔드는 마력이 있다. 그에게 있는 꿈을 반복하고, 그 꿈은 하나님의 뜻으로 미국의 구석구석에 구체적인 지명에 울려 퍼지기를 소망하는 연설은 운율적 반복으로 사람의 마음을 파고든다.

이렇게 운율은 사람들의 마음을 적시고 시대를 바꾸는 운동력을 갖고 있다. 그러나 아리스토텔레스 자신은 이러한 말하기 기술을 못마땅해했다. 설득이 엄정한 논증의 세계라면 이런 기술이 발붙일 곳은 없을 것이다. 그는 이미 논증의 방법을 확립해놓았다. 그의 생각에 논법이야 말로 말하기 기술의 전부였다. 그러나 그 논법은 대중 앞에서 너무나 복잡하고 장황했다. 그 논법의 원류인 스승 소크라테스^{Socrates, B.C. 470경~B.C. 399}경의 〈대화법〉 역시 많은 사람에게 적개심을 유발했다는 점도 무시할 수 없다. 청중에게 오직 사실과 논리만을 전달하면 그만일 터이나, 청중은 대부분 한쪽 발은 논리의 세계에 한쪽 발은 말투, 소리, 운율의 세계에 담고 있기에 그의 논리학이라는 무기는 완전하지 않았다.

아리스토텔레스는 긴 추론을 견뎌낼 청중이 많지 않음을 인지하고 완전한 삼단논법이 아닌 생략 삼단논법을 권하기도 했는데, 그는 이런 말도 했다. "이것이 군중 앞에서 말을 할 때 무식한 사람이 유식한 사람보다 더 설득력이 있는 이유다. 그래서 시인들은 '군중 앞에서는 무식한 자들이 훨씬 말을 잘한다.'라고 했다. 유식한 자들은 누구나 아는 일반적인 것을 말하는 반면 무식한 자들은 자기가 확실히 알고 있는 것과 삶에서 피부에 와 닿는 것만을 말하기 때문이다." 아리스토텔레스가 구분한 유식한 자와 무식한 자에 대한 논의는 여기서 피하자. 그의 유·무식의 구분보다 더 중요한 것은 청중을 설득하는 힘은 다 아는 일반적인 이야기가 아니라 자신의 삶에서 체험된 고유固有한 이야기가 힘이 있다는 것이다. 유식한 자들도 그런 경험이 없을 리가 없지만 그들은 대부분 책으로 간접경험한 것이 많아서 자신의 고유한 체험을 일반화하고 아무것도 아닌 것으로 치부하는 경향이 있다. 그러나 유식하더라도 자신의 체험을 생생하게 고유화한다면 그의 연설은 엄청난 설득력을 가질 것이 분명하다. 우리는 설득력 없는 이야기를 '카더라 방송'이라고 부른다. 어디서 주워들은 이야기를 하는 사람은 설득력이 떨어진다. 정말 말도 안 될 것 같지만 그 상황과 전개가 고유할 때 우리는 긴장하며 그 이야기에 빠져들기 때문이다. 그리고 그 이야기의 주인공은 생생하게 자신의 느낌과 경험을 전하기 때문에 말투와 어조에 생기가 넘친다. 그러니 청중은 빨려 들어갈 수밖에 없다.

말하기의 5원소:
침묵 ──

'말 참 잘한다'와 '말만 잘한다'는 천지차이의 말이다. 말을 참 잘하는 사람은 반드시 달변일 필요가 없다. 꼭 쓸 말만을 하여 한마디도 땅에 떨어지지 않는 사람을 말한다. 반면에 말만 잘하는 사람은 말과 행동이 일치하지 않거나 실속이 없는 사람을 말한다. 그래도 말만이라도 잘하면 좋겠다는 사람이 많다. 실제로 많은 사람들이 말하기를 두려워하고 스스로 말을 잘 못한다고 자책한다. 면접에서 떨어지고 나면 말을 잘 못해서 떨어졌다고 생각하는 경우가 많다. 말을 잘하는 사람도 항상 하는 후회는 그때 이렇게 말했어야 하는데, 하는 것이다. 그 순간 그 말이 생각나지 않아서 말을 잘 못했다고 생각한다. 물론 한순간의 말실수로 모든 것이 날아가는 일은 허다하여 우리는 '세 치 혀에 재갈을 물리라'는 금언을 매일 마음에 새긴다. 그런 면에서 말을 하는 것보다 말을 줄이는 것이 말 잘하는 근본이다.

공연과 시낭송에서 관중을 들었다 났다 하는 공감의 달인은 논리와 목소리와 어조, 그리고 운율을 사용한다. 그 운율에서 가장 큰 파격은 갑자기 말을 잊어버리는 것일 거다. 갑작스런 화자의 침묵은 듣는 청중에게 말할 수 없는 긴장을 일으킨다. 이 침묵이 던지는 긴장은 다음 말에 경청을 촉구하는 강력한 요청이기도 하다. 그러나 많은 경우 침묵은 '할 말 없음'의 표시거나 '대화 종결'을 원하는 표시이기도 하다. 침묵과 더불어 시계를 들여다보거나 하품을 하는 행위는 명확하게 대화 종결을 촉구한다.

그러나 앞서 어거스틴이 주목한 '말하는 중간의 잠시 멈춤'은 다른 생각이 피어나는 순간이기도 하고, 신의 계시가 임하는 순간이기도 하다. 입을 다문 순간, 우리는 듣게 된다. 말하다가 멈춘 순간에 내면의 소리를 듣게 된다. 그리고 그 짧은 멈춤으로 새로운 생각이 얹어져 이어지는 말은 침묵의 시간만큼 농축되어 등장한다. 말의 무게는 말의 농도에 비례한다. 그래서 침묵 끝에 하는 말은 듣는 이의 마음속에 깊게 파고든다.

말의 농도가 농축되지 않은 말을 한자로 표현한 것이 이聒이다. 귀에 들리는 대로 말하는 것, 귀에 들리자마자 바로바로 대답하는 것이다. 이렇게 말을 즉각즉각 하다보면 반드시 말실수가 생기게 마련이다. 이것은 말을 잘하는 습성보다도 말의 흐름이 갑자기 막히는 침묵을 견디지 못하는 조급한 마음에서 비롯된다. 이렇게 바로바로 말하다가 실언을 하고 나면 이미 엎질러진 물이어서 다시 주워 담을 수가 없다.

정치인들이 벌이는 청문회를 보다 보면 실언을 유도하고 실언에 실언을 더하는 이상한 대화를 보게 되어 마음이 편치 않다. 지지하는 정당의 인사가 하는 말이라도 무조건 잘했다 할 수 없는 것이, 인격 모독에 가까운 발언들이 많기 때문이다. 종종 그저 "예, 아니오만 하세요." 하고 호통을 치고, 자기가 하고 싶은 말은 길게 하는 식으로 마치 기록에 남기기 위해 말을 하는 것이지 상대방과 대화를 하고 싶어 하는 말이 아닌 것으로 보이는 경우도 많다. 이런 식의 대화를 전 국민이 바라보고 있다는 것은 슬픈 일이다. 말하다가 분에 넘쳐 실언을 하고 사과를 하네, 안 하네 하면서 자리를 박차고 떠나는 모습들은 아무리 상대방의 잘못이나 논리적 모순을 들추기 위한 논쟁의 자리라고 해도 기분 좋게 바라볼 수는 없다. 귀를 막고 말만 하는 모습, 듣는 즉시 아무 말이나 하는 모습에서 우리는 지극히 가벼운 말의 농도를 발견하게 된다. 반면에 그런 말잔치 말다툼의 한가운데서도 말의 농도가 묵직한 정치인들을 간혹 발견할 수 있다. 이들은 상대방의 다그치는 호통에 맞받아치기보다는 논리를 세우고 격을 세우는 언변으로 분위기를 일신한다. 이런 중량급 언어에 가벼운 말들은 부딪히는 즉시 멀리 튕겨나가게 마련이다. 한참 호통을 치다가 할 말을 잊는 사람들이 생겨나는 이유가 그것이다. 지나친 궤변론으로 말을 받아치고 이리저리 빠져나가는 사람 역시 신뢰를 잃는다. 그것은 그의 방식이 진실을 떠난 상투적인 것이기 때문이다.

친구 중에 말 잘하는 사람들이 여럿 있다. 다들 말 잘하는 분야도 다르고 그 효과도 다르다. 거래를 잘하는 친구는 스스로 '기름장어'라고 말한다. 상대방과 대화를 하면서 자기가 원하는 거래로 몰고나가고, 상대방이 원하는 것에서는 미끌미끌 잘도 빠져나가는 자신만의 말기술을 자랑한다. 항상 생각지도 못한 조건을 달아내고, 무엇인가 보통사람은 얻을 수 없는 서비스를 얻어낸다. 그러나 간혹 그가 나에게도 그런 식으로 거래를 하고 있을 거라 생각하면 그다지 유쾌하지 않다. 그리고 가끔 그런 눈으로 그가 한 말을 다시 들여다보게 된다. 그가 자랑한 말은 실언이 되어 그를 검증하게 하는 불필요한 말이 되었다. 지나가는 말 한마디의 실언으로 이미지가 한 번에 변하는 경우는 무수히 많다. 그만큼 우리는 남에게 속아서 상처받는 것이 얼마나 아픈지, 먼 조상 때부터 유전자에 각인된 주의력을 갖고 있다.

침묵은 말을 농축해서 그 무게를 더하는 힘이 있다. 침묵의 힘을 보여준 사례로 헤겔Georg Wilhelm Friedrich Hegel, 1770~1831을 들 수 있다. 변증법으로 유명한 헤겔이 철학과 교수가 되었을 때, 쇼펜하우어Arthur Schopenhauer, 1788~1860는 헤겔이 언변이 많이 떨어지는 사람인 것을 알고 그의 강의가 인기가 없을 것이라 예견했다. 그럴 만한 것이 헤겔은 목소리도 작았고, 잔기침을 해서 말을 유창하게 이어가지 못했다. 한마디를 하는 과정에도 자주 끊어지는 것뿐만 아니라, 말을 하다가 내면의 목소리가 강력하여 갑자기 말을 멈추고 생각에 빠져드는 증상이 자주 있었다. 강의 도중 허공을 응시하며 자기 생각에 빠졌다가 불현듯 이야기를 이어가는 신출내기 철학교수의 강연은 과연 어떠했을까? 쇼펜하우어의 예상은 완전히 빗나갔고, 학생들은 그의 간단없는 침묵으로 점철된 수업에 인산인해를 이루었다. 분명 헤겔의 침묵은 이어지는 언어의 농도를 어마어마하게 농축했을 것이고, 학생들은 그 침묵이 만들어내는 엄청난 개념의 발전을 목도하면서 자기도 그렇게 해보길 간절히 원했을 것이다. 그의 강연은 살아 있었고, 그 살아 있음은 즉석에서 빠져드는 사유의 침묵이 증명했다. 그래서 그의 강연은 이제까지 없던 생각이 선포되는 자리였다. 바로 교수, 프로페서professor, 선포하는 자의 말뜻에 가장 걸맞은 강연이 이루어지고 있었던 것이다. 물론 이 경우, 청중은 새로운 논리와 학설을 얻고자 하는 매우 긴 논리를 수용하기를 열망하는 특수한 사람들이었다. 만일 헤겔이 일반 대중을 놓고 쇼펜하우어와 대결을 했다면 그런 영광과 승리는 쉽게 얻어지기 어려웠을 것이다. 대학은 그런 면에서 눌변의 학자들이 숨을 쉬며 활개까지 칠 수 있는 지구상에 매우 특이한 장소일 수 있다. 물론 오늘날도 그렇다고 말하기는 조금 어려운 면이 있지만 말이다.

적절한 침묵으로 우리는 스스로의 품격을 높일 수 있다. 사람들은 침묵하는 사람을 생각 없는 사람으로 여기기보다는 절제하는 사람으로 여긴다. 또한 말하는 사람보다 침묵하는 사람을 더 위험하게 여긴다. 무슨 생각을 하는지 속을 알 수 없다고 하면서 경계한다. 그래서 침묵하는 사람의 표정과 제스처를 열심히 수집한다. 비언어의 언어를 듣고자 한다. 침묵하면 그래서 중간은 간다. 간단한 표정으로 상대방의 논리를 부술 수도 있다. 고개를 끄덕거리면서 동의를 표현하면 말하는 사람은 계속 그를 바라보면서 자신을 얻는다. 자신의 말이 먹히는 사람을 발견한 것이다. 그러나 어느 순간 약간 고개를 갸우뚱하면 말하는 사람은 갑자기 당황하게 마련이다. 아무 말 없이 상대방의 말에 펀치를 먹일 수 있는 것이 침묵의 힘이기도 하다.

그러나 가장 큰 침묵의 힘은 '경청'이다. 침묵하면 더 잘 들린다. 그 침묵은 상대방의 말을 듣는 것이기도 하면서 동시에 내면의 소리를 듣는 것이다. 그래서 말이 없어서 침묵으로 보이지만 침묵으로 내면의 소리를 듣는 것은 동시에 내면에 말을 거는 것이기도 하다. 자기 스스로에게 자기가 말을 하는 것은 자기 자신을 스스로 인지하는 과정, 메타인지metacognition의 순간이다. 메타인지는 종종 우리의 생각의 고리에서 우리를 빠져나오게 해주는 역할을 한다. 그것은 생각의 골짜기에서 빠져나와 다른 세계로 인도하는 각성, 깨달음enlightment을 선물한다. 종교인들이 침묵을 수행의 과정에 도입하는 이유도 여기에 있다. 신은 이들에게 메타인지의 점검자가 된다. 자신의 생각과 행위가 신의 뜻에 합치하는가를 끝없이 돌아보고 반문하는 과정은 침묵 속에서 신의 음성을 경청하는 것이 된다. 이러한 자기성찰은 구도자를 세상과 구별되게 한다.

비트겐슈타인Ludwig Wittgenstein, 1889~1951은 이렇게 말했다. "세계에는 말해질 수 없는 것들이 존재한다. 그러므로 말할 수 없는 것들에 대해서는 침묵해야 한다." 그는 말을 '세계를 표현하는 독'으로 이해했다. 그러나 말이 끊어진 자리, 말로 표현되지 않는 실제에 대해 침묵 속에 표현할 수밖에 없음을 말했다. 그가 말한 것처럼 우리는 말해질 수 없는 것과 직면할 때 침묵할 수밖에 없다. 이것은 충격으로 인한 실어상태가 아니다. 오히려 침묵하고 행동으로 말하는 것이 더 진실을 드러낸다. 사랑도 마찬가지다. 사랑하는 마음을 언어로 모두 표현하기는 불가능하다. 사랑이 절절하면 절절할수록 그것을 표현할 말은 점점 사라진다. 우리는 수많은 러브스토리에서 대신 죽어주는 희생까지도 발견한다. 어떤 사랑은 너무나 슬퍼서 그 사랑의 표현을 정작 당사자는 끝까지 모르는 것으로 끝나기도 한다. 한마디 말이라도 했다면 알았을 것 같은 그런 일도 비일비재하다. 그래서 바울은 이렇게 말했던 것 같다. "우리가 말과 혀로만 사랑할 것이 아니오, 오직 행함과 진실함으로 하자." 침묵하는 행동은 강력한 힘을 갖는다.

침묵은 그래서 언어의 제5원소다. 아리스토텔레스는 지상의 만물이 흙, 불, 물, 공기의 4원소로 구성되어 있다고 했고, 천상의 존재들을 구성하는 원소를 제5원소라고 했다. 그런 면에서 지상에는 없는 원소로 해, 달, 별과 같은 천상의 존재가 구성되어 있다고 생각했다. 그의 〈원소론〉을 말에 적용해 그의 수사학에서 살펴보자면 말을 구축하는 4원소는 논리, 목소리, 말투, 운율 등이다. 그러나 이러한 지상의 말과 다른 천상의 말은 제5원소인 '침묵의 소리'일 것이다. 마치 지구가 도는 소리를 우리가 듣지 못해 침묵으로 들리듯이 내면의 소리, 신의 계시는 너무나 크고 웅장하여 가청 주파수를 넘어서서 침묵으로 들릴 것이다.

잠잠히 하는 말:
묵언 ━

묵언默言, 침묵 속에 하는 말이다. 잠잠한 말을 의미한다. 이것은 말없음의 무언無言이 아니다. 오직 할 말, 쓸 말만을 하는 상태다. 우리가 즐기는 수다의 대부분은 해도 그만 안 해도 그만인 경우가 많지만 잠잠히 하는 말은 간절한 바람이 깃들어 있다. 너무나 간절해서 소리내어 말하지 못하는 경우가 많다.

잠잠할 묵默은 개짖는 소리도 들리지 않는 칠흑 같은 어둠의 잠잠함을 의미한다. 지금은 사라진 통금 시절, 야경꾼의 딱딱이 소리에 놀라 멀리서 들려오는 개짖는 소리는 겨울밤을 더욱 춥게 만들었다. 개마저 잠들어 잠잠한 순간, 그런 고요함이 잠잠할 묵默자에 들어 있다. 이 침묵은 언어가 끊어진 것이 아니라 무엇으로 가득한 언어다. 그것은 잠잠하되 쉼 없이 바라는 말이다.

묵언은 종종 실성한 사람의 소리로 들리기도 한다. 아들 낳기를 기도하던 여인이 있었다. 그녀는 성전에 가서 매일 기도를 드렸다. 그 간절함이 지나쳐 그의 기도를 보고 제사장은 그녀가 실성했다고 생각할 정도였다. 잠잠함으로 드린 간절한 기도에 신은 응답했고, 그녀는 사무엘이라는 선지자를 낳는다.

잠잠한 말을 사용하는 사람들이 있다. 주문이나 경전을 외는 사람들이다. 같은 단어나 구절을 반복하여 잠잠히 말한다. 노래를 하는 것처럼 하고, 이것을 경을 읽는다 하여 '독경'이라 하기도 한다. 주문을 외운다고 하고, 주문에 효험이 있어 술법이 통한다고도 한다. 이런 잠잠히 반복되는 가득 찬 말은 대부분 어떤 염원이 들어 있다.

하와이 원주민들에게는 고대의 영매들이 남겨 놓은 '묵언'이 남아 있다. 이들은 이 세상의 나쁜 일들은 악한 기운이 점령한 까닭으로 이해하고, 이것을 정화하는 방법을 갖고 있다고 한다. 이들의 정화 의식은 '호오포노포노'라는 이름으로 알려져 있다. 사실인지 확인하기 어렵지만

이 묵언수행법을 익힌 정신과 의사는 하와이의 가장 심각한 정신병동의 환자들을 직접 대면하지 않고, 단지 그들의 차트를 놓고 묵언수행으로 반 정도의 중증환자를 치료했다고 한다. 그가 행한 것은 단지 네 마디 말을 환자의 차트를 펼쳐 놓고 반복하는 것이다. 그것은 다름 아닌 '사랑합니다' '미안합니다' '용서하세요' '고맙습니다'라는 네 가지 말이다. 여기서 그가 강조하는 것은 환자의 아픔을 나의 아픔으로 받아들이는 것과 그의 아픔에 나의 잘못이 개입되어 있다는 사실을 인정하는 것이다. 그래서 죄송합니다, 용서하세요, 하는 주문을 외운다. 하와이의 영매들은 이 세상의 모든 어려운 일들이 서로 연결되어 일어난다고 믿었던 것 같다. 상대방을 일으켜 세우기 위해 하는 주문치고는 매우 지성적이며 합리적인 요소가 있다는 점에서 현대적이기까지 하다. 누군가 아픈 사람을 만났을 때, 그에게 해줄 수 있는 위로의 말이기도 하다. 이 말은 소리를 내도 좋고 소리를 내지 않아도 좋다. 그저 상대방이 치유되기를 간절히 바라는 것이다.

마음의 불안을 다스리는 것 역시 묵언이 작동하는 분야다. 틱낫한[Thich Nhat Hanh, 1926~]이라는 스님은 베트남 출신으로 유럽에서 서구인들에게 동양의 '마음 챙기는 법'을 가르치고 있다. 그는 보트피플이 되어 생사를 넘나들며 인간의 잔혹함에 대한 분노와 두려움을 모두 겪었다. 그 스스로도 감당하기 힘든 경험을 그는 묵언으로 극복했고, 그의 묵언을 사람들에게 가르치고 있다. 그는 생명이 호흡에 달려 있음에 주목한다. 숨을 들이마시고 내쉬는 것이 멈추면 죽음이고, 이것이 진행되면 살아 있는 것이다. 숨을 들이마시고 내쉬는 가운데 얻을 것과 버릴 것을 취한다. 그는 숨을 들이마시면서 미소를 지으며 "감사합니다."라는 묵언을 하는 것을 추천한다. 그리고 숨을 내쉬면서 자기 안에 있는 분노와 불안을 내보낸다. 자기 안의 고통을 내보내고 우주의 위로와 생명으로 채우는 것을 호흡에 덧붙인 것이다. 숨 쉴 때마다 '감사합니다, 버립니다'를 반복하는 가운데 불안과 분노는 사라지고 감사와 사랑으로 충만해진다고 한다. 이런 잠잠한 말의 반복은 심정을 바꿔주는 효과가 있다.

최근 유발 하라리나 베르나르 베르베르 같은 서양의 베스트셀러 작가들이 즐겨하는 명상법은 '위빠사나vipassana' 명상법이다. 이것은 잠잠한 언어의 충만한 지속을 요구한다. 미얀마의 고승이 전수한 이 명상법은 '자기 자신을 알아채기'에 집중한다. 우리는 생각이나 행동에 빠져 종종 자기 자신을 망각한다. 그러나 조용히 앉아 숨을 쉬면서 자신의 생각이나 행동을 말로 표현하는 것이다. 아무 생각이 없는데 숨을 쉬고 있으면 숨쉬기를 말로 표현한다. 들숨 날숨, 들숨 날숨, 이런 식이다. 걸어가는 중이면 왼발 오른발, 왼발 오른발, 이런 식으로 계속 자신의 신체나 생각의 변화를 말로 표현한다. 생각 역시 마찬가지다. 떠오르는 생각의 주제를 말로 한다. 아무 생각도 없으면 '무념'이라고 말한다. 화가 나 있으면 '화남'이라고 말한다. 기쁘면 '기쁨'이라고 한다. 마치 문화인류학자나 생물학자가 옆에서 나를 관찰하고 연구 노트에 기록하듯이 자신의 행동과 생각, 감정을 잠잠히 말로 표현한다. 이러는 가운데 자기 자신을 알아채게 된다고 한다. 이것은 매우 고차원적인 생각이나 사업에 몰두하고 있는 현대인에게 전혀 다른 깨달음을 줄 것이 분명하다. 사실 자신이 이런 일을 하는 가운데 자신을 잊어버리고 있지만 정작 자신의 기본은 숨쉬기, 걷기, 오감으로 느끼기, 감정의 동요, 생각 들인 것이다. 이것을 인지하면서 욕망과 이상에서 자신으로 돌아올 수 있다. 그러면 남들이 불러주는 나, 내가 되고 싶은 나가 아닌 실제의 '진짜 나 자신'을 알아채게 된다. 분명 이것은 매순간 자신을 관찰하는 메타인지 훈련이다.

샤먼에서 고등종교에 이르기까지 잠잠한 말은 중요한 역할을 해왔다. 그것은 간절한 기도이고, 소리 없는 아우성이기도 하다. 소리내지 않고도 우리는 웅변을 토할 수 있다. 그것이 묵언의 힘이다. 소리내지 않고도 우리는 소통할 수 있다. 소통하여 스스로를 개조하고 타인에게 선한 영향을 끼칠 수 있다. 타자의 고통을 나의 잘못에서 비롯된 것으로 여기는 마음은 용서를 구하는 마음을 낳고, 그것으로 이미 나의 잘못이 치유되는 효과를 준다. 마음속의 고통, 분노와 두려움을 호흡과 함께 내보내고, 감사와 사랑으로 충만히 들이킬 때, 우리의 호흡은 단순한 호흡이 아니고 간절한 대화이고 잠잠한 묵언이 된다.

종교인들은 묵언과 달리 스스로도 알 수 없는 언어로 기도하는 경우가 있다. '방언'이라고 하는 것이다. 이것은 이성적인 언어로 신과 교감하는 한계를 넘어선 언어다. 확실히 방언은 묵언과는 다른 차원의 행동을 불러온다. 대부분의 경우 언어의 뜻을 알 수 없지만 평시와 다른 상태에서 소리를 반복해서 내는 경우가 많다. 가끔 매우 정교한 언어적 요소를 갖는 경우도 있는데, 이런 경우에 자신이 하는 어떤 단어가 무엇을 의미하는지 스스로 알기도 한다. 또한 알아들을 수 없는 이상한 말인 방언을 듣고 이것을 통역하는 사람이 있기도 하다. 특정 종교에서는 이러한 상태로 인해 깊은 영성에 들어간 것으로 착각하여 교만해지는 것을 경계하기도 한다. 그러나 광의로 보자면 방언 역시 묵언에 속한다고 보아야 할 것이다. 물론 전혀 잠잠하지 않지만 알 수 없는 말을 반복한다는 점에서, 그 반복적인 간절함의 관점에서 보자면 소리내는 묵언이라고 생각된다.

묵언은 혼자 말하기의 한 종류다. 묵언을 통해 우리는 자신을 알아채고, 자신을 개선하며, 타인의 고통에 동참하는 것도 가능하다. 묵언을 통해 신성한 신의 음성을 듣고 신과 대화하는 영성의 길이 열린다. 그런 면에서 말 잘하는 사람 중에는 이렇게 묵언을 잘하는 사람도 있다는 것에 주목할 필요가 있다.

4장

/

말의 사람

언어조작의 선동가:
히틀러 ─

정치가나 리더들은 연설할 기회가 많다. 연설은 자신의 존재를 알리고 듣는 이의 마음을 사로잡는 호소이고 설득의 말이다. 연설을 잘하는 사람들 중에는 부단한 연습으로 어느 경지에 도달한 사람도 있지만 타고난 사람들도 많다. 연설을 잘하는 사람들은 대부분 카리스마가 넘친다는 말을 듣는다. 여기서 카리스마charisma는 아름다운에 해당하는 '카리스charis'와 은사 혹은 은총을 말하는 '마ma'의 합성어다. '아름다운 은사'는 특별히 신에게 받은 것을 의미한다. 카리스마 넘치는 지도자, 연설가는 신이 부여한 은사를 베풀고 있는 사람이니 당연히 특별하다. 그러나 오늘날 카리스마는 아름다운 것이 아니라 뭔가 권위적이고 거절하면 후한이 두려울 것 같은 상대에게 붙여주는 명칭이 되었다. 옛사람들의 눈에는 사람의 덕성 중에 가장 칭송받는 덕성을 '비르투스'라고 했다. 이 비르투스virtus는 오늘날 버튜virtue라는 단어가 되었고, 덕을 지칭한다. 비르투스의 원뜻은 남자답다는 것으로, 남자다움은 대의를 위해 아낌없이 목숨도 바치는 그런 용맹하고 희생적인 성향을 말한다. 아름다움에 대한 감각은 하도 다양하여 남성의 위엄도 아름다움이 되었기에, 카리스마는 미소년같이 아름다운 남자가 아니라 전쟁에 나가 적을 부수는 남자에게 어울리는 말이다. 그러나 냉정히 말하자면 카리스마는 그야말로 아름다운 은총으로, 카리스마 있는 자의 말은 위협적이기보다는 가슴을 흔드는 감동으로 넘친 말일 것이다.

사람의 마음을 흔든 언어의 마술사로 아돌프 히틀러[Adolf Hitler, 1889~1945]를 빼놓을 수 없다. 그는 연설의 달인이었으나 음악과 시, 그리고 철학의 나라 독일을 야만으로 몰아넣은 사람이다. 그의 연설은 절대로 카리스하지 않았다. 그는 대규모 집회에 유니폼을 입은 젊은이를 동원했고, 그의 이데올로기를 주입할 무대를 마련했다. 히틀러는 대중들이 어떻게 흥분하여 한 방향으로 나아가게 하는지를 잘 아는 사람으로 프로파간다[propaganda]의 힘을 활용했다. 이러한 선전선동은 1차 세계대전 내내 있어왔던 것이지만 그와 함께한 괴벨스[Joseph Goebbels, 897~1945]는 이를 더욱 폭발적으로 확장시켰다. 그가 채택한 방식은 바로 언어조작이었다. 이런 언어조작을 통한 선전선동기술은 히틀러가 쓴 『나의 투쟁』에 잘 나와 있는데, 겉으로는 히틀러를 욕하면서도 그가 성공한 언어조작의 정치 선동기술을 은근히 배우고 따라하는 사람들이 많다.

유태인 혈통이란 이유로 교수직에서 쫓겨난 드레스덴 대학의 교수 빅토르 클렘페레[Victor Klemperer, 1881~1960]는 언어학자답게 나치가 벌여온 언어조작에 대해 자세한 기록을 남겼다. 클렘페레는 나치가 광적으로 글자를 줄여 약어^{略語}를 만드는 것을 보면서 나치의 언어를 제3국어^{LTI: Linguia Tertiti Imperii}라고 불렀다. 사실 이런 약어는 나치가 세력이 약했던 초창기에 자신들의 신분을 숨기기 위해 사용했지만 이후에는 나치에 대한 소속감을 강화하는 효과가 생겼다. 더욱이 그 줄인 말은 특정한 뜻과 전혀 다른 형태나 뜻을 갖는 경우가 많아, 자신들만이 소통하는 단어가 어떻게 대중을 선동하는 도구로 사용되었는지를 조사했다.

나치는 신조어를 만들어내는 데 매우 능했다. '유태인 학살'이란 단어는 나치당원이라 하더라도 그 말이 갖는 잔인성으로 머뭇거릴 수밖에 없는 단어다. 나치는 이것을 '최종해결^{Endlösung}'용으로 사용했다. 이것은 학살의 잔혹성과는 전혀 다른 일상의 언어가 된다. 이들은 유태인 학살을 '불가피하게 할 수 없이 하는 일'로 느끼도록 단어를 조작했다. 대중들은 유태인 학살에 대해 점점 무감각해져갔다. 같은 독일어를 사용하더라도 독일민족이 아닌 사람을 부르는 말로 '타민족^{fremdvölkisch}'이란 단어를 썼는데, 이 단어로 말미암아 독일어를 쓰더라도 인종이 다르면 얼마든지 차별해도 된다는 의식을 불러일으켰다.

일상 언어의 조작은 사람들의 사고방식을 변경하는 힘이 있다는 것을 이들은 잘 알고 있었다. 일례로 그들이 자랑하는 아리안족이 타민족과 결혼을 포함하는 성적인 관계를 갖는 것을 혐오하기 위해 혼혈이라든지 성적 타락이란 말을 사용하지 않고 '인종의 수치^{rassenschande}'라는 단어를 만들어 사용했다. 당연히 아리안족이 우수한 혈통의 민족이란 것을 드러내기 위해 아리안족의 우수성을 드러내고 자랑하는 것을 '혈통의식

Blut-bewuβtsein'이란 학술용어를 차용했다. 어려운 학술용어를 도입함으로 이들이 매우 지성적인 민족이라는 인식을 서로 교환하는 효과를 거두었다. 거리의 부랑자가 아리안족이라면서 혈통의식을 운운하는 광경을 상상해보면 당시의 상황을 쉽게 알 수 있다.

이런 신조어, 줄임말들은 나치가 힘을 더해갈수록 대중 속에 파고들어 자신이 나치를 찬성하는 사람이란 것을 힘주어 말하지 않고도 표현할 수 있게 해주었다. 사람들은 점점 이런 단어를 적극적으로 사용했고 유행어가 되었다. 인기 있는 연예인이 우연히 한 어떤 말이 계속 반복되면서 사람들이 따라하는 현상을 우리는 잘 알고 있다. '부탁해요'란 말을 듣거나 보는 순간, 우리는 어떤 연예인이 떠오른다. 대통령이나 리더가 한 말 중에 특정한 단어를 따라하는 사람들은 자신이 충성스런 멤버라는 것을 드러내고자 하는 욕망이 작동하는 경우가 많다.

언어조작이 바이러스가 세포에 침투하여 증식하고 마침내 숙주를 파괴하듯이 인간의 정신에 파고들어 증식하고 파괴하는 것을 관찰한 괴벨스는 이것을 좀 더 효과적으로 사용하기로 결심한다. 그는 단어조작을 넘어서 문장을 놓고 효과를 보려 하였다. 그가 발견한 것은 사람들이 긴 문장보다는 간결한 문장에 반응한다는 것이다. 그리고 간결할 뿐만 아니라 인간의 능력으로 끌어내릴 수 있는 가장 무식한 수준의 언어를 사용할 때 효과가 매우 크다는 것을 알았다. 물론 이것은 광고 카피에 많이 적용되는 기법이기도 하다. '산소 같은 여자', 이런 말이 먹혀들어가는 것을 보면 알 수 있다. 괴벨스는 나치의 언어가 사람들의 정신에 파고들어 증식하고 황폐화시키기에 가장 적합한 형태로 만들기를 원했고, 그 결과는 '가급적 무식하고 짧은 문장'이라는 프로파간다의 금과옥조를 발견했다. 군사언어가 일상의 언어로 등장하는 순간이었다.

그는 또한 종교지도자들이 이미 신도들에게 이런 식의 프로파간다를 잘하고 있음을 주목했다. 그래서 종교지도자들이 사용하는 언어를 차용하기 시작했다. 이것은 그들의 잔혹한 일상을 거룩한 의식으로 이해하도록 하는 정신의 교란을 가능하게 했다. 나치를 위해 싸우다 죽은 사람을 가톨릭에서 사용하는 순교자로 지칭하여 거의 사이비교주와 일치하는 언어조작을 했다. 최근 뉴스를 장식하는 사이비종교에는 어김없이 교주를 지칭하는 신조어가 있으며, 자신들을 부르는 특별한 언어와 포섭대상을 부르는 단어가 각기 다른 것을 우리는 알고 있다. 히틀러는 '신의 뜻을 이루는 도구Werkzeuder Vorsehung'라 하여 자신들의 이데올로기를 종교적 거룩함으로 치장하고자 했다. 만일 어떤 사람이 사망한 군인을 집사나 장로 혹은 사도라고 하면 그는 '피의 증인'이란 말을 모르는 무식쟁이이고 나치에 대한 충성이 매우 빈약하거나 심지어 혈통의 수치를 일으킬 타민족일 가능성이 높다고 여기게 했다.

나치는 열광의 도가니를 만드는 무대연출에 능했다. 이들은 과거 그리스 사람들이 비극을 보면서 카타르시스를 느끼고 전쟁에서 산화하기를 결심한 것처럼 오페라극장에서 오페라를 활용했다. 그것은 대중에게 목숨을 바쳐도 아깝지 않은 이상을 향해 나아가는 위대한 발걸음에 함께 동참한 착각을 불러일으켰다. 깃발이 가득했고, 사람들은 나치의 특색을 드러내는 유니폼을 입었다. 흥분하기를 원하는 군중에게 나치는 "전면전을 원하십니까?" 하고 질문했고, 군중은 일제히 '승리, 승리, 승리!'를 외쳤다. 오늘날 독일 분데스리가에서 축구 응원 중에 'Sieg! Sieg! Sieg!'라는 말이 나오면 불편해 하는 사람들이 있는 것은 그들에게 나치의 추억이 얼마나 수치스런 과거인가를 알게 해준다. 이들은 전면전과 승리를 외치는 것을 마치 교회에서 성직자가 '할렐루야'를 외치면 성도들이 '아멘'이라고 크게 외치는 것과 비슷한 모습이었다. 이렇게 나치는 문학과 철학과 음악의 국민인 독일인들을 2차 세계대전과 유태인 학살의 피비린내 나는 야만으로 몰아넣었다.

언어의 조작은 정신을 변경한다. 그런 면에서 언어조작은 바이러스와 같다. 바이러스의 침투를 발견하고 이것을 퇴치하는 것은 백신이다. 만일 당시 독일인에게 나치라는 바이러스를 인지하고 이를 제거하는 백신이 있었다면 독일인들은 이러한 역사의 수치를 오늘도 되새길 필요가 없을 것이다. 정신의 바이러스를 퇴치할 백신은 무엇일까?

정신의 바이러스를 퇴치할 백신은 바로 '인문학적 성찰'이다. 인문학은 그저 품격 있는 삶을 살거나 고전과 역사에 대한 많은 지식을 갖고 재미난 이야기를 하는 데만 소용되는 것이 아니다. 인문학 열풍이 불고 있는 지금, 우리는 그 인문학이 자칫 새로운 형태의 바이러스가 아닌가, 의심할 필요가 있다. 건강한 성찰은 정신의 바이러스를 퇴치한다.

선동의 연설가 히틀러는 그런 면에서 역사의 오점이지만 이상하게 많은 사람들이 그를 연구하고 그의 연설을 배우고자 하는 것은 아이러니하다. 그가 조용한 미술학도로 그림을 그리며 살았다면 20세기는 많이 다른 모습이었을지도 모른다. 그러나 그는 자신이 추구한 많은 길들이 통하게 되자 마침내 사람들 앞에 서서 연설을 했고, 그의 세 치 혀는 사람들을 움직였다. 그는 자신이 타고난 연설가란 것을 깨닫고 자신도 놀랐다. 그러나 이 타고난 연설가의 가슴속에 불타는 정신은 모든 사람들의 정신과 영혼을 파괴할 바로 정신의 바이러스였다. 바이러스는 아주 작아 세포에 침투한다. 괴벨스가 깨달은 것처럼 정신을 파괴하는 언어는 바이러스처럼 짧고 무식하다. 이 짧고 무식한 말을 성찰하고 그 위험을 가려내는 인문학적 성찰이라는 백신이 넘쳐날 때 사회는 건강한 연설과 높다란 이상으로 아름다울 것이다.

수사학으로 무장한 논쟁가: 마르틴 루터 ─

　　　　　　　　　　마르틴 루터Martin Luther, 1483~1546는 종교개혁가이고, 종교개혁을 위해 대자보를 성당의 문에 붙인 성직자로 잘 알려져 있다. 그의 이미지는 불같은 투사로 비춰진다. 그러나 마르틴 루터는 폭력이 아닌 말싸움으로 이 모든 개혁의 투쟁을 성취했다. 그의 일생에 수많은 논쟁이 있었지만 라이프치히 논쟁이 가장 유명하다.

　라이프치히 논쟁 혹은 토론Leibziger disputation은 1519년 6월 27일에서 7월 16일 사이로 대략 20일간에 벌어진 논쟁이다.(7월 4일에서 7월 14일의 10

일간 : 원래 논쟁은 카를 슈타트와 에크 사이에서 시작되었다가 7월 4일부터 에크가 루터를 논쟁의 대상으로 불렀고, 루터가 마다하지 않으면서 생긴 날짜의 차이일 것이다) 우리나라였다면 장마의 한가운데서 찜통더위로 나가는 순간이었겠지만 독일이니 장마는 없었다. 이 논쟁은 작센의 게오르게^{George the Bearded, Duke of Saxony, 1471~1539} 공작이 기획한 것인데, 그는 비텐베르그대학의 주인으로서 대학의 명성을 끌어올려 유럽의 중심에 서고 싶어 했다. 그 기획은 대중에게 인기를 얻고 있는 마르틴 루터의 신학사상에 대해 가톨릭교회와 토론을 붙여서 사람들에게 보여주는 것이었다. 대학의 이름을 알리는 흥행과 더불어 그가 대중과 함께하는 정치지도자라는 이미지를 동시에 얻을 수 있기를 원했다.

토론은 마르틴 루터 측과 가톨릭교회 측이 맞붙어 진행되었다. 마르틴 루터 측은 루터 자신과 안드레아스 카를 슈타트^{Andreas Karlstadt, 1486~1541}, 필리프 멜란히톤^{Philip Melanchthon, 1497~1560} 등 세 명이었고, 가톨릭 측은 잉골슈타트대학의 신학교수인 요한 에크^{Johann Eck, 1486~1543}였다. 에크는 한때 루터의 친구이기도 했지만 이제는 신학적 입장이 서로 다른 논쟁의 적이 되었다. 라이프치히 논쟁은 비록 게오르게 공작이 자신의 대학과 정치적 이미지를 높이고자 기획한 것이지만 참여자에게는 더할 나위 없이 부담스런 토론회였다. 에크에겐 루터가 이단임을 입증하는 것이 목적이었고, 루터는 자신이 이단이 아니고 진정으로 성서의 교리에 맞는 신학을 갖고 있는 인물임을 입증해야 하는 상황이었다. 만일 루터가 논쟁에 져서 이단으로 몰리면 그는 화형까지도 포함한 목숨을 보장할 수 없는 상황에 처할 것은 너무나 뻔했다. 무대만 다를 뿐 로마시대 콜로세움에서의 목숨을 건 검투사의 싸움과 다를 바 없는 세기의 대결이 벌어졌다. 청중들이 들어와 경청하는 공개 토론으로, 한마디 한마디가 다시 주워 담을 수 없는 것이 요즘으로 하자면 생방송 토론과 같았다.

물론 이 논쟁은 교황청에도 부담스러운 것이었다. 그래서 추기경을 통해 루터에게 문제를 일으키지 말아달라는 꼬임도 있었지만 루터는 이를 거부하고 논쟁에 참여했다. 루터와 에크는 불꽃 튀는 입씨름을 했고, 이것을 지켜보는 사람들은 이 논쟁에서 논리의 흐름과 더불어 두 사람의 논쟁에 임하는 자세와 설득력을 감상했다. 다음 글들은 이를 지켜본 사람들의 목격담이다.

"루터는 중간 정도의 키에, 토론에 대한 걱정과 준비를 위한 연구로 몸이 바싹 야위었다. 피골이 상접하여 그의 뼈를 다 셀 수 있을 정도였다." 이 글을 보면 우리가 초상화에서 보는 루터와는 너무도 다른 모습의 루터를 발견하게 된다. 개혁을 위해 몸을 던진 이후, 루터의 삶의 고단함과 스트레스가 그를 얼마나 괴롭혔고 건강을 잃게 했는지를 보여주는 대목이다.

목격자는 다음과 같은 말도 했다. "그는 남성적인 힘이 넘쳤고, 가슴을 파고드는 힘찬 목소리clear penetrating voice를 갖고 있었다." 이 목격담은 앞의 말과 매우 상반되는 듯이 보인다. 그러나 그 피골이 상접한 루터에게 토론에 임할 충분한 에너지가 넘치고 있음을 암시한다. 아리스토텔레스가 수사학에서 말한 목소리, 어조, 운율이 모두 조화를 이룰 때 공감을 불러일으키는데, 루터는 그런 상태였던 것 같다. 바로 가슴속을 파고드는 명료하고 깊은 목소리가 이것을 대변한다. 루터의 논리는 이런 엄청난 전달력의 목소리에 실려 나가게 되었다. 목격자는 루터의 목소리에 힘이 있었다고 한다. 이것은 속삭이는 것에서 포효하는 외침에 이르는 모든 종류의 강약을 표현할 수 있는 것을 의미한다.

이제 그의 말의 조리를 보자. "그는 학문이 풍부했고, 성경을 손끝에 잡고 마음대로 구사했다." 목격자는 루터가 성경에 완전히 능통한 사람임을 알고 있다. 루터는 필요한 구절이 있으면 그저 슬쩍 펴기만 해도 그 구절이 나왔고, 대부분의 구절들은 보지 않고 척척 외어서 말한 것으로 보인다. 만일 루터가 어떤 구절을 찾느라 오만상을 쓰면서 성경을 뒤적거렸다면 '성경을 손끝에 잡고'라는 표현은 나오지 않았을 것이다. 그의 논리는 성경에 기반을 두었고, 그 기반은 그의 머릿속에 가득 담겨 언제든지 방아쇠를 당기면 총알처럼 쏟아져 나올 준비가 되어 있었다.

목격자는 루터가 이렇게 성경에 통달했을 뿐 아니라 토론에 임하는 태도가 달랐음을 언급한다. "그는 다정하고, 친절했으며, 완고하거나 오만하지 않았다. 카를 슈타트는 루터보다 키가 작았고 얼굴은 훈제한 청어 빛이었다. 그의 목소리는 굵고 불쾌했다. 그의 기억은 더디었으나 성내는 것에는 몹시 급했다." 원래 이 논쟁은 루터의 친구이며 개혁주의자인 카를 슈타트의 공개질의에 의해 촉발되었고, 논쟁은 카를 슈타트와 에크 사이에서 시작되었다. 이것으로 볼 때, 카를 슈타트는 청중의 입장에서 보자면 그다지 호감 가는 인상도 아니었고 목소리도 좋지 않았으며 태도도 맘에 들지 않는 사람이었다. 그는 논쟁에서 논리보다 감정을 실어 상대를 제압할 수 있다고 생각한 것 같다. 이것은 지위가 있을 때는 통하나 이와 같은 공개 토론에서는 전혀 먹히지 않는 실책이다. 그가 한 번 말을 더듬을 때마다, 근거를 찾느라 성서를 오래 뒤적일 때마다, 그리고 벌컥 화를 낼 때마다 그의 논설의 신뢰는 땅에 떨어졌다.

카를 슈타트와의 논쟁, 그리고 이어진 루터와의 논쟁을 지속한 사람은 에크이다. 가톨릭 옹호자인 에크는 청중에게 어떻게 보였을까?

"에크는 가슴팍이 벌어진 육중한 몸과 독일어 악센트가 강한 힘찬 목소리를 갖고 있었다." 이런 진술을 통해 우리는 에크가 이미 카를 슈타트는 가볍게 이기고 루터와 진검승부를 펼친 인물임을 직감한다. 에크와 루터가 논쟁을 벌이는 모습을 생각해보자면, 피골이 상접한 루터와 건장한 에크는 둘 다 힘찬 목소리로 논쟁을 하고 있다. 강건한 육체에서 쏟아지는 힘찬 소리는 당연하겠지만, 연약한 육체에서 쏟아지는 힘찬 목소리는 그가 비록 육신은 쇠약하나 정신은 강건하고 이상으로 불타고 있음을 청중은 직감하고 있다. 강함에서 강함이 나오는 당연함이 아니라 약함에서 강함이 쏟아져 나오는 반전은 감동을 준다.

에크의 목소리에 대한 이야기는 다음과 같다. "그러나 그의 목소리는 분명하지 못했고, 오히려 악센트가 거칠었다." 앞서 루터의 목소리는 명료하게 가슴을 파고드는 목소리였다는 표현과 너무 대조가 된다. 에크는 독일어 악센트는 강하지만 말이 또렷하지 않았다. 세지만 잘 들리지 않는 그런 목소리는 호소력이 적다. 요즘 유행하는 목소리 큰 사람이 이기는 그런 수준이 아닌, 논쟁에서 또렷하고 낭랑한 목소리는 듣는 이에게 집중을 요구하지만 어눌한 목소리는 다른 생각을 하게 만든다.

"그(에크)의 두 눈과 입, 그리고 얼굴 전체의 모습은 신학자라기보다 백정butcher을 연상케 했다." 이것은 청중에게서 얻은 가장 모욕적인 말임과 동시에 그의 논쟁의 모든 것을 설명하는 말이다. 이것은 고매한 신학자가 루터 앞에서는 상대적으로 너무나 거칠어 백정처럼 보일 정도였으니 루터가 얼마나 큰 차이를 만들어냈는지를 보여준다. 루터는 20여 일의 긴 논쟁 중에 10여 일을 논쟁의 주인공이 되면서 청중의 마음을 사로잡았다. 에크는 루터가 꼼짝없이 걸려들 만한 유도질문을 만들어놓고 루터를 끊임없이 몰아쳤다. 덫 앞에 걸려든 짐승처럼 생존을 위해 몸부림 쳐야했던 루터이지만 그는 논쟁의 달인답게 온화한 미소와 적절한 사실과 논리를 제공하며 청중의 마음속을 파고드는 호소력 짙은 목소리로 응대했다. 어떻게 이것이 가능할까? 연출이라면 10여 일을 그렇게 연기를 할 수는 없는 노릇이다. 루터의 평상시 언행이 이러했다고 추측할 수밖에 없다.

에크와 루터는 오랜 친구였다. 서로의 약점을 너무도 잘 아는 처지에 이 정도 질문이면 루터가 꼼짝 못하리라 생각했던 에크의 확신은 서서히 무너져 내려갔다. 그는 점점 화가 났고, 루터는 그의 질문에 답을 하고는 그가 예상하지 못한 질문으로 반격했다. 에크는 대답이 궁했고, 그의 확신 없는 크고 강한 악센트는 토론장의 천장을 치고 맴돌았다.

길고 긴 토론 끝에 루터는 에크의 교회 중심의 정통사상을 '오직 성경'이라는 주장으로 비판했지만, 청중들의 감탄에도 불구하고 교회의 주류 인사들은 그가 반 로마교황주의자라는 것을 확인했다. 교황청은 루터에 대해 분노했지만, 독일의 일반인들 사이에서 루터는 속이 시원하게 한방을 날린 영웅이 되었다. 논쟁이 끝나고 에크는 교황에게 루터를 파문할 것을 요청했다. 1520년 6월 15일, 교황 레오 10세는 "주여 다시 일어서소서_exsurge domine?_"라는 교서로 루터를 파문했고, 루터의 책들은 불살라졌다.

루터는 이렇게 사라졌을까? 그렇지 않았다. 루터는 파문을 당하고 파난하던 중 개혁파 교도들에게 납치를 당해 안전한 곳에 숨겨졌다. 그리고 성 밖에서는 그의 명성이 하늘을 찌르고 있었고, 그는 성서를 독일어로 번역하는 일을 하며 지냈다. 독일인들은 오늘의 독일어에 루터의 영향이 얼마나 크게 미쳤는지를 알고 있다. 그것은 루터가 성서를 독일어로 번역할 때 어렵고 희귀한 단어를 사용하기보다 당시 사람들이 쓰던 말들을 사용했기 때문에 그 성서를 읽으면서 일반인의 독일어는 품위 있고 생동감 넘치는 말로 남게 되었다. 루터는 친구들에게 성서의 라틴어를 어떻게 하면 일반인들이 알아들을 수 있는 독일어로 바꿀 것인가, 끝없이 물었다. 동시에 루터 자신이 말로 사람들의 가슴속을 파고드는 능력이 있었기에, 그가 번역한 독일어 성경은 사람들이 편하게 하는 말들로 되어 있어 읽거나 듣기에도 순해서 사람들의 가슴속에 깊게 파고들었다.

세기적 논쟁의 주인공이 된다는 것은 위험한 일이기도 하지만 그만큼 역사적 가치가 있고, 그 결과가 주는 파급 효과가 크기에 어쩌면 우리 모두의 버킷리스트에 넣고 싶은 항목이 아닐 수 없다. 종교개혁을 놓고 벌인 루터의 논쟁이나 진화론을 놓고 펼쳤던 헉슬리의 논쟁 등을 생각해

보면 논쟁의 승리는 말의 기술에만 있는 것은 분명 아니다. 그러나 기울어진 운동장 같은 상황에서 소수의 의견을 대변하며 승리를 하는 것은 논리와 더불어 논쟁자가 갖추어야 하는 품격과 소통능력이 크게 좌우한다. 상대방이 궁지에 몰렸다고 웃으며 함부로 하는 태도나 다그치며 꾸짖는 태도는 보고 듣는 사람들에게 매우 좋지 않은 인상을 준다. 매일 벌어지는 TV토론이나 청문회를 보면서 논쟁으로 이미지와 명성을 잃는 사람들을 바라본다. 이들은 왜 저 순간에 저렇게밖에 말하지 못할까? 그러나 우리도 그 자리에 섰을 때 전혀 다른 품격 있는 논쟁을 하리란 보장은 없다. 그러기에 작은 논쟁의 훈련을 해나가야 하고, 가장 중요한 것은 말 없는 다수를 향해 말하는 것이라는 점을 새겨야 한다. 논쟁에 임한 상대방은 비록 한 사람이지만 그 논쟁의 논리에는 수많은 사람들이 붙어 있기에, 한마디 한마디를 신중하게 하면서 적대적인 입장의 사람조차 고개를 끄덕이게 하는 언변이 필요하다. 그것은 단순히 상대방의 말실수를 잡아내는 '말꼬리 잡기'가 아니라 주제를 선점하고 리드하는 '말머리 잡기'로 바꾸어야 한다. 상대방의 사소한 말실수는 웃으며 넘어가고 오히려 그 진정한 의도를 밝혀주어 토론의 분위기를 화기애애하게 해나가는 것이 승패를 넘어선 합의의 가능성을 높인다.

교육에서도 토론식 교육이 강화되고 있다. 학업에서조차 내용을 이해하기 위해 서로 다른 입장을 피력하고 논의한다. 그것은 해당 지식을 입체적으로 이해하게 해주며, 관련하여 예상되는 수많은 입장을 미리 경험함으로 그 주제와 연관된 실제 문제를 해결할 수 있는 역량을 키워주기 때문이다.

소통을 즐긴 말의 스승:
공자 ―

교과서가 탄생한 후 원저자가 아닌 사람들도 스승이 될 수 있는 길이 열려 대량 교육의 시대가 되었다. 이제는 온라인 교육이 보편화되고 있어, 지식을 만들어내는 사람들보다 지식을 이해하기 쉬운 형태로 가공 유통하는 사람들이 더욱 힘을 발휘한다. 이들은 복잡한 개념을 단순화하고, 특정 부분을 더욱 강조하는 방법으로 머리에 쏙 무엇인가 들어온 것 같은 착각을 하게 한다. 이런 교육은 흥미는 있으나 사고방식을 교란하고, 누군가가 정리해줘야 비로소 머리에 받아들이는 수용 편향을 일으킨다. 지식생산자와 소비자 사이에 직거래가 일어나던 과거와 달리, 이제는 지식생산자와 지식소비자 사이에 지식유통자의 역할이 더욱 강화되고 있다. 그러나 원지식의 생산자의 숫자가 그리 많은 것이 아니고, 생산자들 역시 기존의 지식에 기대어 가공 유통하는 과정에서 생산의 기회를 얻기에 이것을 무조건 문제 있다고 하기도 어렵다.

지식을 생산하고 소비자에게 전달하는 사람을 '선생'이라 한다. 참 겸손한 말이다. 그저 먼저 생겨나서 더 아는 것이고, 후생에게 전하는 것은 당연한 것으로 여긴다. 그런 면에서 인류의 스승들의 언행은 지금도 전해지고 있다. 예수, 석가, 공자, 소크라테스 이런 분들이다. 이런 분들의 특징은 글보다 말을 남겼고, 제자들은 그들의 가르침을 부지런히 기록하여 오늘날도 우리가 들여다보고 생각에 잠길 수 있다. 이 중 누구이든 그에 대해 잘 안다고 자처하는 사람들이 많을 터이나 우리에게 너무나 친숙하고 우리의 문화에 깊이 배어 있는 스승, 공자를 한번 살펴보자.

공자孔子, B.C. 551~B.C. 479는 여러 책을 남겼기에 글의 사람으로 여기지만, 그가 글을 쓴 기간은 그의 일생에서 마지막 6년 정도다. 그가 74세에 세상을 떠났으니, 68세인 B.C. 484년에 천하주유天下周遊를 끝내고 노나라에 자리한 이후 6년이다. 그는 이때 노구를 이끌고 만인의 교과서가 된 6개의 경전을 저술했다. 그것은 『시경詩經』, 『서경書經』, 『역경易經』, 『예경禮經』, 『악경樂經』, 『춘추春秋』이다. 이 책들은 공자 이전의 여러 사람들의 생각을 편집한 것으로 공자는 그런 면에서 지식의 편집자이고, 편집으로 원저자의 반열에 올랐다. 공자에 대해 온고이지신溫故而知新, 즉 옛것을 잘 습득하여 새로운 것을 알아내는 사람이라고 한 것은 그의 저술이나 언행이 이에 해당했기 때문이다. 공자는 옛것을 가급적 훼손하지 않고 잘 보존하고 그대로 전수하면서 자신의 생각은 자신의 것으로 하고자 하여, 이런 태도를 '술이부작述而不作'이라 했다. 그래서 죽기 전 6년 동안 저술한 6개의 경전 중에 『춘추』만이 자신의 견해를 쓴 것이고, 나머지는 모두 옛것을 체계화했다. '시경'을 보자면, 공자 이전에 있던 3,000여 수의 시詩 중에서 중복되는 것을 배제하고 예의범절에 어긋나는 것을 제외하여 305수를 엄선하여 편집했다.

공자의 말을 살펴보자면, 그가 천하를 주유하는 동안 제자들과 모두 함께 기거하면서 나눈 수많은 이야기가 있음을 알 수 있는 부분이 바로 『논어論語』다. 논어는 제자들이 모여 스승의 언행과 기억을 모아 논찬한 책이니, 성경으로 말하자면 예수의 언행을 기록한 복음서 같은 성격이 있다. 복음서는 예수의 탄생과 사역과 죽음의 서술체계가 있지만, 『논어』는 제자들이 토론과 스승으로부터 들었던 말을 기록한 터라 일정한 체계도 없고 구체적인 이론도 없다. 공자와 제자 사이에 나눈 짧은 대화가 대부분이다. 그런 면에서 공자는 늘 스승으로 말을 했고, 제자들은 토론하고 명심했고, 기억하여 기록했다. 오늘날 우리 손에 들려 있는 『논어』는 원래의 논어에서 중복되는 부분이나 모순되는 부분들을 정리 편집한 것으로, 이것의 편집자는 전한前漢 말엽의 장우張禹, ?~B.C. 5이니, 이 역시 편집의 달인이었던 것 같다. 이렇게 무체계의 논어가 빛을 발한 것은 송나라의 주희朱熹, 1130~1200가 사서에 『맹자』와 『중용』을, 『대학』에 『논어』를 넣고 '사서집주四書集注'라는 주해를 달아 유교의 핵심 경經으로 탄생시킨 것이다. 사실 주해서는 『논어』 안에서 공자의 언행을 해석해내는 것으로, 가르침의 이치인 교리가 된다. 『예기禮記』는 총 49편으로, 이 안에 『중용』과 『대학』이 있어 이것을 4서에 편입함으로 '사서오경四書五經'이 핵심 경전이 되었다.

공자의 언행은 제자들의 기억 속에 기록되었는데, 천하를 주유하는 긴 세월 동안에도 수천 명의 제자들이 공자를 따랐다. 이들 중 많은 제자들이 공자에게 배우다가 여러 나라의 부름을 받고 요직에 등용되기도 했으며, 요직을 수행하는 과정에서 스승의 가르침을 펼치고자 했다. 공자는 제자들을 아끼고, 각자의 특성에 맞는 개별교육을 했다. 그래서 어짊을 나타내는 '인仁'을 가르칠 때도 제자마다 다르게 가르쳤다.

제자들에 대한 공자의 각별한 정을 보자. 공자의 애제자인 안회顔回, B.C.

521~B.C. 481는 공자보다 30살 아래였다. 자식뻘에 해당하는 그에 대한 칭찬이 논어에 쏟아진다. "내가 안회와 종일토록 말을 해보아도 전혀 어기는 일이 없어 어리석은 사람 같았다. 그러나 물러나 자신의 사생활을 성찰하여 내 말의 뜻을 더욱 밝혀내고 있다. 안회는 어리석지 않다."

제자와 하루 종일 말을 한다는 것을 보면 공자가 우선 말하기를 즐겨하는 사람이란 사실과, 얼마나 곧이곧대로 듣는지 안회는 바보처럼 보일 지경이었다. 안회는 공자의 입에서 말을 끌어내는 경청의 달인이었다. 공자는 입이고 안회는 귀다. 안회는 짐짓 아는 척하여 스승의 환심을 사려는 사람이 아니라 깊이 받아들여 당장 받아들이기 어려워도 귀에 담아두고, 돌아가 생각하고 생각하여 실천하고자 애쓴 제자다. 그러니 안회의 머릿속에 공자의 말들은 스쳐 지나가는 것이 아니라 가슴에 새겨지는 경구들이 되었다. 공자는 이런 안회의 일상을 다른 제자들을 통해서 알아보기도 했다. 안회에 대한 이야기는 다른 제자들의 증언이니, 『논어』는 이렇게 집단지성으로 상호 검증된 '말의 책'이다.

공자는 이렇게 잘 들어주는 제자로 인해 하루 종일 말을 하며 즐거워도 했지만, 그 행복에 겨워 안회 같은 제자들 때문에 자신의 생각이 확장되지 않는다고 행복한 비명을 질렀다.

"안회는 나에게 도움을 주는 사람이 못 된다. 그는 내 말이면 무엇이나 즐거워한다." 좋은 학생을 두면 스승이 무능해지는 현상을 공자도 경험한 것 같다. 디지털 네이티브^{digital native} 세대의 학생에게 컴퓨터 관련하여 무엇이나 부탁하는 교수는 결국 컴맹 신세가 되게 마련이다. 말하면

뭐든 명심하고 다 실천하는 제자, 지나가는 말도 그 뜻을 밝히느라 고심하는 제자가 있으니, 그 제자 앞에서 공자의 언행은 날로 달라질 수밖에 없었을 것이다. 공자는 그저 혼자 공자가 된 것이 아니다. 그의 언행은 제자들이라는 거대한 렌즈로 굴절되고 집중되어 빛을 발했다.

말하기를 즐겨하는 공자이건만 말을 잘하는 제자에 대해서는 칭찬에 인색했다. 공자의 제자 중에 매우 뛰어난 인물로 재여宰予, B.C. 522~B.C. 458가 있다. 재여는 발음이 비슷한 한자를 사용해서 운율을 맞추어 강조하는 말을 특히 잘했다.

"하나라의 우 씨는 소나무를, 은나라에서는 잣나무를 심었지만 주나라 사람들은 밤나무[栗,율]를 심었다. 백성들로 하여금 두려워 떨게[慄, 율] 할 생각이었다." 밤나무 '율'과 두려워할 '율'의 음이 같은 것을 이용한 멋진 말이다. 그러나 공자는 그의 말을 칭찬하지 않았다. 공자는 이렇게 흔들어 말하는 것의 위험과 남의 허물을 탓하는 것을 경계했다.

"다된 일을 이야기하지 말고, 끝난 일을 간하지 말고, 지난 일을 탓하지 말라." 공자는 말 잘하는 재여를 만나고는 말로만 사람을 평하지 말고 행동을 다 살펴야한다고 생각했다. 말을 너무 잘해 듣는 이의 귀에 쏙쏙 들어오게 하는 재여, 너무 잘 듣고 고민하여 어리석어보이는 안회를 놓고 공자는 안회의 손을 들어주었다. 『논어』에는 재여가 공자의 꾸지람을 많이 들어 눈에 띄고 고칠 점이 많은 인물로 보인다. 그러나 『맹자』는 재여를 재평가하여 세워주었고, 재여 역시 『논어』에서 기록된 것과 달리 스승 공자를 '요임금이나 순임금보다 현명한 분'이라 존경한 것을 보면 공자가 그에게 보여준 나무람의 말조차 말 잘하는 재여의 귀에도 들릴 정도였던 것 같다.

　3,000여 명의 제자들을 가르친 공자는 오늘날의 대량 교육 시스템이 없던 시절을 생각하면 정말 대단한 스승이 아닐 수 없다. 그 제자들은 공자를 따르는 중에도 어느 제후가 중용을 하면 그 나라에 가서 일을 해주게 되는 경우도 많았는데, 임무가 끝나면 공자는 그 제자를 다시 받아주고, 임무 중에도 여러 가지로 조언하며 도와주는 스승으로 지도하고 지원하는 일도 멈추지 않았다. 오늘날 선생된 사람들도 고충이 많지만, 공자는 안정적인 생활이 불가능한 상황에서도 인생의 도리를 가르친 선생으로서의 삶을 이어간 것은 경탄스럽다.

　말과 행동이 모순되지 않는 '언행일치', 아는 것과 행함이 하나가 되는 '지행합일'은 스승의 기본이다. 오늘날 멋진 말을 하는 사람들은 많으나, 얼마 가지 못해 말과 행동이 다른 위선이 드러나는 경우가 너무 많다. 가릴 것이 별로 없어진 투명사회에서 존경할 스승을 찾기란 하늘의 별따기다. 언행일치, 지행합일의 사람은 공자의 제자 안회가 보여준 것 같이 스스로 돌아보아 행할 수 없는 말을 할 수 없기에, 말이 어눌해서 바보처럼 보이는 경우가 많다. 반면에 사람들의 마음을 흔드는 명연설가들 중에는 자신의 말과 행동이 전혀 상관없는 사람들도 많다. 자신의 생활이나 행동과 상관없는 말을 하기 시작하면 언행의 불일치는 무슨 말이든 할 수 있는 사람으로 변모시킨다. 점점 자신은 할 수 없지만 너희는 해야 된다는 식의 말을 쏟아내게 되고, 사람들은 그 말 앞에 무릎을 꿇는다. 그리고 이 언행불일치의 사람은 지도자인 양 대중 앞에 서기도 한다. 이런 거짓의 지도자들은 더욱 강력한 말 폭탄으로 대중을 선동하고 세상을 어지럽힌다. 그래서 말보다 사소한 행동을 유의해서 보면 그 사람의 실체가 드러난다. 모두를 속일 것 같지만 어느 날 사람들이 하나둘 등을 돌리고, 그가 사자후를 토하면 토할수록 그의 주변은 공허의 넓은 진공이 확산될 것이다. 공허한 외침의 주인공이 될 것인가 아니면 조용한 웅변을 펼칠 것인가?

말로 반석이 된 제자:
베드로 ━

새로운 종교의 창시자들은 다들 특별함이 있지만, 그것이 전해지고 확산되는 것에는 항상 후계자들의 탁월함이 있었다. 그것은 창시자와는 비교가 되지 않는 작은 오라aura를 갖고도, 창시자를 더욱 빛나게 하면서 동시에 교리를 세우고, 교세를 확장시켜 나갔기에 그들은 후계자로 인정받는다. 후계자들은 대개가 말의 사람이거나 글의 사람이다.

예수Jesus of Nazareth, B.C. 7경~A.D. 26경의 제자들 중에 언변이 탁월한 사람은 아무래도 베드로Peter the Apostle, ?~A.D. 64경이다. 그러나 글을 잘 써서 사람들을 감동시키고 교리를 세워나간 사람은 바울Paul the Apostle, A.D. 10경~67경이다. 베드로와 바울은 오늘날의 기독교를 이룬 후계자들이다.

석가의 제자들 중에도 언변이 탁월한 제자들이 있었다. 물론 말없이 이심전심으로 석가의 가르침을 깨달은 가섭 같은 제자도 있었지만, 설법 제일의 제자는 부루나富樓那, 미상이다. 그는 부처와 같은 날 태어났을 뿐 아니라, 말재주로 사람들을 즐겁게 하고, 쓴소리로 사람들을 계도했고, 텅 빈 공허함을 가르쳐 사람들을 믿게 하여 99,000명을 혼자서 계도했다고 한다. 교리를 놓고 논쟁을 하는 부분에서는 서인도 아반티국 출신의 마하가전연摩訶迦涅延, 미상이라는 사람이 전해지는데, 간명한 부처의 말을 설명할 때 해박한 불교이론과 말솜씨를 부렸다고 한다.

구한말 나라의 운명이 풍전등화일 때, 우리는 수많은 신흥종교들이 탄생한 것을 알고 있다. 동학이 그러했고, 원불교가 그랬고, 대종교가 그랬다. 이 중 동학의 후계자는 신비하다. 동학의 교주 최제우崔濟愚, 1824~1864가 많은 학식을 갖춘 사람인데 반해, 2대 교주인 최시형崔時亨, 1827~1898은 포항 흥해읍 사람으로 원래 종이 뜨는 일과 품앗이를 하는 사람이었고, 배움이 없었다. 그러나 그가 최제우를 만나고 전념으로 기도하면서 도를 얻었다고 하는데, 그는 배움이 없었기에 그의 말과 행동으로 동학을 포교했다. 그가 동학의 어느 지도자 집에 들렀을 때, 밤 깊었는데도 베틀소리가 들려 그가 "베를 짜는 이가 뉘시오" 하고 묻자 주인장은 "며느리지 누굽니까?" 하기에 그가 다시 묻고 또 다시 묻기를 여러 번 하니 다들 의아해했다고 한다. 제자들이 나중에 왜 그리 당연한 것을 자꾸 물으셨나, 묻자 최시형은 며느리 안에 천주가 있으니 천주가 베를 짠다고 답했어야 한다고 가르쳤다고 한다. 이런 인내천人乃天 사상은 3.1 만세운동을 주도한 3대 교주 손병희孫秉熙, 1861~1922에게도 전해졌다. 그의 사위인 방정환方定煥, 1899~1931은 어린이도 천주라는 생각으로 당시 학대받고 하찮게 여겨지던 어린이를 위해 '어린이날'을 만드는 등 실제로 사회에 자신들의 교리를 심는 일을 했다. 글을 모르나 말과 행동으로도 교세를 확장시킬 수 있다는 점에서 언행의 힘을 알 수 있다.

복음서를 읽다 보면, 예수와 가장 많은 이야기를 한 제자이며 후계자인 베드로라는 인물이 있다. 그는 원래 시몬이란 이름의 갈릴리에서 고기 잡는 업을 하는 사람이었는데, 예수를 만나 일을 그만두고 제자로 나선 사람이다. 무슨 일이든 속에서 나는 생각을 즉각 말하고 행동하는 버릇이 있어 무식하고 경솔하고 무모한 사람으로 이해되기도 하지만, 그가 '믿음의 반석'인 것에는 모두 동의한다. 왜냐하면 시몬이란 이름 대신 '반석'을 의미하는 베드로라는 이름은 예수가 직접 지어주었기 때문이다. 그러나 베드로는 최시형과 달리 성경에 '베드로 전서'와 '후서'라는 짧은 경전을 넣었으니, 그의 글에서 그의 언어의 흔적을 확인할 수 있다. 그의 언행을 살펴보자.

예수가 베드로를 처음 만날 날, 그는 밤새 고기를 잡으려고 그물질을 했으나 허탕이었다. 웬 젊은이가 베드로에게 깊은 물로 그물을 던지라고 했다. 물질에 이골이 난 베드로는 어차피 안 되던 그물질이었기에 젊은이의 말대로 해보았다. 이상한 일이었다. 그물엔 고기가 넘쳤고 찢어질 지경이었다. 이 젊은이는 도대체 누구란 말인가? 베드로는 이 사람이 보통사람이 아니란 것을 직감한다. 그리고 어쩌면 신이 보낸 사자라고 생각했을 것이다. 베드로의 첫마디는 신기하다.

"주여 나를 떠나소서. 나는 죄인이로소이다."

베드로는 젊은이가 적어도 자신의 주인이 될 수 있는 지도자임을 고백한다. 그러나 그는 그 주인을 섬길 수 없다고 한다. 그가 죄인이기 때문이라고 한다. 베드로는 이 젊은이가 신이 보낸 사자로서 자신의 모든 것을 아는 사람이란 것을 직감했다. 예수는 베드로의 죄를 캐묻지 않고 한마디로 명한다.

"나를 따르라. 내가 너를 사람 낚는 어부로 세우리라."

베드로는 말을 걸었고, 예수는 답했다. 이 두 사람의 대화에는 많은 이야기가 숨어 있어 말로 표현하지 못할 교감이 존재한다. 그러나 그들은 이 짧은 말로 모든 것을 통했고, 베드로는 예수를 따라나선다.

또 다른 대화도 엄청나다. 예수는 제자들을 데리고 로마의 판테온 신전이 있는 곳으로 간다. 제우스를 비롯한 신들을 모시고 로마의 황제들을 기리는 유서 깊은 곳에서 예수는 이렇게 질문한다.

"나를 누구라 하느냐?"

제자들은 사람들이 예수를 선지자, 선생이라 한다고 대답한다. 예수는 구체적으로 묻는다.

"너희는 나를 누구라 하느냐?"

이 인문학적 질문에 남의 평을 이야기하던 제자들과 달리 베드로는 신기한 대답을 한다.

"주는 그리스도시오, 살아 계신 하나님이십니다."

이 고백은 오늘날 기독교인들의 고백이기도 하다.

갈릴리 어부로, 성질 급하고 무식하다는 인상을 주는 베드로의 언변은 그 인상과 전혀 다르다. 그는 논리적인 이야기를 하는 지적인 사람은 아니었을지 몰라도 그의 대화는 이성을 넘는 직관의 언어다. 본질을 꿰뚫어 아는 말을 할 줄 아는 제자이기에 예수는 그가 말귀를 잘 알아듣는 사람임을 대화를 통해 알았다. 예수는 베드로의 고백을 들으며 자신을 정확히 아는 이 제자가 장차 예수를 머리로 두고 경배할 교회의 반석이 될 것으로 말한다. 베드로는 '반석'이란 뜻이다. 이 이전에 베드로의 이름은 시몬이었다.

베드로는 그런 면에서 독특한 사람이다. 그는 예수가 끌려가던 밤에 칼을 빼들고 잡아가려는 자의 귀를 자르는 의협심을 보이기도 하지만, 정작 예수가 처형되던 밤에는 예수를 모른다고 세 번이나 부인하며 목숨을 도모한다. 예수를 살아계신 하나님이라고 고백한 그 말은 다 어디로 갔는지 알 수가 없는 순간이다. 천당과 지옥을 왔다 갔다 하는 그의 언행으로 베드로는 무식하고 성질이 급한 사람으로 오해를 받아 왔다.

그러나 베드로는 직관적인 말의 사람이다. 그는 사도가 되고 나서 엄청난 일을 한다. 그의 설교는 신기했다. 그가 5,000명이 넘는 사람들에게 설교를 했을 때, 사람들은 예수를 믿기로 결심했다. 이것은 약과다. 그 사람들은 자기 집의 재산을 팔아 내놓았다. 사이비교주들도 신도들의 재산을 내놓게 하기까지 엄청난 공을 들이게 마련인데, 베드로는 한 번의 설교로 이런 일을 했다. 이것이 초대교회의 공동체생활의 기틀이 된다. 과연 예수의 말처럼 교회의 반석이다.

베드로와 반대로 사도로서 존경받는 바울은 수많은 편지를 쓴 글의 사람이지만 그의 언변은 한번 듣고 이해하기에 어렵고 정교했다. 그가 설교를 했을 때 사람들 중에 학식이 높은 사람들이 자세히 듣고자 설교를 청했으니, 바울은 확실히 한 번에 대중을 휘어잡는 말의 능력으로는 베드로에 비해 떨어졌다.

베드로는 바울에 비교해서 베드로 전서와 후서, 두 권의 짧은 성경의 저자가 되었다. 그러나 베드로의 글은 나름대로 특색이 있다. 말을 할 때 어려우면 힘든데, 그는 어려운 말을 기억하기 쉽게 표현하는 재주가 있음을 그가 쓴 글에서 보여준다. 바울의 서신에서는 '사랑'이란 말 하나를 놓고 한 장을 할애할 정도였으나, 베드로는 간단하게 믿음에서 사랑으로 이르는 길을 제시한다.

> 믿음에 덕을, 덕에 지식을, 지식에 절제를, 절제에 인내를, 인내에 경건을, 경건에 형제우애를, 형제우애에 사랑을 더하라.

이런 말은 우리가 어릴 적 즐겨 부르던 어떤 노래와 유사하다.

원숭이 엉덩이는 빨개, 빨가면 사과, 사과는 맛있어, 맛있으면 바나나, 바나나는 길어, 길면 기차, 기차는 빨라, 빠르면 비행기, 비행기는 높아, 높은 것은 백두산, 백두산 뻗어내려 반도 삼천리….

어린아이도 기억할 만한 연상법으로 유창하게 구사하는 베드로. 그는 과연 말의 사람으로, 말로 포교한 후계자였다.

베드로는 구걸하는 앉은뱅이에게 다가가 또 기가 막힌 말을 해준다.

"은과 금은 내게 없거니와 나사렛 예수의 이름으로 일어나 걸으라."

걸인이 요구하는 것은 은과 금이다. 걸인뿐 아니라 모든 이들에게 필요한 은과 금이 없음은 그를 도울 길이 없음을 의미한다. 그러나 베드로는 자기에게 있는 예수를 믿는 믿음, 그 믿음으로 선포하면 이루어질 것을 안다. 그것은 그가 물 위를 걸어오는 스승을 향해 달려 나가던 그런 맹목적인 믿음이다. 물 위로 달려 나가던 베드로는 스승을 바라보다 물을 바라보면서 현실을 깨닫는다. 이것은 불가능한 일. 그는 그 즉시 물로 빠져 들어갔고, 스승은 그를 건진다. 베드로는 자기를 건져주던 예수의 능력을 믿기에 그에게 나사렛 예수의 이름으로 일어나 걸으라, 명한다. 믿음이 사랑으로 작용하는 순간이다. 믿음이 1단이라면 덕을 더하면 2단, 지식을 더하면 3단, 절제까지 얻으면 4단, 인내가 더해지면 5단, 경건을 더하면 6단, 형제우애를 더하면 7단, 마침내 사랑에 도달하면 8단이다. 베드로는 걸인에게 이렇게 믿음에 근거한 사랑을 베푼다. 그러나 그의 베품은 손을 잡아 일으켜 세우는 것이 아니다. 바로 자신의 발로 일어나라고 요구한다. 스스로 일어나려고 결심하는 순간, 그에게 신앙 1단인 믿음이 생겨나는 것이다. 그리고 스스로 일어나면서 그는 베드로가 아닌 예수의 이름을 알게 될 것이다.

청출어람青出於藍은 절대 아니지만 베드로는 영감 어린 말을 하는 능력으로는 제자 중에 군계일학이었다. 물론 신약성경을 구성하는 많은 서신 중에 야고보나 요한 같은 이들의 서신이 있지만, 베드로는 그에게 달라붙어 있는 선입견에 비해 매우 다른 사고 체계를 갖고 있다. 그는 사람들에게 권면하되, 그가 본 믿음의 근거들을 말한다. 그것은 예수가 변화산에 갔을 때 하늘에서 들려온 소리로 예수가 하나님의 아들이란 것을 들었던 것이고, 그는 천상의 세계에서 천사들의 언행을 안 것으로 서신에 기록하고 있다. 그리고 천사들도 하지 않는 모욕과 조롱을 육체를 따르는 사람들이 행하는 것을 지적한다. 그의 영성에 근거한 언행은 현실의 언어로 판단하기 어렵다.

경청과 질문의 사람:
이건희 ―

좋은 사람과 오순도순 모여 나누는 대화는 시간가는 줄 모르게 한다. 특히 밥을 같이 먹으며 나누는 대화는 더 정겹다. 말상대를 companion이라고 하는데, 이 단어는 빵이라는 panion과 같이한다는 com이 붙은 말이어서 '같이 빵을 먹는 사람'이란 뜻이다. 말없이 빵만 먹는 사이가 아니라 빵을 함께 뜯으며 정담을 나누는 사이다. 우리도 종종 '언제 한번 만나 밥 한 끼 하자'라고 하는 말은 '얘기 좀 하자'는 말이다. 물론 술을 좋아하는 사람들끼리 '술 한잔하자'라는 말도 만나서 이야기 좀 나누자는 말일 테다.

좋은 말상대를 만나면 기분도 좋아지고 힐링도 되지만 다른 한편으로는 생각이 열리고 깊어지는 것을 경험한다. 그 기쁨으로 공자는 "먼 곳에서 친구가 오면 기쁘지 아니한가?"라고 기쁨의 한 가지로 말상대를 치켜세웠다. 그러나 대화를 통해 오류를 잡아내고 시정하는 것은 즐거운 일만은 아니다. 요즘이야 이런 대화에 돈을 내고 소위 '상담'이란 이름으로 이야기하지만, 돈도 받지 않고 어느 날 불쑥 찾아오거나 지나가는 말을 듣고 대화가 시작되기도 한다. 그런데 그 대화의 결과, 내가 다 틀린 말을 했다는 것으로 판정이 되면 속이 상할 일이 분명하다. 이런 일에 나선 분이 대화의 할아버지 소크라테스다. 소크라테스는 물론 감정은 상할 수 있지만 오류를 찾아내고 개선의 기회를 준다는 점에서 가치가 있다고 했고, 그의 〈대화법〉으로 잘 훈련한 사람들은 지도자로 우뚝 선 경우가 많은 것을 알 수 있다. 그리고 그러한 사람들 중에 학교라고는 1년 남짓 다닌 것이 전부이나 미국을 건국한 사람 중 하나이고 지폐에 얼굴을 올린 사람, 벤자민 프랭클린^{Benjamin Franklin, 1706~1790}이 있다. 그는 항상 학력이 짧은 열등감을 해소하기 위해 노력했는데, 그에게 대화법의 전형은 소크라테스였다. 그는 미국 초창기의 험하고 다툼이 많은 사회에서 〈대화법〉을 사용해서 분쟁 속에서 중재하고 사람들의 의견을 한 방향으로 모아가는 힘을 발휘했다.

대화의 기본은 '들음'에서 시작된다. 우리의 눈은 부지런히 움직이고 입도 말을 하려면 부지런히 움직이지만, 귀는 두 개가 양옆에 달려 그저 가만히 있다. 이렇게 점잖게 듣기만 하는 귀를 보고 아예 스스로 귀처럼 살고 싶어 한 사람이 있다. 이름을 '귀'라고 지은 사람이다. 노자^{老子}는 이름에 귀 이^耳자를 썼다. 도가사상을 펼친 이 어른은 귀를 기울여 천지가 돌아가는 이치, 그 길을 알아내고자 했다. 『도덕경』에서 그는 "도라고 부르는 순간 도가 아니다."라는 말을 한다. 우리는 상대의 이름을 부를 때 비로소 그 상대는 나에게 하나의 의미가 되는 세상에 살건만, 노자는 이름을 부르면 이미 그것은 그 이름으로 정해지는 한계로 인해 그 본질을 잃는다고 말한다. 그러니 부르지 말고 들어야 한다. 율곡^{栗谷 李珥, 1536~1584}은 어릴 적 이름인 현룡을 고쳐 이이^{李珥}라 이름하였는데, 사실 이는 귀고리 이^珥자로 아마 귀가 되기는 매우 어려우나 귀고리 정도는 되어야 하지 않을까, 하는 겸손한 표현을 했던 것 같다.

귀에는 고막이 있어 소리가 들리면 진동한다. 그 진동의 정도가 뇌에 전달되어 소리를 식별하고 그 뜻을 헤아린다. 듣는 일도 다양하여 건성으로 듣는 것에서 일일이 마음에 새기며 따져 듣는 단계가 있다. 우리는 귀가 얻는 것을 청聽이라 했다. 특별히 그 얻은 것[耳, 이]이 옥玉과 같이 귀한 것일 때 청聽이란 말을 쓴다. 대단한 노력을 기울여 들으면 '경청傾聽'한다고 한다. 듣기는 쉬우나 경청은 쉽지 않다. 경청하는 사람은 말을 주고받기보다는 주로 듣는다. 경청하는 사람은 주로 질문하고 그 답을 듣는다. 그리고 이해가 가지 않으면 또 질문하게 마련이다. 경청을 집안의 가훈으로 하고 열심히 실천한 사람들이 있다. 경청의 가훈을 세운 사람은 삼성가의 설립자인 이병철李秉喆, 1910~1987 회장이다. 조용한 성품의 이 회장이 가장 중요하게 생각한 것은 경청이다. 경청함으로 상대의 말 속에 있는 진실을 파악하고, 말하는 사람도 잘 모르고 했던 말 속에서 보물을 캐낼 수도 있다.

정주영 鄭周永, 1915~2001 회장은 담담淡淡한 마음을 강조했지만 이병철 회장은 경청과 지행합일을 강조했다. 이것을 모두 실천한 것이 이건희李健熙, 1942~ 회장의 '질문법'이다. 대기업의 회장을 직접 대면하기가 매우 어려운 일이겠지만, 그런 기회를 얻은 사람들은 한결같이 어떤 특별한 감정을 느꼈다고 한다. 이건희 회장 앞에 서서 무엇인가를 설명하면, 예상한 바와 같이 경청을 했다고 한다. 다 아는 이야기라느니 다른 이야기를 해보라느니, 이런 식이 아니라 이야기를 일단 다 듣고서 질문이 시작된다. 첫 질문은 "지금 말한 그것을 정말 알고 있는가?"이다. 안다는 것도 그 깊이가 하도 다르므로 아는 것 같은데 사실은 잘 모를 수가 있기에, 이런 질문에 답을 한다는 것은 자신의 지식을 다시 들여다보는 성찰을 요구한다. 그래서 확신에 차서 다 안다고 설명을 하면 다음 질문이 도사리고 있다. 그것은 "아는 것을 알겠는데, 그 아는 것을 쓸 줄 아느냐?"라는 질문이다. 지식을 쓸 줄 모르면 무슨 소용이 있을까? 쓸 줄 아는 것은 행하는 것이니 지행합일을 유도하는 질문이다. 여기서 막히면 다시 준비를 해와야 한다. 쓸모없는 지식으로 머리를 채우고 말을 채우면, 그와 나누는 대화의 시간은 쓸데없는 시간이 된다.

대부분은 이제 알고 쓸 줄 아니 다 되었다고 생각하게 마련이다. 그러나 또 다른 질문을 갖고 있다. "알고 쓸 줄 아는데, 그것을 남에게 가르칠 수 있느냐?"라는 질문이다. 가르친다는 것은 지식을 체계화하고 남에게 전달할 수 있는 언어적 형태가 되어야 한다. 자기만 아는 암묵지暗默知라면 알고 쓰는 당사자가 없어지면 아무도 다시 재현할 길이 없어진다. 많은 사람들이 자신만이 할 수 있는 일을 만들어놓고, 자기가 없어지면 안 되니 몸값을 올리는 것만 남았다고 생각하는 경우가 많지만, 그런 상황에서 상대방은 항상 대체자를 찾게 마련이다. 2019년 여름, 일본에서 갑자기 반도체 제조에 핵심재료의 수출을 제한하는 정치 보복적 정책을 선언했을 때, 우리는 당황했지만 결사적인 노력으로 많은 재료를 자체 생산하거나 수입선을 다변화해서 극복하고 있다. 결국 시간이 지나서 알려진 것은 자기 아니면 안 된다고 믿었던 일본의 오만이 일본에만 의존하면 안 된다는 큰 깨달음을 주었고, 일본은 스스로 시장을 잃어버리는 결과를 얻었다. 마찬가지로 나 아니면 안 된다는 입장을 만드는 사람은 조직에서 오래 갈 수가 없다. 그 아니어도 되는 순간, 그는 사라지게 될 것이기 때문이다. 그래서 남에게 가르치는 훈訓을 강조했다. 이것이 지행합일의 중요한 사항이다. 무조건 많은 것을 가르치는 것이 능사가 아니다. 가르치는 것은 스스로 하기에 꼭 필요한 것을 가르치는 것이고, 내가 없어도 할 수 있게 하는 것이다.

여기까지 오면 이 사람은 핵심 인재 중에 인재일 것이다. 그런데 회장은 또 한 가지의 질문을 던진다. "지금 말한 그것이 어느 정도 수준인가?" 수준과 가치를 평가할 줄 아느냐는 질문은 성찰의 질문이고, 동시에 회사 입장에서는 이 길을 가야할 것인지 말아야 할 것인지를 가늠하는 중요 사항이다. 지식이 있고, 쓸모를 만들었고, 그것을 남이 할 수 있게 가르칠 수 있도록 했지만 정작 그 수준이 대단치 않다면 그것의 가치는 작다. 발표자는 의욕에 넘치면서 이렇게 외칠 것이다.

"일류입니다."

이 말을 하는 사람이나 듣는 사람이나 기쁨의 미소가 입가에 번질 것이다.

이때 회장은 또 한마디를 한다.

"일류면 안 돼. 초일류라야 해!"

삼성맨들은 초超라는 단어에 집착하는 경향이 있다. 최근에는 초격차超格差라는 말이 유행이다. 초일류 회사, 초일류 상품…. 이것은 이건희 회장이 원했던 삼성 개혁의 핵심 목표의 지향점인 '양에서 질로의 전환'이었다. 그가 프랑크푸르트에 임원들을 모두 불러서 "마누라 자식 빼고 다 바꿔!"라는 말을 했을 때, 그 바꿈은 저가 공세의 양으로 승부하던 삼성을 바꿔서 고가의 질 높은 제품으로 승부하자는 방향이었다. 그 품질의 끝에 초일류라는 단어가 있다.

　삼성의 인재개발원의 전임 신태균 부원장은 초^超라는 글자를 이렇게 해석한다. 달릴 주^走에 칼 도^刀, 그리고 입 구^口의 세 단어가 합성된 '초'자는 한칼[刀, 도], 즉 확실한 무기 혹은 차별화 포인트를 갖고, 소통하여 감동시키는 입[口, 구]을 갖고, 최고로 달려가는[走, 주]것이라고 했다. 사실 많은 경우 한칼을 갖고 있으면 최고가 된다고 하지만, 재승박명이라고 소통이 약해 스러지는 천하의 재주가 얼마나 많은가? 재주는 많으나 달리지 않아 주저앉은 기재들은 또 얼마나 많은가?

　질문들을 모아놓고 이것을 그저 툭툭 던지는 비꼬는 말들로 만들 수도 있다.

　"알긴 하나?" "알면 뭘 해, 쓸 줄 알아야지. 쓸 준 아나?"
　"쓸 줄만 알면 뭐해, 자네 없어지면 그만인데, 남에게 가르칠 수 있어?"
　"알고, 쓰고, 가르칠 수도 있으면 좋긴 한데, 이게 도대체 세계적으로 놓고 볼 때 수준이 어느 수준인지 평가해봤어?"
　"일류라고? 일류 갖고는 턱도 없어, 초일류라야 해."

　만일 이 말을 속사포처럼 쏘아댄다면, 당장 그만두라는 말과 같을 것이다. 그러나 매 질문마다 경청이 함께한다면, 이 질문은 일류를 초일류로 끌어올리는 힘을 갖는다. 경청과 질문은 격과 질을 높이는 힘이 있다.

우리는 경청에 익숙하지 않다. 부모는 자식들의 말을 귀 기울여 듣지 않는다. 그저 시킨 일을 하지 않으려고 핑계만 댄다고 생각한다. 종종 듣기는 듣지만 듣고 싶은 것만 듣는 것도 문제다. 듣고 싶은 말만 들으니 확증편향이 심해져서 생각의 방향이 기울어버린다. 최근 유튜브는 한 가지를 시청하면 그와 유사한 성향의 콘텐츠를 화면에 무수히 추천을 해서 결국 몇 개를 더 보고 나면 그 생각에 마음이 가 있게 마련이다. 정치적으로도 확실하게 편이 갈라지는 경험을 하게 된다. 귓등으로 듣기와 듣고 싶은 것만 듣기의 잘못된 버릇을 고치는 길은 경청을 위한 겸손밖에 없다. 누구든 처음 만난 사람처럼 무슨 말이고 깊이 듣는 것은 이해하려고 노력하는 태도를 보인다. 이해는 남보다 아래 서는 것, UNDERSTAND를 의미한다. 낮게 서면 이해하게 되고, 떨어지는 말 속의 보배들을 주어들게 된다. 그렇게 하여 위대한 것을 만들어 올려주면 상대방은 탁월한 OUTSTANDING의 존재가 되는 것이다. 남을 높이려면 내가 낮아지면 된다. Understanding으로 Outstanding을 만들어내는 경청의 달인이 될 수 있다.

어떻게 떨어지는 보물을 집어들까? 묵묵히 듣기만 하는데도 상대방의 말이 마음속에 천둥처럼 울리기도 하고, 경우에 따라 소름 돋는 경험을 모두 했을 것이다. 소름 돋는 감동이나 번개를 맞은 것 같은 감동도 그저 들으면서 얻어진다. 이런 말의 울림은 우리들 마음마다 한 개씩 갖고 있는 마음의 거문고, 즉 심금心琴 덕분이다. 상대의 말과 내 마음의 주파수가 맞을 때 강력한 주파수의 공진이 일어난다. 이것이 공명resonance이다. 공명판을 활짝 여는 방법은 말없이 귀 기울여 듣는 경청이다. 그리고 질문은 그 울림의 조를 바꾸는 신호다.

이렇게 마음까지 흔드는 공명을 만들어내는 대화는 상상 속에 존재할지도 모른다. 그러나 우리는 깊은 대화deep conversation의 중요성을 다시 한 번 생각하지 않을 수 없다. 깊은 대화는 삼성맨들이 좋아하는 질문법과 같이 종종 최고를 끌어내는 역할을 한다. 요즘 유행하는 딥 러닝deep learning이니 빅 데이터big data니 하는 말도 잘 생각해보자. 이전의 인공지능에 감춰진 층이 한 개 정도였는데 반해 이 감춰진 층을 많이 늘려놓고, 연결점마다 가중치를 조절하려니 이전보다 더 많은 데이터가 필요하다는 거다. 많은 데이터를 입력한다는 말은 대화의 장에서는 상대방 말을 깊게 들어야 하는 것이니 빅 데이터는 딥 리스닝deep listening, 즉 경청에 해당한다. 그리고 딥 러닝이란 결국 대화의 입장에서 보자면 심층 질문을 얼마나 하는가와 유사하다. 알파고AlphaGo가 이세돌을 이긴 인공지능의 시대가 열리고 있다. 인공지능의 성공은 바로 얼마나 깊고 얼마나 큰가에 달려 있는 것처럼, 우리의 대화도 얼마나 깊게 들을 것인가와 얼마나 큰 질문을 던지는가에 달려 있다.

계시의 대화로 피어난 수학자: 라마누잔 ─

측두엽이라고 불리는, 양편 귀 뒤쪽의 불룩 튀어난 곳 근처에 존재하는 뇌는 특별한 곳이다. 뇌 과학이 발달하면서 측두엽의 신비가 점점 밝혀지고 있다. 이 측두엽에 이상이 생기면 환청이 생기기도 하고 심하면 발작을 일으키기도 한다. 반 고흐는 고독한 가

말의 울림은 우리들 마음마다 한 개씩 갖고 있는 마음의 거문고, 즉 심금心琴 덕분이다.

운데 열심히 그림을 그렸지만 온갖 고통이 몸에 나타났다. 그때마다 의사는 각기 다른 병명을 말해주고 치료를 했는데, 그것이 100여 가지를 넘었다. 그러나 그의 병명이 정확히 뇌전증(간질)으로 진단된 것은 그가 귀를 자르고 병원으로 달려갔을 때다. 고갱을 죽이라는 환청이 들리자 괴로워했던 고흐는 스스로 그 소리를 들려주는 귀를 자른 것이다. 뇌전증은 고흐뿐 아니라 여러 사람이 겪은 병이다. 신약성서의 여러 편지를 쓴 바울의 경우도 그가 세 번이나 치료를 기도했던 육체의 가시는 뇌전증으로 알려져 있다. 도스토예프스키의 경우도 측두엽 이상을 겪었는데, 뇌전증 발작을 겪었을 뿐 아니라 그는 그 순간을 오히려 기다릴 정도로 보통 사람이 경험하지 못하는 상태였던 것 같다. 이와 같이 비정상적인 소리가 들리거나 혹은 발작에 이르는 정도는 아니지만 측두엽과 관련된 많은 심리적 변화에 대해 의사들은 기록하고 있다. 측두엽에 약간의 이상이 발생하면 사람마다 차이는 있지만 굉장히 금욕적인 생활로 들어서기도 하고, 매우 종교적인 특성을 내기도 한다는 것도 보고되어 있다. 도스토예프스키Fyodor Mikhaylovich Dostoyevsky, 1821~1881의 삶에서도 매우 방탕한 시절이 있었지만 거의 성욕을 못 갖는 금욕적인 시간들이 드러난다. 더욱이 그는 머릿속을 가득 채우는 이상한 스토리를 지어내기 위해 글을 썼다고 고백하는 것으로 보아, 측두엽 이상으로 인해 나타나는 현상으로 끝없는 내면의 소리가 그를 괴롭힌 것 같다. 그는 치유법으로 그것을 종이에 옮김으로 그 생각을 지워버릴 수 있었다. 측두엽 이상자들 가운데는 이렇게 종이에 미친 듯이 글을 쓰는 증상을 보이는 사람이 있는데, 전문가들은 이것을 하이퍼 그라피아hypergraphia 상태라고 부른다. 내면의 소리가 있다거나 혼자 중얼거리며 대화를 한다거나 하는 것을 놓고 모두 측두엽 이상이라고 하기는 어렵다. 우리 모두는 혼잣말하기를 거의 70%의 대화에 쓰고 있고, 그 대화는 종종 매우 깊은 체계를 갖기도 한다. 이 혼잣말하기 혹은 내면의 소리와의 대화에서 많은 것을 건져 올리는 사람들도 많다.

종종 이런 내면의 소리를 작가들은 뮤즈가 임했다고 말하기도 한다. 어느 날 테마가 떠오르고, 일필휘지로 자신을 잊고 글쓰기에 몰두한 경험들을 이야기한다. 이들이 말하는 글의 신 혹은 뮤즈는 바로 내면의 소리다. 내면의 소리를 듣고 그것을 외치는 사람을 '선지자'라고 부른다. 그 선지자는 내면을 흔들어 울린 신의 소리를 대언하여 전하는 사람이다. 종교적인 것이 아닌 철학적인 내면의 소리를 전할 때, 그는 '사상가'라고 불린다.

계시를 받아 그대로 썼다는 경전들이 우리에게 전승되는 것을 보면 이것을 기록한 사람들의 상황과 상태를 살펴보는 것도 좋은 관찰이 될 것 같다. 신의 음성을 듣는 특별한 시간과 장소가 있다는 것은 십계명을 받아온 모세Moses, 미상의 경우에도 발견되고, 꾸란Quran을 전한 마호메트Muhammad, 570~632의 경우에도 해당된다. 신의 계시를 전하는 대언자와 함께한다는 것은 영성이 그렇게 깊지 않은 일반적인 종교인에게는 특별한 체험이 될 것이고, 그들을 통해 자신에 대한 신의 계획을 알고 싶어 하는 것은 당연하다. 샤먼들은 저마다 자신이 섬기는 신의 음성을 듣고 대신 말을 해준다. 또한 나름의 방식으로 당면한 문제를 영의 세계에서 풀어주고자 처방을 내놓는다. 현대과학은 이 모든 일을 뇌에서 일어나는 화학작용으로 이해하는 경향이 있다. 일례로 유체이탈과 같은 영성 체험가들이 주장하는 신비한 현상에서도, 우주선이 갖는 매우 큰 중력 가속도의 변화에 적응시키기 위한 우주인 훈련을 하던 중에도 동일한 현상이 나타나는 것을 본다. 이러한 현상은 뇌의 혈액이 이상 분포하면서 생기는 것으로 이해하는 연구 결과들이다. 과학은 그런 면에서 우리의 오랜 이해를 뒤집는다. 어쩌면 그러한 연구들로 그간 행해진 많은 영성가들의 활동이 사라질지도 모르겠다. 더욱이 과학은 이런 현상에 대해 어떤 화학물질을 섭취하는 것으로 해결되게 할 수 있을 정도로 발전할지도 모른다. 그렇다면 우리는 수많은 설화와 경전에 등장하는 신과 대화하는 사람들을 뇌의 특정 부위의 이상자로 이해하게 되는 날이 오지 않을까.

과학은 그렇게 계속 발전하라고 놔두자. 다만 우리는 그저 우리 모두 하나씩 가지고 있는 뇌에서 벌어지는 일들을 다 이해하지는 못하나 경험하고 있다고 하자. 어떤 사람은 특정한 예지몽을 꾸기도 하는데, 그는 확증편향에 빠져 있을 가능성도 농후하지만 종종 앞으로 일어날 일들을 맞춘다고 주장한다. 어떤 사람은 신이 자기 몸을 건드리며 말을 건다고 한다. 어떤 사람은 간절한 기도 가운데 어떤 음성을 듣기도 하고, 손이나 어떤 광채를 본다고 한다. 어떤 사람은 자신의 손을 대면 아픈 사람의 병이 낫는다고 주장한다. 이런 일들은 과학적인 분석이 필요하다. 그러나 무엇보다도 과학적인 영역으로 들어오자면 그 일의 재현성이 중요한데, 문제는 이런 신비로운 체험이 되다 안 되다 하는 것이기에 과학이 요청하는 재현성을 만족시키기 어렵다는 것이다. 그래서 어쩌면 이 부분은 과학의 영역을 넘어선 영역으로 계속 남을 가능성이 높다.

신의 음성을 듣고 신과 대화를 하는 것은 특별한 체험이다, 이는 종종 그 사람의 인생 전체를 바꾸어 놓는 특별한 일이 되기도 한다. 홀연한 깨달음은 '돈오頓悟'라 하여 선불교에서 많은 고승들과 연관되어 나타난다. 비폭력 무저항으로 유명한 마하트마 간디Mohandas Karamchand Gandhi, 1869~1948는 신의 음성을 기록한 책을 늘 갖고 다니며 자신의 삶을 돌아보았다. 그것은 또 다른 형태의 내면의 목소리 듣기다. 그가 갖고 다니는 경전은 예수가 말한 산상수훈山上垂訓과 『바가바드기타Bhagavadgita』라는 경전이다.

『바가바드기타』는 매우 사랑 받는 경전으로, 신과 대화하는 어떤 왕자의 이야기인데 그 내용이 신기하다. 왕자는 친척이 반란을 일으켰기에 그들을 진압하러 달려가면서 번민한다. 권력을 유지하기 위해서 살상을 해야 하는 것, 그것도 어린 시절 좋은 추억을 갖고 서로 아끼던 친척을 죽이러 가는 것이 무엇이란 말인가? 차라리 권력을 내려놓고 자연인으로 살아가면 이 죄와 고통은 없지 않을까? 이런 번민에 괴로워하는데, 마차를 몰던 마부가 갑자기 얼굴을 돌려 말을 건다. 마부는 왕자의 번민의 이유를 묻고, 왕자는 고민을 이야기한다. 마부는 의외의 말을 했다. "왕자여 그들을 죽이십시오. 당신이 죽이는 것은 그들의 육체일 뿐, 그들의 영혼은 불멸하오." 왕자는 깜짝 놀라 마부의 얼굴을 자세히 들여다본다. 마부의 얼굴은 변하여 신의 얼굴이 된다. 마부로 변장한 신은 왕자와 긴 길을 달려가며 대화를 나눈다. 왕자와 마부 혹은 신과의 대화는 내면의 대화의 극치이다. 이런 경우, 신은 인격을 갖춘 신으로 인간에게 음성으로 다가온다.

『바가바드기타』가 인간과 신의 대화라는 점에도 흥미롭지만, 인도가 수많은 신으로 구성된 신화와 종교의 나라라는 점을 생각해 볼 때 『바가바드기타』에 등장하는 신이 스스로 유일한 신이라고 주장하는 점도 흥미롭다. 자신은 세계의 유일한 신이고, 이 모든 세계는 자신이 창조한 결과라고 한다. 그리고 자신이 창조한 세계의 규칙과 자기 자신에 대해 설명한다. 흥미로운 것은 이 유일신은 자신이 "알파요 오메가이며, 모든 토론의 결론이다."라고 한다. 히브리 민족의 유일신 야훼는 모세에게 나타나 떨기나무의 타지 않는 불꽃 속에서 음성을 들려준다. 모세는 신에게 당신은 누구냐고 묻는다. 신은 "나는 스스로 있는 자"라고 하는데, 영어로는 I am who I am으로 주어와 술어가 같은 구조로 설명한다. 주어 반복의 존재는 모세에게 백성을 구하는 지도자로, 그리고 동시에 자신의 메시지를 전하는 메신저로 그를 선택하고 백성들에게 보낸다. 사막 한가운데서 베두인족들과 함께 살며 결혼까지 한 도망자 모세는 이렇게 신과 만남으로 민족의 지도자로 섰다. 지도자가 겪는 수많은 결정의 상황에서 신의 명령을 따른 모세이지만 과연 모든 상황에서 신은 계시했을까? 애가 타는 상황에서 신을 불러도 나타나지 않을 때, 그는 신과의 교감, 대화의 단절이 주는 고통으로 울부짖었을 것이다. 영영 답이 없을 때, 스스로 결단하고 나아가다가 어느 순간 다시 신은 나타나 그에게 소리쳤다.

신과의 교감 혹은 내면의 강력한 소리를 들은 수학자가 있다. 1차 세계대전 당시의 사람이니 고대의 사람이 아니다. 그는 남인도의 가난한 브라만 가정에서 태어난 사람으로, 이름을 라마누잔 Srinivasa Ramanujan,

1887~1920이라 했다. 그의 조부는 한센병 환자였고, 그런저런 이유로 집안은 가난했고, 라마누잔 역시 병약한 어린아이였다. 골골거리는 건강상태였지만 그 집안은 '나마기리^{Namagiri}'라는 여신을 섬겼다. 신기하게 여신은 어린 라마누잔과 내면의 대화를 나누었다. 나미기리 여신은 그에게 수학을 가르쳐주었다. 그는 어렵게 남인도의 '쿰나코남'이란 대학교에 입학했지만 수학 이외의 과목은 모조리 낙제를 해서 대학에서 쫓겨났다. 그리고 직장을 제대로 구하지 못해 부두에서 박봉의 검표원 생활을 했다. 그는 여신 나미기리와 대화하며 여신이 알려주는 수학의 다양한 정리를 받아 적었다고 주장했다. 그리고 그는 그 수학노트를 당시 유명한 수학자인 영국의 하디^{Godfrey Harold Hardy, 1877~1947} 교수에게 보낸다. 하디는 신은 없다는 것을 증명하려 할 정도의 무신론자였지만 인도의 젊은이가 보내준 신이 가르쳐준 수학의 기록을 확인하고는 깜짝 놀란다. 그리고 그는 라마누잔 가족을 영국으로 초대하고 계속 수학적 업적을 남길 수 있도록 여건을 마련해주었다.

라마누잔은 사람들을 모아놓고 신의 음성을 설파하지는 않았다. 단지 그는 당대 최고 수학자 중의 한 사람인 하디에게 전할 뿐이었다. 하지만 하디는 신이 던져주는 꿀같이 달콤한 수학의 정리들을 받아들였지만 정작 신은 없다고 외쳤다. 이런 상황에서도 라마누잔은 자신에게 쏟아지는 찬사를 멀리하고 오직 신이 기뻐하는 삶을 살기 위해 애썼다. 라마누잔의 신은 육식을 금하였기에 그 역시 채식을 고집했으나, 1차 세계대전 중의 영국은 여러 가지로 물자가 부족하여 채식 재료에 고기가루가 들어가곤 했다. 이로 인해 그는 점점 어두워가는 신의 음성으로 괴로워하

다 깊어가는 우울증으로 지하철역에서 몸을 던지는 일도 겪는다. 마침내 그는 고향으로 돌려보내졌고, 얼마 가지 않아서 생을 마감했다.

영성은 간혹 이렇게 깊은 사고를 요구하는 지성의 영역에도 파도치듯 족적을 남기기며 등장한다. 라마누잔은 신의 음성을 들었지만, 잠재의식의 힘으로 수학을 연구한 수학자도 있다. 엄밀한 과학의 영역에서 비이성적인 깨달음이 논의되는 것은 신기하지만 무시할 일은 아니다.

이들 영성에 넘치는 지성인들은 한결같이 자신만의 정해진 일상, 생활 속의 의식을 세웠다. 라마누잔의 경우에는 자신의 여신에게 기도하고 경배하며 경전을 읽고 묵상하는 일을 게을리하지 않았으며, 수학자 푸앵카레|Henri Poincaré, 1854~1912는 잠재의식에게 대부분의 시간을 주었고, 하루에 두 번의 정해진 시간에 수학에 의식을 가동함으로 무의식의 발견물들을 세상에 전하고자 했다.

내면의 목소리를 듣고 내면의 소리와 즐거운 대화를 나눈다는 것은 우리의 인생에 어떤 종류의 신비한 구석을 만드는 일이다. 이것은 비밀스러운 것이고, 잘만 되면 남들이 도저히 흉내 낼 수 없는 자신만의 특별한 생산기술이 된다. 이렇게 하려면 우리는 영성 지성가들의 대화수법을 익혀야 한다. 그것은 특별한 공간과 시간을 만들고, 내면의 소리에 귀 기울이기 위해 소리를 부르는 자신만의 의식을 수행하는 것이다. 이를 통해 내면의 소리가 들리기 시작하면 적극적으로 대화에 나설 일이다. 내면의 소리와의 대화는 자신만의 언어이고 말투이며 말머리를 갖는다. 일단 내면의 소리와 대화가 가능해지면 그는 더 이상 외롭지 않을 것이고, 더 이상 멘토^{mentor}나 스승을 찾아 헤맬 필요가 없다. 그리고 그 황홀한 고독 속에 끝없는 오솔길을 걸어가게 될 것이다. 이것은 수많은 영성가들이 고백하는 황홀한 영성의 세계다. 따라서 영성 어린 지성, 영감 어린 지성을 향해 나아간다면 우리 내면의 대화는 다른 사람과의 대화로 번질 것이고, 그것은 영성 지성분야의 선배들이 보여준 바와 같이 논리를 초월하는 새로운 발견으로 시대를 움직일 것이다.

일인다역 혼잣말하기의 달인: 갈릴레오 —

다이알로그^{dialog}는 두 사람 이상이 나누는 말이나 글이다. 이것은 그리스어 다이알로고스^{διαλογος}에서 비롯되었다. 앞의 다이아^{dia}는 무엇을 통해서라는 뜻이고, 로고스^{logos}는 말하다를 뜻하는 것으로 후에 진리, 법칙 등을 표현하는 단어가 되었다. 다이알로그는 결국 통해서 말하기이니 상대가 있어야 한다. 그래서 상대와 말하기 즉 '대화'다. 이러한 대화의 결과는 로고스로 통하니, 이런 차원 높은 말하기는 철학자들이나 해야 할 것이라 생각한다. 그래서 플라톤은 스승 소크라테스가 진리를 찾아내기 위해 했던 일반적인 대화와 구분하기 위해 '다이알로그'라고 했다. 변증적 대화는 dialectic dialog로 소크라테스의 대화가 원조다.

다이알로그는 철학적 담론을 제시하는 데 큰 역할을 했지만 문학의 장르로도 큰 자리를 차지했다. 수많은 멋진 다이알로그가 있겠지만 과학자로서 이런 영역에 뛰어들 수밖에 없었고, 그래서 뛰어난 다이알로그를 작성한 사람을 소개한다. 그는 바로 피사의 사탑에서 공을 떨어뜨리며 아리스토텔레스의 물리학을 통렬히 비판한 갈릴레오 갈릴레이^{Galileo Galilei, 1564~1642}다. 물론 그의 『다이알로그』는 혼자서 세 사람의 입장에서 토의하는 형식의 문학작품이다. 그가 남긴 것은 글이지만 그 글은 로고스를 찾아가는 서로 다른 입장을 가진 사람들의 견해가 엮이고 서로 변증하는 멋진 대화다.

이탈리아 이름에서 남자에게는 '오'를, 여자에게는 '아'를 붙이는 경향이 있어 갈릴레오는 남자임이 분명하다. 그의 성이 '갈릴레이'이니 그의 부친은 동어반복으로 이름을 붙여 그를 특이하게 만들었다. 갈릴레오 갈릴레이는 1564년 태어났고, 1632년에 『대화^{Dialog}』라는 책이 출판되었으니, 그때 그의 나이는 68세의 노인이었다. 누구나 알듯이 갈릴레오는 천동설 대신 지구가 태양 주위를 돈다는 코페르니쿠스^{Nicolaus Copernicus, 1473~1543}의 지동설을 지지했고, 이것으로 이단 심판을 받아 그 재판에서 물러나오면서 "그래도 지구는 돈다."라고 혼잣말을 했다는 일화가 유명하다. 그러나 갈릴레오가 발견한 수많은 것 중에서 성당의 샹들리에가 흔들리는 것을 보면서 그 진자의 주기가 길이에 관계함을 알아냈다거나, 무거운 물체와 가벼운 물체가 동시에 떨어진다는 실험의 중요성은 중학교 물리수업 시간에 배우는 지식으로 치부된다. 사실 이 실험은 어거스틴에서 시작된 그리스 철학과 기독교 신학의 조화에 등장하는 아리스토텔레스의 〈4원소설〉에 대한 실험적 부정이었다. 지구의 모든 것을 구성하는 네 개의 원소로 사람들은 흙, 물, 공기, 불을 꼽았다. 신이 입간을 만들 때 흙을 빚기 위해 물을 부었을 것이고, 형상을 만든 다음 숨을 불어 넣었고, 인간은 숨을 쉬었다는 사실에서 흙, 물, 불(신의 입김), 공기는 성경의 인간창조 과정을 잘 설명했다. 문제는 흙이나 물은 아래를 향하므로 죄성을 나타내고, 불은 특별히 하늘을 향하므로 신성을 갖는다는 생각도 있었다. 이것을 사물에 적용해서 똑같은 크기의 공이 하나는 가볍고 하나는 무겁다면, 가벼운 것은 하늘을 향하는 불의 요소가 상대적으로 많은 것이 된다. 그러므로 이 둘을 동시에 떨어뜨리면 땅을 향하는 요소가 많은 무거운 공이 당연히 먼저 떨어져야 한다. 그러나 갈릴레오는 실험을 통해 역학에서의 힘과 중력에서의 질량이 서로 상쇄되어 단지 모든 가속도는 중력 가속도와의 관계에서 결정되는 것이지 무게와 무관하다는 것을 보였다. 이 간단한 실험으로 교부철학자들의 든든한 반석이 되었던 그리스 철학 가운데 물리학은 근거를 잃었던 것이다.

이와 같이 탁월한 과학자인 갈릴레오는 미적분학을 발견한 뉴턴^{Isaac Newton, 1642~1727} 이전의 사람이다. 미적분학이나 벡터 기하를 잘 몰랐던 그의 수학 실력은 오늘날의 중학교 학생 수준이었기에 이러한 과학의 금자탑을 세웠다는 위대함은 더욱 크게 다가온다. 그러나 그가 과학의 업적을 떠나 이탈리아 문학사에서도 빛나는 존재임을 아는 사람은 많지 않다. 실제로 그는 마키아벨리^{Machiavelli, 1469~1527}에서부터 이후 만초니^{Manzoni, 1785~1873}에 이르는 400여 년의 기간 동안 이탈리아어 최고의 산문작가라는 점은 눈을 크게 뜨게 만든다. 물론 그를 이런 위치에 세운 것은 바로 『두 개의 세계에 대한 대화록^{Dialoghi dei massini sistemi}』이라는 책이다.

대화록에는 세 명의 친구가 나누는 다이알로그를 기록하고 있다. 살비아티, 사그레토, 심플리치오다. 심플리치오는 이름이 주는 인상처럼 단순하고 논리가 빈약한 사람이다. 살비아티는 갈릴레오 자신의 실험과 생각에서 이미 극복했다고 믿어지는 아리스토텔레스의 철학을 신봉하는 사람이다. 그는 천동설과 4원소설을 옹호하는 발언을 지속한다. 이런 대화에 편견 없이 참여하여 언쟁에 반응하는 사람이 필요한데, 편견 없는 평범한 지식인의 역할, 즉 갈릴레오의 생각을 드러낼 사람은 사그레토다. 세 명이 대화를 통해 갈릴레오는 기존의 과학적 세계관을 부정하는 자신의 견해를 설명하고자 했다.

오늘날의 관점에서 보자면 미적분학이 나오기 이전의 수학적 배경만을 갖고 있는 갈릴레오는 아마 대학생 혹은 고등학생보다 수준이 못 미쳤겠지만, 그는 당시에 오늘날의 교과서에서 당연히 여겨지는 지식을 발견하기 위해 과학자의 예리한 관찰과 성찰로 임했다. 그의 논증은 오늘날 학생들에게 가르치는 정도의 과학적 방법을 제대로 알지 못한 상태였기에, 문학적 수사와 논증이 빛난다. 더욱이 그의 문제 접근방식은 후일 물리학을 제패한 뉴턴의 역학보다는 더 먼 훗날에 등장한 휘어진 시공간에 입각한 아인슈타인의 사고 실험에 근접했다.

갈릴레오 갈릴레이. 그는 이런 관점에서 보자면 위대한 저술가, 글의 사람이라고 보아야 할 것 같다. 그런데 그가 말의 사람이란 관점을 유지할 수 있는 부분에는 그가 책을 거의 읽지 않았다는 사실에서 희미한 흔적을 찾을 수 있을지도 모른다. 글의 사람 대부분이 많이 읽고 쓰는 경향이 있는데, 그는 읽기보다는 생각하고 관찰하고 성찰하는 일을 더 많이 했고, 오히려 틀린 진술로 일관한 기존의 책을 읽는 것을 힘들어했다.

그는 거의 책을 갖고 있지 않았고, 심지어 코페르니쿠스의 지동설을 내심 지지하는 당대의 천문학자 케플러Johannes Kepler, 1571~1630의 책을 갖고는 있었지만 거의 읽지 않았다는 것도 신기한 일이다. 그는 케플러가 신학적 의심을 피하기 위해 숨어들었던 신비주의를 배척했다. 케플러는 천체의 운동을 균형잡힌 정다면체의 구조로 보고, 행성의 궤도와 연결시켰다. 이것은 '궁창'이라는 성경에 나오는 개념을 수용하는 자세다. 그는 행성궤도에 찌그러진 반지름을 오선지의 8음에 대비함으로써 우주의 별의 운행을 조물주를 찬양하는 우주적 합창으로 상상하게 한다. 그러나 갈릴레오는 수학을 사용했고, 등가속운동을 하는 행성의 운동을 설명했다. 독자의 관점에서 케플러의 설명과 갈릴레오의 설명을 냉정히 비교하자면 갈릴레오의 말이 훨씬 이해하기 쉽다.

갈릴레오는 매력적인 인물이다. 그는 너무나 말을 잘해서 열렬한 그의 추종자나 지지자를 만들어냈지만, 가끔 마음 깊은 곳의 불꽃이 독설로 튀어나와 적들을 만들기도 했다. 그의 친구 중에는 심지어 교황이 나오기도 했다. 그의 친구는 추기경 마페오 바르베리니Maffeo Barberinii, 1568~?였는데, 갈릴레오에 대한 깊은 사랑과 우정으로 그를 격찬하는 헌시를 지어 보내기까지 한 인물이다. 그는 1623년 우르바우스 8세Urbaus VIII, 미상 교황으로 등극했다. 교회가 신봉하는 이론에 의심을 품고 반대의견을 갖고 있는 인물과 미래의 교황은 어떻게 그렇게 깊은 우정으로 사귀었을까? 그들이 나눈 기록되지 않은 대화는 무엇이었을까? 이것은 말년에 쓴 『대화록』의 여기저기에 등장하는 대화들이 아니었을까?

　　사실 그의 친구가 교황이 되자, 때가 왔다고 생각한 갈릴레오는 대단한 용기를 갖고 6년간 이 『대화록』을 집필을 한다. 물론 이 책으로 그는 종교재판에 회부되었다. 그가 얼마나 친구에 대한 신뢰, 자신을 보호해줄 것이란 믿음을 가졌는지 알 수 있다. 『대화록』의 집필을 마친 갈릴레오는 원고를 들고 로마로 갔고, 신학자들의 수정·보완 요청을 받았다. 무수한 수정 지시사항이 있었지만, 가까스로 머리말과 결론 부분은 인정되었다. 그는 이것에 고무되었다. 그러나 교회는 갈릴레오의 천동설에 대한 의견을 듣고자 했다. 갈릴레오는 교회의 잘못을 지적하고 대립하기보다는 『대화록』에서 세 명의 대화 속에 교회와 갈릴레오의 입장을 드러낸 것에 덧붙여 다음과 같은 진술을 했다.

　　"코페르니쿠스 체계인 지동설은 단지 가설로만 표현하고, 본인은 그것이 잘못된 것이라는 것을 충분히 알고 있다."라는 진술이다. 이것은 단순하게 아리스토텔레스와 기존 신학을 지지하는 심플리치오의 말 속에 담아 위기를 모면하는 데 이용한 것이다. 사실 세 명을 세운 『대화록』에서 누가 갈릴레오냐를 한마디로 말하기 어렵다. 갈릴레오가 이런 문학적 양식을 택한 것은 빠져나갈 길을 위함이었다. 스스로 심플리치오인양 코스프레를 한 것이다. 특히 교황 우르바우스 8세가 오래전에 제기한 조수간만에 대한 의견을 심플리치오의 말 속에 넣었고, 살비아티와 사그레도가 이에 깨끗이 승복하는 것으로 책이 끝나는 것으로 만들어 교회의 체면을 지켜주었다. 그리고 1631년, 책은 출간되었다.

출간 이후 내용을 꼼꼼히 읽은 신학자들의 대 반격이 시작된다. 1633년, 70세 노인이 된 갈릴레오는 로마로 호출되고 재판에서 패소한다. 그의 유죄판결은 그에게 엄청난 타격을 주었지만 사실은 교회에 더 큰 타격이 되었다는 것이 오늘날 긴 역사를 보는 우리의 입장에서는 명확하게 다가온다. 오늘날 지구가 전 우주의 중심이라고 생각하는 사람은 많지 않다. 갈릴레오의 재판 이후 346년이 지난 1979년, 아인슈타인 탄생 100주년 기념식에서 갈릴레오를 다음과 같이 언급했다.

"성서는 절대로 거짓말을 하지 않습니다. 그 참된 뜻을 이해한다면 말입니다."

교황은 갈릴레오의 모든 노력을 성서로 해석하는 규칙이 단 한 가지가 아님을 인정하는 것과 갈릴레오가 성서의 문자에 대한 참뜻을 해석하려는 노력을 했음을 인정했다. 그러나 재판에서 패소한 갈릴레오는 신교도 체계를 유지하는 베네치아에 머물렀다.

갈릴레오는 어떻게 문예적 능력을 갖추었을까? 그가 피사에서 의과대학 공부를 시작했지만 실패하고 다시 피렌체로 돌아왔을 때, 4년간 문예에 빠져들었던 것이 그의 성향을 드러낸다. 그는 당시 단테의 『신곡』에 나오는 지옥지도를 그려서 팔며 강의를 하기도 했다. 그런 갈릴레오를 다시 과학으로 이끌었던 사람은 그의 열렬 후원자인 귀도발도 델 몬테 Guidobaldo del Monte, 1545~1607 후작이었다. 갈릴레오의 재능과 언변에 매료된 그는 피사대학의 수학강사로 알선해주었고, 3년 뒤 실직했을 때 다시 그를 파도바대학에 자리를 만들어주고 일생동안 후원했다. 당연히 박봉과 위기 때 받은 후원금만으로 쪼들렸지만 갈릴레오는 망원경을 발명하고는 넉넉하게 살 수 있었다.

갈릴레오의 『대화록』은 변증적 구조를 갖는다. 기존의 입장을 주장하는 심플리치오가 테제thesis라면, 살비아티는 새로운 과학을 주장하는 안티테제antithesis다. 사그레도는 여기서 새로운 과학을 지지하는 것으로 끝을 내면 간단했겠지만 책은 출판되지 못했을 것이다. 합리적 의심자로서의 사그레도는 상식의 지식인으로 그때그때 다른 편에 섬으로써 가까스로 『대화록』의 출판을 할 수 있게 해주었다.

갈릴레오의 『대화록』은 그가 대화에서 얼마나 주변 사람들에게 영감을 뿌리고 활기가 넘치게 하는 재주가 있는지 여실히 보여준다. 『대화록』은 데카르트의 성찰과 비교하면 어떤 관점에서 대척점에 있다. 데카르트는 종교적 의심을 일으키지 않는 글을 썼고, 원점 좌표계를 만들어 뉴턴이 미적분학을 만들고 역학을 탄생시키는 원동력이 되었다. 뉴턴은 그의 『프린키피아Principia』에서 갈릴레오가 길고 긴 논설로 결론에 도달한 문제를 단 몇 줄의 수학으로 풀어냈다. 그러나 이 찬란한 뉴턴 역학이 탄생하기에는 대중과 교회의 비판세력의 살기를 온몸으로 받으며, 로고스를 찾아가는 문학적 표현으로 다이알로그를 시대에 걸었던 갈릴레오라는 거대한 거인의 어깨가 있었기 때문이다.

로고스에 이르는 대화 다이알로그는 소크라테에서 꽃을 피웠고, 이후 위대한 논쟁마다 다시 태어나 인류의 지성을 빛내는 '생각의 틀'로 말의 힘을 드러냈다. 대화는 일상의 수다일 수 있으나 그 수다의 틈틈이 로고스가 배어나와 언제인가 그것이 모여 진리의 불꽃으로 타오를 것이다.

4장 · 말의 사람

말은 진리를 찾아가게 하는 힘이 있다.

말싸움 병법의 고수:
쇼펜하우어 ―

멱살을 잡고 주먹다짐을 하지 않는 한 대부분의 다툼은 말다툼이다. 이것이 심해지면 폭력으로 치달아 돌이킬 수 없는 상황으로 간다. 물론 말다툼으로도 이미 끝장이 난 상황이 되지만 그래도 화해의 여지가 크다. 말다툼의 밑바닥은 욕설이다. 상스러운 욕의 숫자와 정도로는 우리말이 세계적인 수준일 것이다. 외국어를 배울 때 욕부터 배운다고 하지만 사실 우리가 배우는 외국의 욕은 거의 없다. 반면에 우리는 얼마나 많은 욕을 갖고 있는지 이유가 궁금하다. 어떤 이는 총이나 칼로 결투하는 문화를 가진 사람들은 심한 욕을 할 정도이면 이미 결투로 가기 때문에 욕이 그리 필요하지 않고, 우리나라 사람들은 목숨을 걸고 다투기보다는 진저리나게 욕을 하는 것으로 분을 삭이기 때문에 욕이 발달했다고 설명한다.

이제 세상이 밝아지고 욕이나 폭력이 용인되는 사회가 아니니 말다툼은 목소리 높여 욕을 해대는 수준을 넘어야 한다. 아예 말다툼을 하지 않고 살면 좋으련만 살다 보면 이런저런 일로 맘도 상하고 다툼을 걸어오는 사람들로 골치가 아프기에, 종종 말다툼의 비법 같은 것을 얻고자 한다. 전쟁이 많은 시절 손자의 병법이 요긴했던 것처럼 수많은 언쟁병법이 서점의 가판대를 수놓고 있다. 진보와 보수로 첨예하게 갈라진 요즘

TV프로그램에 〈썰전說戰〉이 등장하여 인기를 끌었다. 입장이 다르니 대화보다는 말다툼으로 상대를 이겨야 자신의 의견이 옳다고 여기기에 싸움이 치열하다. '썰'은 비속어로 그다지 귀 기울일 가치가 없는 말을 이른다. 말씀 대신 혀를 놀린다고 생각되는 것이니 '썰전'은 어쩌면 혀[舌, 설]를 놀려 싸우는 '혀 싸움'일지도 모른다. 말씀 대신 '썰을 푼다' 혹은 '썰 깐다' 하여, 무조건 무시하고 눌러야 되는 말이 '썰'이다.

말다툼의 전문가를 키워내서 대신 싸워주는 것을 직업으로 삼는 사람들이 있다. 시사평론가들이 그렇고, 법률적 시시비비를 가리는 일에 변호사들이 전문지식으로 다툰다. 죄를 묻고 입증하는 검사와 죄를 변호하는 변호사의 변증적 말다툼은 최종적으로 판사의 판결로 마무리된다. 이런 다툼의 결과로 형량이 달라질 수 있으니 치열하다. 정치적 말다툼은 국회에서 진행된다. 이들의 다툼은 전 국민에게 생중계되기도 하고, 다음날 미디어 뉴스를 장식한다. 어떤 사람의 한마디가 전 국민의 뉴스거리가 된다면, 그 사람의 영향력은 실로 크다. 이전까지는 개인자격으로 최대한 말할 수 있는 자리에서 말을 하지만, 국회의원이 되면 전 국민의 관심종자가 되고 만다. 그래서 말을 잘하면 국회로 보내야겠다는 말을 흔히 한다. 그런데 그렇게 말을 잘한다 하여 국회로 보낸 사람들이 말로 안 되어 몸을 날리는 육탄전을 하는 것을 보면, 천하의 말쟁이들도 언쟁 끝에 몸을 쓴다니 씁쓸함을 느낀다. 이런 싸움에 대해 대부분의 사람들은 너그럽다. 종종 레슬링 선수들이 경기장 밖으로 상대방을 던지고 나가 싸우듯이 국회의원들은 국회를 떠나 원외투쟁을 하기도 하고 지지하는 시민들이 몰려와 함께 구호를 외치고 사발도 한다. 국회 안에서 우물을 투척한 일도 기억으로 남아 있다. 그런데 모든 국민들이 눈살을 찌푸리게 되는 것은 국회의원들의 '막말'이다. 상대방에게 함부로 말해서 감정을 건드리고 마치 엄청난 지위라도 있는 듯이 오만한 자세를 보이는 것을 국민을 대표해서 하는 것이라고 한다. 하지만 어느 국민도 그렇게 하라고 국회의원을 뽑은 것은 아니다. 꾸짖음을 당하고 있는 사람도 역시 국민 중의 한 사람이기에, 달리 생각하면 국민에게 막말을 하고 있다.

입씨름이 격화되고 일상화되는 오늘날 입씨름에서 승리하는 방법을 전수한 철학자가 있으니, 그의 철학은 매우 실생활 지향적이었다고 생각된다. 바로 쇼펜하우어다. 그가 제안한 입씨름의 요령은 오늘날 TV를 켜면 언제고 볼 수 있는 일상이다. 한번 살펴보자.

그는 확대해석하는 것을 추천한다. 상대방이 한 말을 확대해석하면 어디에선가 그 말을 적용할 수 없는 영역이 생기게 마련이다. 그러면 그 틈을 파고들어 잽[jab]을 날리는 것이다. 일단 상대방의 말에 놀라움을 표현한다. "그 말씀을 듣고 저는 귀를 의심했습니다." 이런 식이다. "깜짝 놀랐습니다."라는 표현은 맞다 틀리다는 논쟁을 넘어 상대방의 말이 말도 안 된다는 것을 주위에 알리는 신호음이다. 강아지 이야기를 했는데, 이것을 축산업 이야기로 확대해서 반론을 제기하며 나선다면 당연히 상대방의 말은 설득력이 사라질 것이다. 물론 상대방은 확대해석으로 공격할 때 그것이 지나친 확대해석이라고 방어할 것이지만 일단 상대방의 말에 틈을 벌리는 데 아주 유효하다.

동음동의어를 사용하는 것도 기술이다. 새로운 단어를 만들어내는 것인데, 어느 시사평론가 한 분이 사용하는 언어가 여기에 해당하는 경우다. 앞서 공자의 제자 중에 말 잘하는 이가 왕이 밤나무[栗, 율]를 많이 심으니 백성을 엄히 다스리려는[慄, 율] 것이다, 라는 식이다. 어느 신문에 오른 기사 제목을 보자. '집 팔라는 文말 더럽게 안 듣는 친문, 빈말인걸 아니까'에서 앞의 말은 끝 말末이지만, 뒤의 말은 입으로 하는 말[語, 어]이다. 동음이지만 다른 뜻으로 듣는 이에게 강하고, 반격을 하기가 쉽지 않다.

상대방의 구체적인 주장을 절대화하고 보편화하는 것도 기술이다. 이것은 상대방을 대단하게 인정하는 것으로 출발하지만 조근 조근 그 말이 틀렸다는 것을 입증하기에 좋다. 하나하나 씹어준다는 말이 여기에 해당할 것이다. 이것은 그가 한 말 100개 중에 1개라도 이상하면 그것만 잡고 늘어진다. 이것을 상대방의 절대적인 주장으로 몰아가면서, 그 절대성에 도전하면 된다.

상대방을 압박하기 위해 거짓 전제를 사용하는 방법도 있다. 종종 상대방은 이 전제를 지적하지 않고 토론을 지속하여 사람들에게 논리적으로 부족한 사람으로 여겨지게 만들 수 있다. 대선大選 토론에서 자주 등장하는 것이다. 공산주의나 성인지감수성을 놓고 이미 상대방을 단정짓고 공격을 하면, 상대방은 이를 잘 설명해내기보다 일단 억울하여 혀가 꼬이게 마련이다. 바로 답을 못하는 것을 보니 내가 말한 게 사실이네요, 이런 시오르 믿어붙이면 상대방은 감정이 격해져서 토론에 실패하게 될 것이다.

또한 순환논증을 가지고 집요하게 공격하는 것도 한 방법이다. 차별금지법을 반대한다는 의견에 대해 그 말은 차별하자는 말이 아니냐는 식의 논증을 들이대는 것이다. '차별하자'와 '차별금지법'을 반대하는 것은 일치하는 영역도 있지만 그렇지 않은 영역이 존재하지만, 이와 같은 단순논리로 접근하면서 간단히 대답하라고 다그치면 상대방은 긴 설명이 필요한 관계로 논쟁에서 질 수밖에 없다.

이어지는 질문도 사용된다. 상대방이 대답을 하면 바로 그 대답의 모순을 잡아서 질문을 한다. 그리고 그 질문은 오류로 이끄는 유도성 질문으로 단계를 만든다. 학술회의장에서 종종 목격되는 장면이다. 상대방 주장의 오류를 드러내기 위해 질의응답 시간은 가장 요긴한 시간이 된다. 토론에서 흑기사들은 수많은 질문 리스트와 순간적인 질문으로 상대방을 바보로 만든다. 우리는 종종 기자들의 인터뷰에서 예상치 못한 질문에 속내를 드러내는 정치인들이 고생하는 모습을 자주 보면서, 이들이 바쁜 척하거나 영혼 없는 표정으로 일체 대답을 하지 않고 지나치는 모습이 최소한의 자기방어를 위한 그들만의 생존방식이란 것을 안다.

쇼펜하우어는 상대방을 화나게 하라는 것을 조언한다. 이것은 말싸움에서 가장 믿을 만한 공격방법이라 추천한다. 감정을 건드리면 화가 나게 마련이고, 화가 나면 생각보다 감정으로 말실수가 더 늘게 된다. 얼굴이 붉어지고 막말이 나오고 언성을 높이는 순간, 게임은 끝난다. 화가 나게 하려면 보디랭귀지가 더 유효하다. 상대방이 말하는데 딴 짓을 하거나, 한심하다는 듯이 비웃는 표정을 짓고, 땅을 쳐다보면서 히죽히죽 웃는 사람들이 있다. 이것이 아주 예의 없는 태도라는 것은 모두가 알지만 의외로 이것을 감행하는 토론자들이 있다. 시청자들은 이런 예의 없는 행동에 염증을 느끼지만 일단 상대방이 화가 나서 말이 꼬이면 예의를 갖추며 다시 공격을 해나갈 수 있기에 써먹는다.

가만있다가 버럭 소리를 질러서 기를 꺾는 방법도 있다. 이때 머리를 감싸쥐면서 소리를 지르면 더욱 효과적이다. "그런 말도 안 되는 소리를 하면 어떡합니까?" "그게 무슨 말입니까?"라든지, "그런 말씀은 절대 해서는 안 되죠." 이렇게 소리를 지른다. 여기에 한방 더 넣을 것은 "정말 미치겠습니다. 제발 그만하세요."라며 우는 소리까지 넣어 영탄조로 외치는 것이다. 그러면 일반적으로 상대방은 자기가 무슨 큰 실수라도 한 것처럼 당황한다. 이것은 대부분 어릴 적부터 부모나 선생님에게 혼난 기억이 많은 경험으로 인해 반성하는 자세가 파블로프 실험처럼 조건반사로 나오게 마련이다. 물론 언쟁의 대가들은 이런 소리를 하면 웃으면서 뭐 이런 말에 그렇게 반응을 하시느냐, 하면서 '옹졸하게'라든지 '제대로 듣지도 않고'라든지 하는 수식어로 심정을 더 건드리며 공격할 것이다.

'반사신공'도 있다. "방금 말씀하신 것 참 좋네요, 그런데 이러저러…"라는, 흔히 있는 반론제기이다. 언쟁에서 상대방을 인정하는 것은 공격하기 위해 말에 올라타는 것이니, 고수들이 하는 공격법이다. "방금 말씀하신 것을 적용해보면 이러저러하니, 본인 말씀이 틀렸다는 것이죠?"
이런 식이다. 종종 말을 안 하느니만 못하다는 것이 이런 경우다. 오래전에 〈100분 토론〉에 불려나간 기억이 난다. 당시 '국제 과학 비즈니스벨트'를 어느 곳에 위치할 것인가를 놓고 지자체들이 첨예하게 대립할 당시에 대구·경북·울산을 대표해서 토론에 참여했다. 이 지역의 지반이 약해 지진에 취약하다는 공격이 들어왔다. 일단 상대방의 말을 인정했다. 그리고 지진의 규모가 단층의 길이와 연관이 있음을 보이면서, 우리나라에서 가장 긴 내륙단층이 상대방 지역을 통과한다는 말을 했더니 이상하게 이분이 이후로 주장을 매우 자신 없게 하는 것을 경험했다. 표정은 잘 관리했지만 내상을 입은 것이 분명했다. 돌이켜 보면 그렇게까지 공격할 필요는 없었다는 생각이 들고, 말다툼에서 이기는 것이 꼭 좋은 일이 아니란 반성도 했다.

'일러바치기'도 방법이다. 상대방과 말다툼을 하면서 청중을 향해 "얘가 이런데요, … 얘 나쁜 애예요." 이런 식으로 말하는 것이다. 또는 상대방이 이상에 취해서 현실을 모르는 얼간이라고 몰아붙이는 것도 방법이다. 상대방이 정연한 논리로 장황하게 설명하면 그 말의 길이가 길수록 청중도 이해하기 어려워지는 틈을 이용해서 정색을 하고. "긴 말씀을 하셨는데 무슨 말씀인지 전혀 이해가 안 갑니다."라고 말하면서 청중을 쳐다보는 것이다.

'폭포수신공'도 있다. 말을 엄청 빨리하는 것이다. 이것은 아무나 되는 것은 아니지만 종종 숨도 쉬지 않고 말하는 사람을 만나게 된다. 사람들은 그가 말을 빨리하는 것이 머리가 매우 좋아 머릿속에서 생겨나는 생각을 말하려다 보니 그렇다고 생각하는 경향이 있다. 반대로 내용 없는 말을 폭포수처럼 쉬지 않고 말하는 사람도 주변에 한두 명은 있게 마련이다. 이 사람이 말을 시작하면 대부분 급한 볼일이 있다면서 자리를 뜨는 것이 상책이다. 종종 능력은 그다지 없으면서 하나마나한 말을 길게 하다가 맨 나중에 '다 잘해보자고 하는 말'이란 추임을 빼지 않는 사람들이다.

정상적인 토론을 하는 가운데, 논리로 밀릴 때 쓰는 수법도 쇼펜하우어는 가르쳐준다. 질 것 같으면 주제를 바꾸라는 것이다. 상대방이 방금 한 말 중에 특정 단어 하나를 갑자기 물고 늘어지면서 다른 방향의 이야기를 하는 것이 기술이다. 원숭이 엉덩이는 빨개, 라는 말에서 중요한 것은 원숭이 엉덩이인데, '빨개'에 집중하면서 '빨가면 사과'로 넘어가는 것이 기술이다. 원숭이에서 사과로 바로 넘겨서 새로운 이야기를 시작할 수 있고, 상대방이 원래의 논리로 다시 돌아왔을 때는 한참 지고 있던 상황과 달라져 있게 마련이다.

의사진행 발언을 자주하는 것도 방법이다. 사회자의 허락 없이 말 자르기, 소리 지르기, 계속 말하기를 하는 경우는 흔히 본다. 여기에 더해, "시간이 별로 없는데, 이만 끝냅시다."라든지 "빨리 결론을 지읍시다."와 같이 사화자의 역할을 해버리는 것이다. 이것은 사회자도 당황해하면서 토론을 이상하게 만들 수 있고, 이것이 성공하면 자기 맘대로 분위기나 주제를 이끌 수 있는 기회를 얻을 수도 있다. 물론 이런 일에 넘어

갈 사회자는 거의 없을 테지만 말이다.

'아무 말 잔치'도 해당한다. 소피스트들이 즐겨 사용하는 궤변으로 일관하여 말은 말인데 말이 아닌 말을 계속하는 것이다. 물론 이것은 청중이 있으면 곤란할 것이 분명하다.

말다툼의 최고의 결정타는 바로 '질문'이다. 아리스토텔레스는 상대방의 논거에 근거하여 딱 한방의 질문을 던지는 것을 추천했다. 상대방이 미처 대답을 하지 못 하면 게임은 끝난 것이다. 이런 사례를 이미 경험했을 것이다. 양자역학이 탄생하려는 초창기에 닐스 보어^{Niels Bohr, 1885~1962}라는 네덜란드의 천재 물리학자가 독일의 괴팅겐대학에 와서 자신의 새로운 원자모형에 대해 강연을 했다. 당시 하이젠베르크^{Werner Heisenberg, 1901~1976}는 반바지 차림의 학부학생이었다. 강연이 끝나고 질문을 하는 시간에 하이젠베르크가 던진 질문에 이 세계적 석학은 얼굴이 빨개져서 쩔쩔매고 대답을 못 했다고 한다. 그래도 보어는 마음이 큰 사람이라 질문으로 체면을 깎은 어린 학생에게 다가와 이 문제로 좀 더 토론하자며 일주일간 코펜하겐 방문을 제의했고, 이 인연으로 하이젠베르크는 양자역학의 방정식을 만들었다.

이겨야만 하는 말다툼이 있지만 종종 의미 없는 말다툼에 끼어들 때가 많다. 제일 좋은 길은 자리뜨기다. 당장 결론을 낼 수 없을 때 다음을 기약하는 것이 좋고, 그 사이에 문제가 해결되어 더 이상 다툴 이유가 없어질 가능성이 높다.

쇼펜하우어는 수많은 말다툼의 기술을 수집하면서 본인이 여러 토론에서 써먹기도 했을 것이다. 또 종종 이상한 토론자를 만나서 겪었던 감정과 논리를 놓고 철학자답게 분류했을 것이다. 사실 쇼펜하우어의 논쟁의 기술은 그가 논쟁에서 승리만 했을 것이라는 상상을 불러일으키겠지만 그는 지식전쟁에서 대패한 전력이 있다. 그의 라이벌은 헤겔이었다. 그가 헤겔과 함께 베를린대학에서 교수가 되었을 때, 그는 헤겔보다 훨씬 뛰어난 언변의 강의로 그를 압도할 것이라 생각했다. 그러나 결과는 참패였고, 그는 그 화를 참지 못해 1년 만에 대학 교수직을 그만둔다. 그가 계속 헤겔과 맞섰다면 독일의 철학은 어떻게 변신했을지 상상하기 어렵다. 그는 이후 다양한 저술을 통해 인생에 대한 의미를 탐구했다. 그 것은 인도의 경전 『베다Veda』에 영향을 받아 인생이 고통이란 사실과 그 고통은 의지의 어떤 결핍과 저지에 기인하는 것으로, 예술적 영감의 중요성도 강조했다. 이는 후일 우울한 나날을 보내던 바그너Wagner, Wilhelm Richard, 1813~1883에게 엄청난 영감을 주었다. 쇼펜하우어가 예술 중에서 음악이 최고이며 물질계와 연관이 없는 이상적인 것이라는 주장에 동의한 것을 계기로, 바그너를 평생 쇼펜하우어 철학의 신봉자가 되게 하였다. 또한 쇼펜하우어는 의지 자체를 부정하는 것으로 신에게 자기 몰입하기의 경지를 말했는데, 이것은 후일 허무주의에 영향을 준다. 그의 말년의 삶은 매우 소박하고 금욕적인 것이어서 그가 말한 논쟁의 기술을 마음껏 사용할 필요는 없었을 것이다.

쇼펜하우어의 마지막 말싸움의 비결은 하다하다 안 되면 '인신공격'을 하라는 것이다. 이것이야말로 폭력으로까지 나갈 위험을 감수하는 것인데, 토론에서는 종종 외모나 지위 같은 것을 공격하는 경우를 보게 된다.

어느 대학을 나왔느냐, 머리카락이 언제 빠지기 시작했느냐, 사투리가 듣기 싫다 등등, 얼토당토않은 무례한 말을 사용하는 지도층 인사들을 바라보는 것은 참으로 지겨운 일이 아닐 수 없다.

원하든 원치 않든 우리는 종종 말다툼에 끼어들게 되기도 하고, 비난의 대상이 되어 혼자 수많은 사람의 공격을 감당해야 할 때도 있다. 더욱이 쇼펜하우어가 말한 이런 말싸움 기술로 중무장한 말싸움의 달인들이 눈앞에서 공격을 펼치기 시작한다면 우리는 과연 어떻게 해야 할 것인가? 압박질문을 당하기도 하고, 위협하는 사람들과 대화를 해야 하기도 한다. 여기에 대한 한마디의 비책을 예수는 제자들에게 알려준다. "맞다 맞다, 아니다 아니다, 하라." 설명하지 말고 상대방의 말이 맞으면 긍정, 아니면 부정하는 것으로 족하다는 것이다. 상대방은 길게 공격할 것이고 대응은 간단하다. 대응을 위해 경청하면 상대방의 논리를 분석하게 된다. 이것은 실제로 예수를 공격하기 위해 교묘한 상황과 질문을 들고 온 바리새인들과의 논쟁에서 예수가 사용한 방식이다. 예수의 제자들에게도 닥쳐올 위협과 위계의 논쟁에서 어떻게 해야 할지를 알려준 것이다.

우리는 맞다 맞다, 아니다 아니다, 하는 일에 익숙하지 않다. 왜 맞다고 생각하는지, 왜 아니라고 생각하는지 설명해야 한다고 믿는다. 그러나 우리는 상대방의 말을 듣고 어떤 조건, 어떤 전제에 한하여 맞고 나머지는 틀리다는 말을 할 수 있기에, 이 가르침은 논쟁에서 감정에 휘말리지 않으면서 지지도 이기지도 않으며 자기를 지켜낼 최후의 비책이다.

불이 번쩍이는 황홀한 대화:
담소 ─

말하기는 다툼으로 번지기도 하지만 대부분 외로움을 달래주고 즐거움을 준다. 그래서 말 상대를 찾고 친구라 부른다. 인생의 행복을 구성하는 것에 친구와 나누는 정겨운 대화는 큰 기둥이 아닐 수 없다. 우리는 수다 떨기에서 담소에 이르기까지 다양한 표현으로 이런 종류의 말하기를 표현한다.

담소談笑는 말을 하며 웃는 것을 나타낸다. 외로울 때는 카페에 나가 그저 앉아만 있어도 외로움을 잊는다는 착각을 준다. 많은 사람들이 모여서 서로 이야기하면서 간단없이 웃음을 터트린다. 어떤 사람은 울다가 웃다가 한다. 대화의 내용은 알 길이 없는 백색소음으로 변하였지만 그들의 표정과 눈에 가득한 행복은 그저 보인다. 말씀 담談자는 재미난 한 자다. 그저 말을 하는 것이 아니라, 말을 하는 중에 불꽃이 번쩍번쩍 나게 말하는 것을 나타낸다. 우리는 카페에서 그 행복한 표정과 그 눈망울에 어리는 불꽃을 자주 본다. 말씀 언言을 변으로 한 이 글자에 대신 물 수水를 변으로 하면 맑을 담淡자가 된다. 물이 흐르는 데 불꽃이 번쩍번쩍하는 것을 본 적이 있을 것이다. 그 불꽃은 물론 햇빛이다. 여름철 계곡을 찾으면 그 맑은 물은 햇살을 반사하며 반짝인다. 물의 표면만이 아니고 물 바닥에도 물살의 그림자가 어른거리고, 물 표면에 반사된 빛이 물 바닥의 모래나 조약돌을 비춰 어른거린다. 정지용은 이런 맑은 시냇물의 흐름을 '지즐댄다'고 표현했는데 이 말은 단순히 시냇물 흐르는 소리만을 포함한 것은 아닐 것 같다. 졸졸졸 흐르는 시냇물에 햇살이 이리저리 흔들리며 빛나는 것, 소리와 빛이 함께 어울려 내는 공감각의 표현이 '지즐댐'이 아닐까? 우리는 왜 흐르는 물을 바라보는 것을 좋아할까? 〈흐르는 강물처럼〉이란 영화가 보여준 인상도 그렇지만, 코엘료가 쓴 수필집『흐르는 강물처럼』은 그 책에 담긴 많은 제목의 에세이 중 한 제목이었다. 좋은 글들이 많았건만 그는 책의 제목으로 흐르는 강물을 잡았다. 우리 가곡에도 〈내 마음의 강물〉이란 노래가 있다. 수많은 날은 지나갔지만 내 맘의 강물 한없이 흐르네, 하는 가사로 시작하는 이 노래가 사람들의 마음을 끄는 것은 흐르는 강물, 흐르는 시냇물에 대한 우리의 공통의 감정이 있다는 증거다. 옛 사람들도 흐르는 물을 바라보는 것을 취미의 최고로 꼽았다. 우리가 가끔 보게 되는 〈고사관수도^{高士觀水圖, 강희안,} ^{1417~1464}〉라는 그림에는 강 언덕에서 흐르는 강을 보는 스님의 모습이 나온다. 물론 강물에는 한 척의 배가 떠 있고, 어김없이 스님 한 분이 배에서 흘러가는 강물을 바라본다. 강둑에서 보건 배에서 보건 강물의 흐름은 한없이 변하여 삼라만상이 항상 일정하지 않다. 그러나 그 변함의 큰 줄기는 항상 '흐름'이니, 강물이 흘러가는 것을 바라보면서 마음이 비워진다.

담담^{淡淡}한 마음을 써놓은 액자를 보았다. 현대중공업에 들렀을 때 복도에 걸려 있던 액자에는 담담한 마음이 적힌 글씨가 있었다. 서예가의 글씨는 아니어서 가만 보니 설립자인 정주영 회장의 글씨였다.

"담담한 마음을 가집시다. 담담한 마음은 당신을 바르고 굳세고 총명하게 만들 것입니다."

초등학교가 학벌의 전부인 입지전적인 회장의 입에서 나온 말엔 묘한 맛이 있다. 담담한 마음만 가지면 사람이 이렇게 변할 수 있다는 이 말은 정주영 회장이 스스로 되고 싶은 사람의 모습이었고 만나고 싶은 사람의 모습이었으리라. '바르고 굳세고 총명하게', 이것은 초등학교 교실에 쓰여 있는 급훈 같은 말이다. 급훈은 이렇게 결과만을 나열하지만 정 회장은 그것이 가능한 한 가지 비결을 나눈다. 바로 담담한 마음이다. 흐르는 강물 같은 마음, 맑고 투명하여 훤히 들여다보이는 정직한 마음, 상대방에게도 본인에게도 빛이 번쩍이는 영감 어린 마음이 담담한 마음이다. 욕심이 들어가면 마음의 강물은 금세 여름날 소나기가 오고 난 개울물처럼 흙탕물이 된다. 그러나 한나절 지나고 나면 계곡의 맑은 물들이 다시 채워져 개울물은 담담히 흐른다.

담백함은 우리의 고유한 아름다움이다. 담백함은 흰옷에도 들어 있고, 하얀 사기그릇에도 담겨 있다. 백자에 무엇을 따르면 담긴 물빛이 그대로 드러난다. 자기는 가리고 남을 드러내는 겸양의 그릇, 백자. 그렇기에 유럽인들이 그토록 열광한 동양의 신비는 백자였다. 투명한 유리잔에 따른 차의 빛깔도 곱지만 하얀 찻잔에 따른 찻물 빛은 그윽하고 귀티가 난다. 이런 백자가 임진왜란 때 일본으로 건너갔다. 백자를 만드는 흙이 없어 찾고 찾아 마침내 탄생한 일본 백자는 그들이 갖고 있지 않은 담백淡白의 미를 품고 있기에 더욱 안쓰럽다. 우리 도공의 손길이 스치는 곳마다 맑음의 덕성이 묻어났다.

흰색 찻잔에 차를 따르고 둘러 앉아 이야기를 나누는 것, 그 웃고 떠드는 담소는 따듯하고 맑고 향기롭다. '꽃 피고 새 운다' 하면 봄이 떠오르듯이 무여서 웃고 떠들면 행복이 피어난다. 아이들이 시간가는 줄 모르고 노는 모습이고, 사랑에 빠진 연인들이 짓는 공통된 표정이다. 불타는 금요일 업무의 피로를 벗어던지고 고기를 구우며 피어나는 연기 속에 나누는 말이다. 또한 눈 덮인 산사에서 홀로 차를 한입 머금고 웃는 스님의 미소다. 오가는 말로 인해 말 빛이 반짝반짝하는 순간이다. 말다툼이 보여주는 냉정한 공격과는 완전히 다른 무장해제의 언어이고, 추어주는 언어이고, 보듬어 안아주는 언어다.

"시간 돼? 얘기나 하자." "밥 안 먹어? 밥 사줄게 나와." 이렇게 불러주는 친구가 있으면 언제고 행복은 근처에 있고, 불현듯 피어날 것이다. 담소할 대상이 없을 때 우리는 외로움을 타고 담소할 친구를 부를 때 그리움을 느낀다. 그리움은 그래서 여름날 산머리를 넘어가는 구름 같은 것인가 보다. 그리움에 사무치면 마음에 돌이 생겨 망부석이 되고 만다. 아무것도 느끼지 못하는 차디찬 돌로 오직 그를 향한 마음의 표시만 남은 상징.

그래서 우리는 행복의 반대편에 그리움과 외로움을 두고 있나 보다. 그리고 우리는 이를 잊게 해줄 대용품을 원하나 보다. 대신 웃어주고 대신 떠들어주는 대담소代談笑의 사람들. 이들을 바라보는 것이 우리의 오락이 되는 것이기에 우리는 TV를 켜고 유명 연예인이나 개그맨들을 바라본다. 이들이 이렇게 자주 등장하는 것은 그들이 마치 우리 곁에 있는 친구인 양 착각하게 하는 효과를 준다. 그저 친구가 없어도 TV를 켜면 그들은 항상 나타나 변함없이 우리를 대해주니 말이다. TV가 없던 시절 팍팍한 삶을 위로해준 재담은 유랑극단에 있었다. 기계체조와 서커스를 섞어서 사람들을 모으고, 재담과 연극, 춤과 노래를 들려주었다. 물론 만병통치약이라는 것도 팔았다. 두 명이 나와서 하는 재담으로 만담꾼이 있었다. 지금은 사라졌지만 만담꾼들은 쉴 새 없이 웃기는 대화를 이어가서 듣는 사람에게 웃음을 선사한다. 소설가 김연수는 『칠 년의 마지막』이란 소설에서 주인공 백석이 여행을 가면서 동행한 만담꾼의 이야기를 지어냈다.

두 사람의 대화다.

"좀 들여보내주세요. 부러진 칼 같은 것은 안 할 테니까."
"아이고, 부러진 칼은 무엇인가?"
"절도絶刀 / 竊盜요. 아니 이 집안 식구들은 모두 이렇게 물장사합니까?"
"물장사는 또 무어야?"
"수상水商 / 殊常하냐, 그런 말씀이올시다."
"아이고, 옳아 수상…"
"난 또 거지가 들어온 줄 알고 붉은 부채를 하려고 했지요."
"아이고, 붉은 부채는 또 무어야?"
"적선赤扇 / 積善 말이올시다."
"아이고, 적선… 그래."

"저 손주 따님에게로 장가간다면 제 팔자는 처진 팔자이올시다 그려."
"팔자가 처지다니?"
"팔자가 늘어졌다는 말씀이죠."

"아, 그거야 이 사람아 비 맞은 팔자지."

"옳아, 처졌대서요? 그런데 저, 제 국수눈깔을 보아서라도 손주 따님을 제게 주시겠습니까?"

"국수눈깔은 또 무엇인가?"

"면목面目이란 말씀입니다."

"아이고, 면목. 아이 여보게! 대관절 자네는 웬 결말을 그렇게 잘 쓰는가?"

이런 만담을 듣고 웃으며 전후 폐허를 다시 일으키는, 고된 노동을 견디어 낸 것은 담소의 또 다른 힘이었다. 만담꾼에서 개그맨으로 이제는 토크쇼의 명 연사들로 TV는 같은 값이면 다홍치마라고, 같은 내용이라도 재미있고 귀에 쏙쏙 들어오게 하는 사람들을 불러내 우리의 비대면 친구로 삼아주고 있다. 명 연사들은 전문가들로 구성되어 있었지만 이제는 강남의 명강사들이 오히려 더 각광을 받는 시대가 된 것도 흥미롭다. 이제 유튜브의 시대가 되었고, 명강사들은 저마다 유튜버가 되어 하루에도 수많은 강연을 펼쳐놓는다. 정말 비대면 담소의 시대가 활짝 열렸다. 오래전에 했던 것도 언제든지 다시 볼 수 있으니, 말의 유통기간도 길다.

담소를 하며 시간가는 줄을 모르는 것, 말하기가 주는 즐거움이다. 이것은 상대방이 누구인지 내 마음이 어떠한지에 따라 얼마든지 달리지는 섬세한 것이기에 웃음이 배어나오기까지 세심한 배려와 노력이 필요하다.

담백한 대화를 위해 수많은 조언이 나와 있지만 우리 모두는 담소의 즐거운 추억도 있고, 불편한 대화, 심지어는 말다툼한 대화의 기억이 있다. 보고 싶은 사람과 약속을 잡고, 옷을 갖춰 입고 맛난 음식을 먹고, 서로 귀에 듣기 좋은 소리를 하는 전 과정은 사랑스럽다. 그러나 일상의 대화에서 웃음꽃이 피는 대화를 하며 사는 사람은 많지 않다. TV에 등장하는 〈속풀이 토크쇼〉에서 한참 이야기를 듣다 보면 정말 서로 담소해야 할 사이들인데 속이 막혀 이렇게 나와서라도 풀어야 할 판이 된 것이다. 가장 많이 보는 사람인 가족 간에 대화가 단절되고 심하면 화병이 나기도 하니, 담소는 먼 친구나 만나야 하는 인생의 드문 일이 될 수 있겠다.

웃음꽃 피어나는 대화를 위해 도대체 어떻게 해야 할까? 유머 책을 사서 외우고 외워 써먹어야 할까? 여러 가지 특효약이 있겠지만 '좋은 말'은 담소를 불러준다. 어찌 좋은 말만 할 수 있을까마는 기왕이면 할 수 있는 최고로 좋은 말을 찾아보는 것이 좋다. 좋은 말을 찾기 위해 잠시 말을 멈추고 생각에 잠기는 것도 좋은 방법이다. 이런 작은 침묵이 상대방에게도 신호가 되고, 서로 담소를 위해 노력하자는 묵언의 암시가 된다. 그리고 이 상황에서 가장 좋은 말, 예쁜 말을 해본다. 상대방도 안다. 이렇게 듣기 좋은 말을 해주려고 머리를 굴렸구나. 이렇게 마음이 통하고 나면 서로 좋은 말을 거들어 올리게 된다. 무조건 의견이 다를 수 있는 주제의 말이 나오면 다른 이야기로 돌리는 재주도 필요하다. 뒷담화가 시작되면 물론 서로 즐겁게 남을 비난할 때는 죽이 맞아 좋겠지만 언제고 이 뒷담화는 나에게도 들이닥친다는 것이 분명하니, 역시 좋은 말로 칭찬해주는 것으로 김을 뺄 수도 있다. 이런 이야기 말고도 얼마든지 웃으며 말할 주제는 널려 있다.

웃음꽃 피는 이야기를 하려면 또 어떤 기술이 있을까? 개그맨 기질이 있지 않은 한 끊임없이 상대방을 웃길 수는 없는 일이다. 그래서 많이 듣고 맞장구쳐주는 것이 기술이다. 80% 정도 듣고 20% 정도 말하는 것으로 하면 상대방은 일단 기분이 좋아진다. 더욱이 그 20%도 '그렇구나', '저런' '정말 잘했네' 같은 말로 채워나가면 어느 순간 꼭 해야 할 말이 생겨난다. 그때도 가급적 말을 말고 그저 나중에 할 말이 좀 있다고 여운을 남기는 것. 그 진한 아쉬움이 담소의 백미다.

창조를 위한 위험한 말 폭풍: 스티브 잡스 ―

담소가 주는 즐거움보다 더 큰 즐거움을 얻는 말이 있다. 그것은 새로움을 만들어내는 말이다. 창조의 말. 성경에는 천지창조가 신의 말씀으로 되었다고 기록되어 있다. 신은 창조 이전, 혼돈의 우주에 빛이 있으라고 명령하고, 빛이 생겨난다. 그리고 신의 명령에 따라 삼라만상이 지어진다. 신은 매번 "보시기에 좋았더라."라며 자신의 창조 결과에 흡족해 했다. 이후의 성경에서 신은 분노하기도 하고 민망히 여기는 일이 많아진다. 어쩌면 성경의 신은 창조의 6일 동안 가장 행복했던 것 같다. 그 기쁨은 창조의 기쁨이다. 말하는 대로 척척 이루어진다면 우리도 얼마나 기쁠까? 땀을 뻘뻘 흘려 간신히 만들어내는 것이 아니라 말만 하면 되는 창조, 정말 말에는 힘이 있을까?

말에는 힘이 있다. 그래서 어른들은 '말에 씨가 있다' 했다. 말이 씨가 되니 말조심하라는 것은 우연히 던진 말처럼 일이 되어버리니 그런 일을 자주 경험한 탓이다. 종종 예언과 같은 일이다. 정말 일어나서는 안 될 일을 상대방이 툭 던지면 기분이 언짢아지는데, 여기에 더해 그 일이 일어나고 나면 말한 사람의 입을 원망하게 된다. 그 입이 원수다. 그러니 축복의 말을 뱉으면 축복의 씨가 뿌려지는 것이고, 저주의 말을 뱉으면 저주의 씨가 뿌려진다. 저주의 말을 듣고 와신상담 노력하여 인생을 역전한다면 그 말은 인생역전의 씨앗이 되겠지만 많은 경우에 저주의 말은 저주로 돌아와 인생을 망치게 만든다. 종종 속이 상한 부모가 자녀들에게 저주의 말을 퍼붓는 어리석음을 범하는데 말이 씨가 된다는 말만 기억해도 좋았을 일이다.

이름에도 힘이 있다. 매번 부르는 이름은 그 사람이 누구인지 말해주는 고유명사다. 이름대로 된다는 것도 말의 힘을 말해준다. 성경에는 사명을 준 사람의 이름을 고쳐 부른 신의 이야기가 나온다. 신이 찾아간 사람의 이름은 '아브람'이었다. 아브람은 이미 노인이었고 슬하에 자녀가 없었다. 신은 그의 이름을 '아브라함'이라고 고쳐준다. 그리고 신이 알려주는 곳으로 익숙한 고향을 떠나 여행을 하라고 한다. 아브람과 아브라함은 한 글자 차이이지만 그 뜻은 크게 다르다. 아브람은 '존귀한 아버지'란 뜻이다. 자식도 없는 사람의 이름이 존귀한 아버지라니… 이 이름을 부르고 들을 때마다 사람들이나 아브람 자신이나 어색했을 것이다. '자식이 없으니 내가 대신 너를 아버지라고 불러줄게'라고 하는 비웃음이 묻어 있다. 그의 이름은 그저 보통의 아버지가 아니라 존귀한 아버지이니 족장에 걸맞은 이름이다. 실제로 아브람은 족장의 시대 사람이고, 그는 장사수완이 좋아 거상이었다. 당연히 많은 재산과 노예가 있었다. 그러나 아들이 없다는 것이 그가 갖고 있는 치명적인 약점이다. 물론 아브람은 언젠가 아들이 생길 것이란 생각을 했다. 그러나 세월은 그의 기대를 저버리고 아내 사래도 나이가 들어 자식을 생산할 수 없게 되었다. 당시 첩을 얻어 대를 이어가는 일이 흔했지만 아브람은 그러지 않았다. 그런 그에게 신이 고쳐 불러준 이름 '아브라함'은 '아브라'와 '미음' 사이에 'ㅎ'자를 더 넣은 것으로, 이것은 '열국의 아버지'라는 뜻이다. 자식이 없는 존귀한 아버지를 열국의 아버지로 바꾸어주는 신의 작명을 듣고 그는 정말 의아했을 것이다. 75세의 노인에게 다가와 이름을 고쳐주며 '너는 열국의 아버지가 될 것'이라고 하는 신. 이후의 스토리는 그가 신이 알려주는 곳으로 떠난 여행길에 벌어진 일들과 아들을 얻는 과정으로 이어진다. 그와 아내 사래 사이에 얻은 자식은 달랑 아들 하나였고, 그가 죽을 때도 그의 눈에 들어온 자식은 하나였다. 물론 0과 1은 차원이 다른 것이다. 그 아들 하나가 오늘날 수많은 기독교인들을 낳았으니, 신은 자신의 말을 성취했다.

말의 힘은 이렇게 무섭다. 그러니 축복의 말, 사랑의 말, 세워주는 말을 할 때 상대방은 일어서고, 성장하고, 성공한다. 말은 이렇게 남의 인생을 창조해주는 힘이 있다. 자신에게 하는 말도 역시 '말의 씨'를 생각해서 곱게 하고, 격려하는 말을 해야 한다. '난 안 돼'라는 말 대신 '될 것 같다', 틀렸어 대신 '맞았어'로 바꾸어가면 다 포기 하고 싶은 절망을 딛고 일어설 것이다.

창조의 말은 로고스다. 창조의 말은 이렇게 개인의 인생을 바꿀 뿐만 아니라 세상을 바꾸고 시대를 바꾼다. 사람들은 그래서 창의적인 말을 할 줄 아는 사람을 원한다. 그저 말만 들어봐도 그 사람이 창의적인지 아닌지 바로 식별이 가능하다. 이들의 말은 앞서 말한 토론이나 말싸움의 달인들과 다르다. 이들의 말에는 논리로 파고드는 힘보다는 인사이트insight, 영감이 넘친다. 영감 어린 INSIGHTFUL한 말은 이들의 창조성이 남에게 인정받기 전에는 그저 이상한 말, 엉뚱한 말, 말도 안 되는 말로 여겨지기 일쑤다. 그러나 이 창조의 말을 하는 사람들은 그가 했던 이상한 말을 실현시켜 들고 나타난다. 테슬라라는 전기자동차로 세계를 놀라게 하는 일론 머스크Elon Musk, 1971~는 그런 괴짜 중의 하나로 유명하다. 그가 유인우주선을 만든다거나, 진공터널을 만들고 공기압으로 달려가는 초고속기차를 제작하는 일은 신기하기만 하다. 그가 이런 창조적인 생각에 넘치는 것의 핵심은 화성에서 살 수 있는 길에 있다. 화성에는 산소가 없다. 당연히 연료를 태워야 하는 엔진을 갖는 자동차로는 화성에서 달릴 수가 없다. 그러니 그가 전기자동차를 서두른 것은 당연하다. 그는 스스로 화성에서도 쓸 수 있는 물건을 만드는 중인데, 그것이 지구에서 인기를 만들어낸다. '화성에서 살 거야'라고 그가 말하면 다들 미쳤다고 했을 것이다. 그러나 그는 화성에서도 쓸 만한 물건을 만들어내고는 화성 이야기를 쏙 빼고 보여준다. 사람들은 새로운 물건이 갖는 장점에 매혹된다. 그가 만든 물건을 쓰는 사람은 미래지향적인 지적인 사람, 혹은 성공한 부자라는 인식이 퍼지면서 브랜드 가치가 천정부지로 솟구치고 있다.

최근 봉준호 감독도 우리에게 놀라움을 선물했다. 〈기생충〉이란 영화로 많은 상을 타게 되고, 상을 탈 때마다 위트 넘치는 말로 사람들의 사랑을 듬뿍 받았다. 그는 자신의 경쟁자를 스승으로 추켜세우며 그가 했던 말을 해준다. "가장 개인적인 것이 가장 창의적인 것이다."라는 말이다. 그 개인적인 것에는 사람들이 궁금해하고 열광한 '짜파구리'도 들어있다. 그의 이런 개인적인 말들이 세계를 흔들 것을 어찌 알았을까? 봉준호는 말 잘하는 감독이고, 그 말의 힘을 아는 감독이다.

창조는 말에서 시작되어 결과로 보답한다. 디자인스쿨의 사람들은 그림을 잘 그리는 사람들이 대부분이지만 이들의 디자인은 대부분 말에서 시작된다. 창조를 위한 말재주가 능한 사람이 디자인도 잘한다. 이들의 활약무대는 '브레인스토밍brainstorming' 회의실이다. 머리에 폭풍이 지나가는 것같이 생각을 흔들어 새로운 것을 만들자는 브레인스토밍은 집단지성의 폭발을 원한다. 이런 회의에서 기본원칙은 '비판하지 않기'다. 상대방이 어떤 이상한 말, 멍청한 말을 하더라도 그대로 말이 진행되도록 한다. 그 이상해 보이는 말들은 두뇌에 폭풍이 불기 때문에 튀어나오는 말이기 때문이다. 이때 비판이 들어가면 그 순간 두뇌의 폭풍은 잦아들고 이성적인 생각이 틀을 잡게 된다. 사고와 관념을 뛰어넘는 창조적 착상은 이미 날아간 뒤다. 브레인스토밍으로 유도하는 집단지성의 힘을 인정하고 이것을 적극 활용하는 집단이 늘어가고 있다. 대부분 아이디어 개발회의는 책상 위에 초콜릿이나 먹을 것을 수북이 쌓아놓고, 두둑한 포스트잇에 생각을 적어 늘어놓고 이리저리 연결한다. 이렇게 서로 문제에 대하여 공감하는 과정에서 다양한 의견을 펼쳐놓는 확산적 사고를 하게 된다. 이것이 충분해지면 이들 중에 실현가능성을 보면서 아이디어를 집중시키는 수렴적 사고를 한다. 확산과 수렴은 완전히 다른 프로세스로, 수렴적 사고를 할 때는 치열하게 비판적 사고를 한다. 이런 사고과정을 〈IDEO〉라는 디자인 회사에서는 '디자인 씽킹'이라는 이름으로 정형화했다. 물론 이렇게 해서 얻어진 수렴된 아이디어를 실제로 구현하기 위해서는 구현작업 역시 확산적 작업과 수렴적 작업으로 구성된다. 아이디어 발상과 아이디어 실행은 자전거의 두 바퀴처럼 연결되어 상호영향을 준다. 구현과정에서 발생하는 문제로 인해 아이디어 과정을 다시 돌아야 하기도 하고, 아이디어 과정에서 일단 실현가능성을 간단히 테스트해보는 구현과정으로 돌리기도 한다. 그래서 이것을 수학의 '뫼비우스 띠'라고 말하기도 한다. 〈IDEO〉의 디자인 씽킹 구루들은 일반인에게 권하기 조금 어려운 한 가지 순환고리를 여기에 추가하는데, 영감회로가 그것이다. 인스피레이션inspiration의 과정은 이런 아이디어 생산과 구현의 순환고리에서 일탈하여 이를 조망하고 다른 차원에서 해석하는 과정이다. 이것은 신비한 프로세스이나 우리가 생각을 하고 행동에 옮기는 과정에 언뜻언뜻 생기는 그런 내면의 목소리가 여기에 해당한다. 이런 영감 어린 성찰은 뫼비우스 띠가 갖는 무한 쳇바퀴돌기를 변형하고, 경우에 따라 튀어나와 다른 사이클로 접어들게 한다.

이런 영감 어린 창의자가 있으면 당연히 그 집단지성은 자신들이 생각할 수 없었던 전혀 새로운 단계로 나가는 시대의 창조자가 된다. 대표적인 인물은 누구나 마음속에 인정하는 스티브 잡스다. 에디슨과 같은 사람은 너무 먼 과거의 영웅이지만, 잡스가 펼친 마술은 그가 얼마 전 세상을 떠나기 전까지 우리의 일상에 얼마나 큰 파문을 던져주었는지 모른다. 그가 죽고 나서 그의 일상과 사적 괴팍함이 세상에 알려졌고, 그 괴팍함이 창조의 한 부분임을 인정하지 않을 수 없었다. 스티브 잡스는 창조를 끌어내는 독특한 화법을 갖고 있었다고 한다. 그것으로 인해 오해도 많이 받았지만, 그것이 만든 결과물로 그는 칭송을 받았으니 그는 말로 하는 창조의 연금술사였다. 그가 전자공학 분야의 과학자로만 존재했다면 그의 창의성은 흔히 볼 수 있는 이공계 전문가와 크게 다르지 않았을 것이다. 그러나 그는 그의 내면에서 인문학적 자질資質을 알고 있었다. 책을 읽었고, 인문학과 과학기술의 교차점에 설 수 있는 사람이 되고자 했다. 그가 내놓은 수많은 제품들은 시대를 변화시키고, 우리의 삶을 송두리째 바꾸고, 새롭게 하는 것들이었다. 그는 〈애플〉로 퍼스널 컴퓨터의 시대를 열었고, 스마트 폰과 관련된 새로운 서비스들로 우리의 삶을 완전히 바꾸어주었다. 그는 제품을 만들면서도 인문학적 상상과 영감을 불어넣었고, 그것은 〈IDEO〉의 뫼비우스 띠의 한가운데 새롭게 들어간 영감회로였다. 그 영감회로는 무한 반복의 디자인 과정을 뒤흔드는 현실 왜곡의 재주를 부렸다.

잡스의 주특기인 '현실 왜곡의 장'은 공상과학영화 〈스타트렉〉에 나오는 말이다. 사람들은 잡스가 나타나면 이 증상을 대부분 경험했다. "그가 나타나면 현실이 유연해진다는 것이죠. 그는 사실상 어떤 것이든 상대방을 납득시킬 수 있어요. 그가 자리를 뜨면 그 왜곡의 장도 서서히 걷힙니다." 간혹 우리 주변에서 보았던 어떤 사람들이 떠오를지도 모른다. 그가 나타나서, "별문제 아니야. 이게 단지 이러저러하다는 것 아니야?" 이렇게 말하면 갑자기 이 문제가 금세 풀릴 것 같은 용기가 생긴다. 그의 동료들은 잡스의 이러한 대화법을 자주 경험하면서 이것이 잡스만이 갖고 있는 특별한 개성으로 그에게 내재된 것이라는 것을 깨달았다. 사람들은 "그의 현실 왜곡의 장은 카리스마 넘치는 수사와 굴하지 않는 의지, 어떤 사실이든 당면한 목표에 부합시키도록 변형하려는 열성이 뒤섞인 결과물이었어요."라고 증언한다. 카리스마 넘치는 그의 발표는 '잡스 프레젠테이션'이란 이름으로 분석되고 많은 사람들이 흉내 냈다.

잡스는 모든 것이 불가능한 상황에서도 가능함을 '단정적'으로 말했다. 현실 왜곡의 장은 최고의 기만술이다. 그 기만술은 남만 기만하는 것이 아니라 자신도 스스로 기만할 때 힘이 생긴다. 최고의 사기꾼은 자신의 사기를 스스로 믿는다. 잡스가 그랬다. 그는 의도적으로 현실을 거부했고, 언제든지 자기 자신을 속일 수 있었다. 그는 자신의 비전을 믿도록 사람을 기만했다. 그것은 이미 자신도 깜빡 속아 자기 안에 내재된 상태였기에 가능했다.

잡스는 말만 그렇게 하는 것이 아니었다. 그는 엄청난 눈빛을 갖고 있었다. 레이저를 쏘는 듯이 사람들의 눈을 응시하면서 절대로 눈을 깜박거리지 않았다고 한다. 완전한 확신. 누구도 거역해서는 안 된다는 무언의 신호였다. 동료들은 그의 눈빛에 굴복했다. "그럴 때면 그가 청산가리를 탄 음료수를 내놓아도 아마 그냥 마셔버릴걸요."라고 그의 동료들은 잡스를 회상했다. 잡스는 이렇게 내재된 확신으로 현실을 왜곡했고, 강렬한 눈빛으로 상대방을 복종시켰다. 그것도 모자라 그는 상대방의 약점을 들춰내서 주눅들게 하는 방법을 찾아내는 데 초인적인 능력을

말에는 인생을 창조해주는 힘이 있다.

갖고 있는 것으로 보였다. 비열하더라도 그는 자신의 현실 왜곡의 장에 저항하는 사람을 무너뜨리고 마침내 잡스에게 인정받고 싶어 안달이 나게 하는 능력을 갖고 있었다.

잡스가 좋은 일에 이런 능력을 써서 다행이지 이를 잘못 사용했다면 엄청난 문제를 일으켰을 것이 분명하다. 세상에는 이런 종류의 사람들이 100명 중에 1명 이상 존재하는데, 이를 매니플레이터^{manipulator(magic hand)}라고 부른다. 이들은 상대방을 자신의 뜻대로 조정하는 일에 능하고 이것을 즐긴다. 물론 이런 사람을 만나면 어떻게 해야 하는가. 심리학자들은 무조건 피하라는 처방을 주지만 우리는 종종 이런 사람들에게 걸려들게 마련이다. 잡스가 최고로 무자비한 언행을 할 때는 격렬하고 모욕적인 행동방식을 보였다고 한다. 이것은 그가 수많은 성공으로 성공의 정점에 있었기에 용인된 것이지, 이런 식의 태도는 아무리 창조를 위해서라도 사용할 일은 아니다. 이런 그의 폭발하는 성격으로 자신이 세운 〈애플〉에서 쫓겨난 일은 자업자득이다.

잡스는 이런 희한한 언변으로 주변을 망쳐놓은 것이 아니라 새로운 세계를 만들어냈다. 그가 만든 수많은 혁신적 제품과 서비스에는 그의 영감이 넘쳐났다. 그는 '해야만 할 일'에도 열중했지만 '해서는 안 될 일'에도 명확했다. 그의 디자인은 멋을 위해 덕지덕지 붙이는 것이 아니라 덜어내고 덜어내서 꼭 필요한 것만 남기는 지우기 디자인이었다. 자신이 만든 '파워 포인트'가 머리를 쓰지 않게 하고 현혹한다는 이유로 회의에 사용되지 못하도록 한 것도 그의 일면을 보여주는 사례다. 잡스의 창조

적 말하기는 대단하지만 흉내 내기에는 매우 위험한 독성의 말하기임이
분명하다.

5장

/

글을 쓰면 영원하다

글씨가 된
불꽃 ─

　　　　　　　글이 없던 시절에도 이야기는 있었다. 입에
서 입을 통해 전해오던 이야기들이 글이 되었고, 수많은 입을 통해 정돈
된 이야기들이 지금까지 남았다. 글이 없던 시기, 옛사람들은 모닥불 주
변에서 샤먼의 이야기를 들었다. 샤먼은 불꽃이 해준 말들을 전했다. 저
주를 퍼붓기도 하고 인신공양을 요구하기도 했다. 이해할 수 없는 자연
의 거대한 변화 앞에서 이들은 신의 가호를 빌고 노여움을 풀기 위해 이
야기를 지어내고 의식을 베풀었다. 신과 세계, 신과 인간의 이야기는 현
실의 암담한 재앙을 넘어설 상상의 세계였고, 현상의 원인이었다. 새로
운 문제는 샤먼을 불렀고, 샤먼은 모닥불 앞에서 춤을 추며 불의 이야기
를 전했다.

　　아직도 우리는 질문을 품고 살아간다. 닭이 알을 품듯, 질문을 품는 이
유는 아직 답을 구하지 못한 까닭이다. 원시의 질문들이 아직도 남아 있

는 것은 신기하다. 과학은 우리의 질문에 많은 답을 던져주고 있다. 과학으로 차츰 우리가 품고 있는 질문들이 부화하여 세상을 돌아다니고, 앙증맞게 다양한 물건들을 만들어 우리 손에 쥐어주고 있다. 그러나 문자 이전 시대에 사람들이 품었던 질문들을 풀고자 했던 열쇠는 신의 세계다. 그리스 사람들은 사람과 같은 인격을 신에게 부여하여 그들 사이에 복잡한 관계가 형성되고, 그것으로 인해 우리의 일상과 자연에 발생하는 이해할 수 없는 일들을 설명했다. 수많은 개념들도 신들의 세계에서 탄생하는 것으로 했다. 어떤 민족은 쇠를 제련하는 사람들에 의해 바람을 유일한 신으로 여기기도 했다. 그들이 바람을 불어대면 불꽃이 타오르고, 그 불꽃이 암석 안에 있는 금속을 녹여낸다. 바람은 어디에나 존재하고, 불꽃이 타오르고, 그것으로 존재를 소멸시켜 존재 속의 원형을 노출시킨다. 그래서 그들의 신은 형상이 없어야 한다. 우리 주변에는 아직도 신화의 흔적이 절기節氣로 남아 있다. 제주 한라산의 산신령은 여신으로 '설문대 할망'이라고 한다. 제주의 신들은 일 년에 한 번 옥황상제에게 인사를 드리러 다녀오는데, 이때를 '신구간神區間'이라고 부른다. 신이 잠시 자리를 비운 사이, 제주 사람들은 영리하게 이사를 한다. 그래서 악연으로 맺어진 신과 이별을 할 수 있다고 믿는다. 이 풍습을 믿든 믿지 않든 이사할 집이 이때 주로 나오니 이 절기만 되면 이사로 분주하다. 세시 풍속에 얽혀 있는 설화를 들여다보면 오랫동안 품고 있는 인류의 달걀, 질문들을 발견할 수 있다. 이것이 황금알이고, 이것이 빅 퀘스천big question이다.

말은 불꽃처럼 찬란하게 타오르지만 말이 끝나면 불꽃처럼 사라진다.

잡아둘 수 없는 말을 잡아서 보존하는 도구, 문자가 탄생했다. 점토판에 칼집을 내서 쓴 문자를 비롯해서 수많은 고대문자들이 해석되면서 길가메시Gilgamesh, B.C. 3000년 전반의 서사시와 같은 고대의 이야기를 알게 되었다. 이제 우리는 수많은 고고학의 발견으로 더 많은 고대인들의 생각의 불꽃을 보게 되었다.

살아 있는 신, 파라오가 사는 나라 이집트의 왕궁에 한 왕자가 있었다. 파라오는 노예로 삼고 있던 히브리인들의 숫자가 지나치게 늘어나는 것을 염려하여 그들이 낳은 첫 아기를 죽이라는 잔인한 명령을 내린다. 한 아기의 어머니는 차마 그러지 못하여 나일강의 갈대를 잘라 엮어 바구니를 만들고 역청을 발라 물이 새어 들어오지 못하게 했다. 이 갈대상자에 아이를 태워 강 하수에 버렸는데, 왕궁의 공주가 아이를 발견하고 궁궐로 데려와 업둥이가 된다. 모세다.

모세는 이집트 왕궁에서 성장하며 많은 것을 배웠다. 우리는 고대 이집트가 찬란한 과학기술을 꽃 피운 것을 안다. 그들의 거대한 피라미드와 그 위치가 갖는 천문적 의미, 사자死者를 보존하는 방법과 관련된 화학적 지식 등이 그것이다. 그러나 이집트의 왕궁에서 가장 높은 지식은 수사학이었다. 파라오와의 대화는 신과의 대화이기에 말하기는 엄격한 규칙과 매우 높은 수준을 요구했다. 이집트 최고의 엘리트는 왕궁의 언어를 사용하는 자였다.

모세의 유명은 모두가 아는 바와 같다. 그는 살인을 했고, 도망쳤으며, 사막으로 가서 베두인족이 거두어 주어 장가도 들고 연명한다. 왕궁을 떠난 지 40년, 그는 베두인족들이 두려워하는 신이 거하는 산에 오른다. 그 산에서 모세는 신과 대면한다. 신은 떨기나무에서 타지 않는 불꽃으로 등장한다. 그리고 그 불꽃 속에서 이야기한다. 모세는 신에게 누구냐고 묻고, 신은 자신이 '스스로 있는 자'라고 답한다. 신을 보는 자는 정녕 죽으리라고 한 구절을 보자면, 불꽃은 신의 얼굴이 아니다. 신은 보이지 않는 그 불꽃 속의 '말'이다. 신은 모세에게 백성을 구해내라는 사명을 준다. 모세의 답변은 엉뚱하다. 그는 자신이 말이 어눌한 자라고 하면서 회피한다. 왜 그랬을까? 40년의 긴 양치기 생활 속에 그는 이집트 왕궁의 수사학을 잊었다. 말을 잊어버린 그가 과연 왕과 사람들 앞에서 사명을 위해 변론할 수 있을까? 신은 그가 언변을 잊기까지 40년을 기다려 오롯이 신의 능력만이 드러나게 하는 이야기를 열었다.

다음 이야기는 말이 글이 되는 이야기다. 홍해를 갈라 길을 내고 백성을 끌어낸 모세를 신은 불러내어 백성이 지켜야할 법도를 말해준다. 이것을 단순히 전하는 것이 아니라 돌판에 글로 새겨준다. 신의 음성이 글이 된 사건이다. 말이 글이 되는 순간, 말을 전하는 메신저의 역할은 제한된다. 어쩌면 이 10개의 계명에 대해서는 모세가 전하는 말이나 해석을 요구하지 않는다는 것, 즉 모세가 더 이상 필요 없다는 신호다. 이 글에 쓰인 대로, 더도 말고 덜도 말고 그대로만 지키라는 뜻이다. 물론 히브리인들은 이것을 다시 해석하여 수많은 율법을 지어냈다. 그러나 신의 요구는 10개로 간명했고, 그 글자 그대로였다. 불꽃의 음성, 그 말들은 돌판 위에 새겨진 글이 되었다. 이로써 신은 계명 부분에서 더 이상 모세는 필요치 않다는 것과, 이것에 대해 모세나 다른 어떤 자의 해석이나 전달상의 오류를 허용하지 않는다. 글은 이런 힘이 있다.

말이 갖고 있는 유동성과 변형 가능성을 제거하고 이를 고체화하는 것, 이것의 필요성은 사회를 지탱하는 규범에서 나타났다. 우리는 함무라비 법전이 새겨진 돌판을 역시 기억하고 있다. 돌에 새겨진 문자들은 영원히 기억하게 하고자 하는 기록의 열망이다. 풍화작용은 이 역시 희미하게 지워내겠지만 강직하다. 그리고 파피루스는 연약하나, 그 위의 얼룩인 글은 강하다.

신의 불꽃만이 글을 새길까? 가끔 우리의 마음속에도 불꽃은 타오른다. 사람을 만나면 끝없이 말하고 전해주고 싶은 그 불꽃, 그러나 그 불꽃이 지나치게 강하면 자신도 태우고 남도 태운다. 그래서 마음속에 불꽃이 타오를 때면 차라리 입을 다무는 것이 좋다. 그리고 그 불꽃이 태우고 남긴 재를 바라봐야 한다. 이제 더 이상 불꽃으로 타오르지는 않지만 불꽃이 타올랐던 그 흔적, 재를 보면서 우리는 불꽃을 상상한다. 불꽃의 언어가 타고 남긴 것, 그것이 글이다. 더 이상 변하지 않지만 언제고 빛과 열을 떠올리게 해주는 글이다.

그래서 글은 열정적인 연설 가운데 써지는 것이 아니다. 보이지 않는 청중을 대면하는 고요 속에서 탄생한다. 글은 폭풍우처럼 우렁차게 온갖 풍상을 다 겪고 나서, 고향마을 흐릿한 호롱불 밑에 앉았을 때 탄생한다. 글을 쓰는 이는 다 타버리고 남은 재처럼 외롭다. 그 외로움과 고요는 글을 지어내는 도가니다. 글은 자의든 타의든 격리된 시간과 공간에서 탄생한다. 그 격리의 고독이 깊을수록 글의 울림은 커진다.

그래서 그런지 작가 중에는 책이 나오기 전까지 책의 제목이나 내용을 일체 비밀로 부치는 사람들이 많다. 남에게 말을 흘리고 나면 마음속의 불꽃이 새어나가고, 그만큼의 재가 사라지기 때문이다. 아주 작고 희미한 불꽃이라도 깊은 울림의 글을 줄 수 있다.

『가문비나무의 노래』는 바이올린을 만드는 장인匠人이 썼다. 장인은 그저 나무인 그것에서 아름다운 울림을 만들어내는 것이 임무다. 기본적으로 그의 바이올린을 만드는 작업은 그때그때 필요한 도구를 써서 나무의 모양을 다듬는 일이다. 칼을 들고 그 칼이 나아갈 방향과 나무를 파고드는 깊이에 온 정신을 집중한다. 이런 고도의 집중의 순간, 그의 입은 다물어지고 미간에는 깊은 주름이 새겨진다. 힘을 쓰는 숨소리와 나무가 깎여나가는 소리만이 작업장을 채운다.

장인은 울림이 있는 나무를 구하기 위해 높은 산을 오른다. 울림이 있는 가문비나무는 우선 곧게 자란 것이어야 하는데, 그 곧은 결은 너무 산이 깊어 햇살을 받기 위해 위로 위로 올라야만 하는 환경에서 가능하다. 그곳에 있는 훤칠한 가문비나무가 모두 울림을 주는 것이 아닌지라 장인은 나무를 두드려 소리를 듣는다. 이렇게 재료를 구하는 작업조차 쉽지 않다. 장인의 행동을 보면서 그가 얻고자 하는 울림 있는 소재는 이야기의 소재에도 똑같이 적용되는 것 같다. 뒷산에도 나무는 지천이지만 그

나무들은 대부분 울림이 적다. 그래서 눈 덮인 산길을 올라 하늘로 뻗어 오른 나무, 그것도 두들겨 울림이 있는 나무를 고르듯 글의 소재도 그렇게 힘들게 찾아내고 진짜 소리가 어떤지 두들겨 보고 골라야 할 것 같다.

장인은 그 나무를 갖고 판을 만들고 바이올린의 모양을 잡아 한없이 깎아내며 모양을 만든다. 이 과정은 나무가 깎여나가 마침내 공명으로 우는 형상을 만드는 과정이니, 글 쓰는 과정과 유사하다. 모든 글에는 형식이 있지만 그 형식을 맞췄다고 울림이 나는 것은 아니다. 장인은 나무판을 손으로 두들겨가면서 울림을 잡아간다. 울림이 여기서는 크지만 저기서는 잦아든다면 어딘가를 깎아서 균형을 잡아내야 하기 때문이다. 글을 쓰고 퇴고를 하는 과정은 장인이 바이올린을 만드는 과정처럼 세밀한 울림을 감지하는 반복적인 수정을 요구한다.

장인은 다 만들어진 악기에 칠을 한다. 그 칠은 나무의 표면에 스며들어 나무가 상하는 것을 막아주기도 하지만 이것이 바이올린의 울림에 큰 역할을 한다는 것을 강조한다. 이것은 글쓰기에서 어떤 것에 해당할까? 출판을 위한 편집과 디자인에 해당할 것 같다. 이것으로 비로소 종이뭉치가 책으로 변신한다. 이제는 연주자에게 갈 바이올린처럼 독자에게 갈 준비가 된다. 많은 글들은 그저 울림만 조율한 채로 이와 같이 칠하지 않은 상태, 제품이 아닌 상태로 남아 있게 마련이다. 마치 우리의 일기장 같은 상태다. 페이지마다 내 인생의 울림은 가득하나 이것을 내놓기는 망설여지는 그런 것들…. 그러나 칠을 하고 내놓는 용기가 필요하다. 칠을 했을 때, 지금까지의 울림과는 사뭇 다른 울림이 펼쳐진다.

그것은 글을 쓸 때 전혀 예상치 못했던 것일 수도 있다. 독자의 반응이 종종 책의 제목이나 표지에 따라 크게 움직이는 경우도 많기 때문이다. 제목을 바꾸어 다시 출판하여 호응을 크게 받은 책들도 있다.

『가문비나무의 노래』를 지은 장인은 그저 글을 쓰는 사람이 아니라 정상급의 바이올린 제작자다. 그는 실력이 출중하여 고가의 바이올린을 수리하는 일도 종종 한다고 한다. 그의 일생에 참 좋았던 순간은 명품 바이올린으로 유명한 스트라디바리우스를 세 대나 한꺼번에 수리하게 되었던 순간이다. 그는 스트라디바리우스라는 장인이 1,000여 개의 작품을 만들었는데, 이 중 600여 개가 지금 남아 있다는 사실도 말해주었다. 그는 장인답게 세 대의 바이올린을 서로 비교했다. 그리고 깨달은 것은 그 소재의 특성, 결에 따라 칼질을 달리해서 두께도 서로 다 다른 하나하나가 하나의 완성품이었다고 한다. 다 다른 소재이지만 장인은 깎고 두들겨 소리를 확인하는 무한한 자기만의 감각으로 악기를 만들었다. 나무의 결은 독특한 울림의 결이 될 것이고, 장인은 그 결을 제압하여 자기 뜻대로 만드는 것이 아니라 그 결을 존중하여 마음껏 소리 내도록 해준다. 마찬가지로 글을 쓰는 사람은 글의 소재를 놓고 그 소재가 요구하는 것을 최대한 받아주면서 오직 울림을 위한 조탁을 하면 된다.

장인은 명품 바이올린과 연주자와의 관계도 이야기 한다. 그는 두 개의 명품을 비교하는데, 스트라디바리우스와 과르네리다. 그의 의견에 따르면 과르네리는 연주자가 악기를 제압하는 식으로 밀어붙이면 원하는 소리가 나지만, 스트라디바리우스를 연주할 때는 악기와 타협을 해야 한다고 한다. 참 오묘한 말이다. 그리고 이 악기의 공명은 강한 소리 속에 부드러움이 안개처럼 내려앉는 그런 이중성 혹은 입체감이 있다고 한다. 이것을 글쓰기에 연결해보자면 간혹 어떤 강력한 주장이 담긴 글을 읽을 때 우리는 무장 해제된 사람처럼 그것을 따라가기 바쁘고 그저 수용하기 바쁜 경우가 있는데, 이것이 과르네리 같은 형태의 글이 아닐까 한다. 울림은 크나 의도를 따라가는 울림. 그러나 작가와 독자가 어떤 기묘한 전선을 형성하면서 서로 교차하는 묘한 울림을 만들어내는 글이 있다면, 그것은 스트라디바리우스 같은 글이겠다. 종종 사소한 이야기 속에서 강력한 울림을 끌어내는 에세이들에서 이런 감동을 얻는다. 혹시 작가가 이런 감동을 의도한 것인지, 아니면 읽는 사람 스스로 그 순간 그 처지에 몸 둘 바를 모르는 감동이 밀려든 것인지 분간이 가지 않는 경우에 해당한다.

아마 이 책을 쓴 장인은 이런 이야기를 그의 견습생이나 그의 바이올린을 사기로 맘먹고 주문을 하고 틈만 나면 와서 들여다보는 고객에게 했을 것 같다. 그러나 그가 쓴 그 모든 글에 모든 대상이 감동했을 리는 없다. 히말라야의 나무꾼이 감동한 이야기도 있을 것이고, 견습생이 감동한 이야기도 있을 것이다. 그리고 연주자가 감동한 부분도 있을 것이다. 그의 글의 힘은 그 모든 것이 스스로 체화한 깨달음인 것이기에 그 고유한 울림에서 나온 것이다. 이런 글을 읽으면 바이올린을 전혀 몰라도 어떤 영성가의 깊은 명상의 깨달음이 들리는 듯하여 마음에 편안함이 있다.

그러나 불꽃에 우리는 주의해야 한다. 그것은 반드시 글로만 남지 않고 글을 쓰는 사람을 쓰러트리기도 하기 때문이다. "자고 나니 유명해졌더라."라는 말을 남긴 시인 바이런 George Gordon Byron, 1788~1824은 시적 흥분이 없는 평범한 일상을 견디지 못하는 사람이었다. 그는 불꽃 속에서 타들어가며 살고자 했다. 가슴속에 타오르는 시를 향한 불꽃은 그를 방탕으로 이끌어 갔다. 그리고 그런 불꽃은 그를 며칠씩 밤을 새우는 격렬한 창작으로 몰아넣었다. 프랑켄슈타인이 탄생한 스토리는 그의 불꽃의 성격을 잘 보여준다. 프랑켄슈타인의 작가 메리 셸리 Mary Shelley, 1797~1851는 의붓 자매인 클레어와 그의 불륜 상대인 퍼시 사이에 태어난 아이와 함께 스위스 여행 중에 바이런의 별장으로 찾아간다. 그것은 바이런과 클레어가 짧은 사랑을 했었고, 이것을 추억하기 위함이었다. 아무튼 복잡한 관계다. 그곳에서 이들은 무서운 이야기를 지어내기로 하는데 이때, 메리가 상상한 이야기가 프랑켄슈타인이다. 이런 고전의 탄생에 등장하는 바이런은 불꽃에 타들어가는 모습처럼 보인다. 우리는 종종 글을 쓰면서 인생을 스스로 파괴하는 비운의 천재들의 이야기를 듣는다.

우리에게 필요한 것은 바이런의 마음속에 타올랐던 불꽃이거나 모세에게 나타나 할 일을 지시한 신의 음성, 그 타지 않는 불꽃이 아닐지도 모른다. 오히려 깊은 산골, 온 천지가 눈으로 덮이는 어느 초가집 사랑채에서 배어나오는 호롱불빛 같은 것이 더 요긴할지도 모른다. 외롭지 않고 어둡지 않아 누추한 인생에도 존재를 밝혀줄 산골짜기의 호롱불 같은 작은 불꽃, 그래서 자신을 치유하고 이웃을 치유하고 마침내 세상을 치유하는 그런 가냘픈 빛의 불꽃. 이때 떠오르는 것은 산사에서 홀로 호롱불을 켜던 법정스님의 얼굴과 오두막일 것이다. 난초 하나를 선물로 받으니 마음이 흔들리는 것을 깨닫고, 무소유의 깊은 향기를 뿜어낸 법정스님의 글은 자본주의로 병들어간 시대에 큰 울림이 되었다. 오두막 호롱불의 재는 차곡차곡 쌓였고, 백석을 사랑했던 계향의 마음을 움직여 요정을 절로 공양하는 아름다운 일을 만들었다. 무심히 전하고 무심히 받는 사랑과 존경의 불꽃, 그 조용한 타오름은 바이런의 요동치는 찬란한 불꽃과는 비교가 되지 않는 맑고 향기로운 것이 아닐 수 없다. 이런 작은 불꽃을 가슴에 담고 어두운 마음을 비춰내고, 조그만 재를 모아 글로 모은다면 우리의 소박한 글 인생도 아름답지 않을까?

6장

/

글의 사람들

작가가
아니어도 —

　　　　　책을 내고 이름을 얻은 작가들은 '글의 사람'
의 전형이다. 작가들은 텍스트 시장의 생산자이기에 작가에 대한 글은
차고 넘친다. 이들이 글을 쓰기 위해 하는 특별한 습관까지 모두가 드러
나 있다. 이들은 자신의 독특한 글쓰기와 환경을 알리는 것으로 또 한 권
의 책을 내기도 하기에, 글쓰기를 열망하는 일반인들에게는 언제고 본
받고 싶은 모델이다. 헤밍웨이가 오전에 무조건 연필로 글을 쓰고, 서서
작업할 수 있는 높이의 책상 위에 타자기를 놓고 타자를 친다는 것도 흥
미로운 일이다. 서서 작업을 하면 집중이 잘된다고 이것을 흉내내는 사
람도 있다. 아예 높이를 자동으로 조절하는 책상도 상품으로 나와 있다.
무라카미 하루키村上春樹, Murakami Haruki, 1949~는 틈만 나면 달리기를 하고, 두
부 먹는 것을 좋아한다. 달리기와 두부 먹기로 하루키처럼 글을 쓸 수 있
다면 얼마나 좋을까? 손으로 쓴 원고가 사람 키보다 높은 조정래趙廷來,
1943~ 작가는 자녀들에게 자신의 원고를 필사시킨다는 이야기를 한다. 그

의 자녀가 아닌 것이 얼마나 다행인가? 그러나 시키지도 않았는데 좋아하는 작가의 책을 손으로 필사하는 사람들이 꽤나 많다. 그 필사의 과정에 그저 눈으로 읽는 것보다 더 진한 감동이 있다고 한다. 김훈金薰, 1948~이라는 작가도 개성으로는 따를 사람이 많지 않다. 그가 연필을 칼로 깎아 몽당연필이 될 때까지 글을 쓴다거나, 라면이나 자전거 같은 흔한 사물에 많은 의미를 부여한 에세이를 좋아하는 사람과 그가 쓴 여러 소설들에 매료된 사람들의 서로 다른 평을 듣는 것도 재미있다.

작가는 글을 쓰고 나서 종종 강연자로 나선다. 강연이 넘치는 시대에 강연 섭외자는 일단 책을 낸 사람 위주로 섭외를 하게 마련이다. 강연은 말의 사람에게 유리한데 말을 확인할 길이 없으니 일단 책을 쓴 글의 사람이라면 적어도 긴 강연에 맞는 콘텐츠를 갖고 있으리라 기대하는 탓이다. 작가들 중에는 정말 감칠맛 나게 말을 잘하는 사람들도 있어서 이들은 강연장의 스타가 된다. 거기서 더 나아가 여러 토크쇼의 예능 멤버가 되기도 한다. 머리를 파마하여 인상이 달라지고 나서 유명해졌다는 어떤 작가는 그가 학위를 마치고 한국에 들어올 때 전공조차 인정받기 어려웠던 처지를 회고한다. 그는 이미 대학을 떠났고, 고용되지 않은 자유로운 삶을 살아갈 만큼 여건이 된 것 같다. 이런 현상을 보면 글을 쓴다는 것, 책을 낸다는 것은 그로 인해 생겨날 예상치 못한 상황이 많다는 점에서 나름대로 매력을 갖고 있다. 책을 쓰고 이름을 얻어가는 작가들의 화려한 행보는 출판시장에서 서점의 가판대에서 어른거리는 신기루로 사람들을 유혹한다. 그러나 글을 읽는 독자의 입장에서 여기까지 들여다보는 사람은 많지 않다. 지방에 사는 관계로 어쩌다 서울에 가면 간혹 약속도 취소하고 시간을 내서 광화문의 대형서점을 두리번거리고 책을 고르는 삼매경에 빠졌다. 매일 쏟아져 나오는 새책을 보면서 어느 날 갑자기 도대체 이 많은 책을 누가 쓴단 말인가, 하는 의문이 들었다. 그리고 책을 쓰는 사람들은 국문과나 영문과 같은 특수한 교육을 받은 사람들일 것이라는 생각도 했다. 그러나 실상 책을 뒤적이다 보면 대부분의 저자가 다양한 전공과 이력을 갖고 있음을 알게 된다. 따라서 이런 표피적인 생각이 생활 속의 글쓰기를 생활 속에 가둬버리는 것이 아닐까?

세상에는 작가는 아니지만 말보다 글쓰기를 더 좋아하는 사람들도 많다. 어떤 이는 매일 매일 일기를 쓰고, 어떤 이는 산책을 하면서 들판의 이름 모를 꽃들을 관찰하고 기록하기도 한다. 어떤 이는 나름 교정의 달인도 있다. 한 장의 서류를 순식간에 훑으면서 오타를 찾아낸다. 책과는 거리가 멀지만 제안서와 보고서의 달인도 있다. 제안을 해서 한 번도 탈락해본 적이 없다는 필승의 제안자도 있다. 어떤 이는 짧은 문장으로 지혜를 담아내기도 한다. 그야말로 '그분'이다. 어떤 이는 그저 노트 쓰기를 좋아한다. 펜이나 연필이 종이에 스치는 그 사각거리는 소리 자체를 좋아한다. 작가만이 글의 사람이 아니다. 우리 주변에는 작가는 아니지만 텍스트를 사랑하고 텍스트로 감동하는 글의 사람들이 꽤나 많다.

작가는 아닌 글의 사람들을 누구라 불러야 할까? 이들을 문자 중심자 text centered person라고 해야 할까? 통상 텍스트를 다루고 좋아하는 사람들은 지식인일 가능성이 높다. 텍스트형 지식인, 텍스트 노동자, 텍스트 중독자 등등 여러 가지 표현이 가능할 것 같다. 번역가, 서평가 모두 지식의 최전선에 서 있다. 이들 덕분에 독서의 영역은 확대되고 풍요로워진다. 번역가야말로 문화를 이어주는 가교이며 지식 창발創發의 꽃이 아닐 수 없다. 이들 중에는 우리 작가들의 글을 서구에 알리는 사람들도 있어서 우리 문화를 세계에 소개하기도 한다. 우리는 이런 이들의 노력으로 몇몇 소설가들이 세계적인 상을 수상하는 것을 보았다. 얼마나 중요한 일인가? 번역가는 작가의 글을 번역하기에 창작의 고통은 덜하겠지만 제대로 된 번역을 위해 쓰는 마음고생은 창작 못지않다. 번역가는 단순히 좋아하는 작가의 글을 필사하는 텍스트 사랑을 넘어서서 그 문장 하나하나를 다른 언어로 바꾸는 작업을 하는 사람이기에 어쩌면 작가보다도 더 깊게 문장을 들여다볼지도 모른다. 그래서 번역가 중에 좋은 작가들이 탄생한다. 이들은 기본적으로 마구 글을 쓰는 것이 아니라 정상급의 글을 다루는 일을 하기 때문에 기본적으로 생산하는 글의 품격이 텍스트 시장에 바로 유통될 정도다. 그래서 좋아하는 작가의 글을 필사하는 것에서 그것을 번역하는 것으로 확장되고, 거기서 더 나아가 자신의 글을 쓰는 과정으로 나아간다면 글의 사람들은 언제고 글을 즐기고 글의 위로를 받게 될 것이다. 현실적으로 생계의 문제를 생각해보자면 이미 해외에서 많은 독자를 갖고 있는 검증된 책을 번역하는 것은 출판사도 판매에 어느 정도 보장이 된 것이고, 번역가도 그런 면에서 가계에 대한 계획을 세울 수 있는 가능성이 있다. 여기에 자신의 책을 내기까지 한다면 금상첨화다.

출판을 하지는 않지만 텍스트의 사람들은 무림의 은둔고수처럼 주변에 많다. 서울 출장이 있어 KTX를 타고 서울로 올라가는 길에 사람들마다 다양하게 시간을 보내는 것을 본다. 주변에 폐를 끼치지 않겠다고 속삭이는 소리로 계속 이야기를 하는 말의 사람들도 많다. 문제는 나직이 속삭일수록 더욱 귀가 쫑긋해지니 그 역시 민폐다. 부지런히 노트북을 켜놓고 발표 자료를 정리하는 사람, 분주히 이메일을 작성하는 사람들도 많다. 흔들리는 기차는 금세 사람들을 꿈나라로 인도한다. 이런 와중에 책을 읽는 사람은 점점 줄어들었다. 심각하게 휴대폰을 보다가 갑자기 혼자 웃기도 한다. 그러나 가끔 눈길을 잡는 일도 있다. 얼굴에 인생의 풍상이 가득 든 사람이 노트를 꺼내 뭔가를 쓰고 있는 장면, 딸네 집에 올라가는 아주머니가 노트를 꺼내 일기를 쓰고는 이렇게 저렇게 읽는 모습…. 분명 생활 속에 숨겨진 글의 사람들이다.

텍스트를 만지고 사는 사람이라고 모두가 텍스트를 즐기는 것은 아니다. 예전의 인쇄소에서는 활자를 찾아내는 식자공들이 있었다. 이들에게 텍스트는 일거리고 숭고한 노동의 대상이다. 법조인의 텍스트는 특별한 의미다. 판사들의 경우 사법시험을 잘 본 수재라고 생각하는 것은 당연하지만 이들이 받는 훈련은 또 색다르다. 이들은 법률적 용어로 소통하는 법을 배울 뿐만 아니라 자신의 인생과는 전혀 상관없는 사람들의 다툼이나 범죄를 기술한 텍스트를 읽고 이해하고 판단해야 한다. 텍스트는 사건 당사자보다도 정확하게 사건을 이해하게 하는 신비한 힘이 있다. 텍스트가 요구하는 엄밀한 논리체계 때문이다. 읽어야 할 분량이 너무 많아 종종 손가락의 지문이 사라진다고도 한다. 재미있는 소설을 읽는 것도 아니고, 많은 경우 보통사람 같으면 견디기 힘든 혐오스런 내용으로 가득 찬 텍스트를 읽고 이해해야 한다고 하면 텍스트 중노동에 어느 정도 가깝다고 보인다. 무미건조한 텍스트를 읽고 이해해나가는 것은 어쩌면 인쇄소의 활자공에게 다가선 텍스트의 위력보다 더한 지적인 인내를 요구한다. 이것을 견디고 일을 처리하는 것은 이들이 받아온 전문가 훈련의 덕분일 것이다.

신기한 일은 대 문호들 중에 부모의 권유로 법률가의 길을 가다가 벗어나 글의 사람이 된 경우다. 텍스트를 놓고 나뉜 두 갈래 길에서 문학의 길을 택한 사람은 괴테나 카프카가 대표적이다. 괴테는 부친의 권유로 법과를 졸업하고 변호사를 개업하기도 했다. 그러나 그에게 변호 의뢰는 거의 오지 않았고, 그의 사무실은 그야말로 파리를 날렸다. 그도 그럴 것이 그의 변호문은 법률가의 문장들이 아닌 것으로 가득했다. 괴테에게 법률의 텍스트는 지적 고통의 대상이었을 것이다. 거기서 벗어나면서 그가 정신적으로 혼미한 가운데 일어난, 이상한 몰입 상황에서 쓴 『젊은 베르테르의 슬픔』은 그를 독일의 위대한 문호로 세워주었다. 그가 문학수업을 받은 것 같지는 않지만 그가 훈련한 법률 텍스트의 훈련은 그에게 어떤 형태로든 영향을 주었을 것이다.

텍스트를 다루는 사람에는 방송인도 있다. 많은 방송은 작가가 작성한 대본에 의존한다. 이 텍스트는 출연자에 의해 시청자에게 전달된다. 아나운서들은 정확하게 텍스트를 전달하는 특수한 훈련을 받은 전문가다. 음악 프로그램도 많은 경우 아나운서들이 작가의 대본을 읽으며 감정을 싣고 다양한 생각을 담는다. 이들은 말의 사람이라고 생각되지만 사실 텍스트를 정확히 전달하는 글의 사람인 경우가 많다. 아나운서들 중에 책을 낸 작가들이 많이 있는 것은 이상한 일이 아니다 이들은 텍스트를 다루는 사람들이기 때문이다. 종종 토크쇼의 MC들은 녹화 중간에 다시 촬영을 하게 되면 앞서 한 멘트와 표정을 토씨 하나 틀리지 않고 반복하는 것을 보게 된다. 이럴 때, 이들은 텍스트가 체화된 상태임을 알 수 있다.

  연설자들의 대부분은 글의 사람들이다. 많은 경우 연설자들은 연설 원고를 품에서 꺼내 읽는 경우가 많다. 하고자 하는 말을 모두 해야 하는 것과 중간에 말이 막혀 어색해지는 것을 피하고자 함이다. 질문 하나를 하더라도 미리 문장을 완성해서 읽는 사람들도 있는데, 생각 없이 툭툭 던지는 질문자보다 훨씬 비중 있어 보이고 중요한 질문을 한 사람으로 인정받는다. 텍스트는 작가가 아니더라도 여러 곳에서 힘을 발휘한다. 그래서 학교교육에서 텍스트를 이해하는 능력, 리터러시[literacy] 교육은 빠지지 않는다. 문해력을 위해 문장을 주고 다양한 질문에 답을 하게 하는 것인데, 종종 이러한 문해력 교육이 오히려 텍스트에 대한 거부감이나 공포를 던져주어 텍스트 포비아[text fobia]를 양산하는 것은 아닌지 모르겠다. 동서양을 막론하고 대학입시에서는 문해력 테스트가 빠지지 않는다.

  우리는 대화를 하다가도 매우 중요한 상황에서는 글 읽는 낭독으로 들어간다. 낭독의 사람은 글의 사람이다. 그래서 우리는 문단文壇의 작가는 아니지만 텍스트를 누구보다 많이 사용하고 덕을 보는 글의 사람들이 더 많다는 사실을 직시하고, 텍스트를 다루는 사람들을 지식인으로 인정하고 대하는 편한 마음을 가질 필요가 있다. 이제부터 작가는 아니지만 탁월한 글의 사람들을 하나씩 불러내보자.

선동의 글로 남은 사람:
마오쩌둥 ─

철학과 문학의 나라 독일. 독일을 일시에 광기로 몰아넣은 선동의 말의 사람은 미술가를 지망했으나 성공하지 못한 아돌프 히틀러였다. 그는 언어를 조작하고, 군중을 광기로 몰아넣는 무대를 세팅할 줄 알았고, 독일인의 마음에 광기의 불을 지펴낼 '혀'를 갖고 있었다. 그는 분명 역사에 오점을 남겼고, 이성으로 무장된 군대가 얼마나 허약한 것이었는지를 보여주었다. 이제 사람들은 이데올로기가 갖는 야만성을 직시하고 포스트모던 시대를 살아가고 있다. 20세기 이데올로기에 기대어 나라를 디자인한 사람들은 많다. 군중의 마음을 흔들기 위해서 필요한 선동은 말이 아닌 글로도 가능했다. 선동하는 글의 사람, 마오쩌둥毛澤東, 1893~1976이다.

마오쩌둥, 모택동은 흔한 카리스마 리더의 전형이다. 그는 외로움을 택했고, 그 외로움은 카리스마로 보상되었다. 모든 절대적인 권력자에게서 우리는 비슷한 냄새를 느낀다. 개인적인 만남에서도 흐트러지지 않는 엄격함과 철저한 상하구별 혹은 갑을구별이 그것이다. 일방적 지시, 짧고 단정적인 언행은 기본이다. 말이 적으나 효과적이니 종종 그는 말의 사람처럼 보이기 일쑤다. 하지만 이런 절대 권력자 중에는 글의 사람들이 많다. 마오는 그런 면에서 말의 사람 히틀러와 대비되는 선동하는 글의 사람이다.

마오의 실제 삶은 비밀에 쌓여 있었지만, 오랜 시간 그를 경호했던 경호실장 이은교가 그가 죽고 나서 일화들을 풀어놓아 많은 부분이 알려지게 되었다. 마오가 최고의 권력에 오르기까지 겪었던 일화들과 권력자로서의 삶이 비교적 소상이 밝혀져, 그의 기록을 따라가다 보면 인간 마오쩌둥이 드러나게 된다. 경호원 이은교에게 마오는 '신기한 기인'이었다. 그는 마오의 성생활, 식생활, 말투, 생활습관의 모든 부분을 관찰했고, 어떤 부분은 마오 자신보다 스스로 더 잘 안다고 생각할 정도였다. 이제 그가 관찰한 마오의 세계로 들어가보자.

마오는 글의 사람이었을까 말의 사람이었을까? 유튜브에서는 오래된 마오의 연설 장면을 찾을 수 있다. 히틀러, 마르틴 루터 킹, 케네디, 오바마 등 많은 사람들의 연설과 마오의 연설은 차이가 있다. 마오는 어떤 열정적인 모습도 보이지 않고 언제나 누구나 볼 수 있을 정도로 연설문을 쓴 종이를 손에 들고 있었다. 그는 틈틈이 종이를 보고 연설을 했으니 낭독형 연설의 전형이다. 가만 돌아보면 권위주의 시대의 여러 대통령들이 보여주었던 대국민 담화문 발표에서 보았던 풍경이다. 마오의 연설을 보면서 그의 말보다 그가 움켜쥐었던 종이 위의 연설문, 글의 힘을 발휘한 리더임을 알 수 있다.

마오는 우리 모두가 알듯이 중국공산당으로 중국을 장악하고 중화인민공화국을 세운 장본인이다. 그는 이 과정에서 무수한 전투에 참여했고, 승리를 이끌었다. 하지만 자신의 이상을 실현하기 위해 문화혁명을 일으켜 수많은 지식인들을 탄압했고, 경제적 파탄을 초래해 수많은 사람들을 굶주림과 질병으로 죽어가게 만든 비극의 장본인이었다. 그의

압제는 그가 죽음으로써 끝났으니, 그가 조금만 더 살았더라면 중국은
오늘과는 많이 달랐을지도 모른다.

얼마 전 세상을 떠난 학자 지셴린季羨林, 1911~2009은 그의 책 『다 지나간
다』에서 북경대학 교수였던 그가 문화혁명 시절에 겪은 일을 소상히 기
록했다. 그는 당시 다른 지식인들처럼 인민의 배신자로 낙인이 찍혀 고
향마을에 가서 노동을 해야 했다. 노역도 힘들었지만 점심시간이 되면
사람들이 지나가는 길목에 서 있어야 했고, 지나가는 사람들은 의무적
으로 그에게 욕을 하면서 땅에 침을 뱉어야 했다고 한다. 처음에는 아무
렇지도 않았는데 시간이 지날수록 '인민의 쓰레기'라는 말이 천둥처럼
들렸고, 그 조롱과 욕설에 자기 자신이 꼭 맞는 사람이란 생각이 들었다
고 한다. 죽고 싶을 정도로 고통스러운 와중에 그의 제자가 지나가면서
욕설을 할 때는 그 비참함이 이루 말할 수 없었다고 한다. 그러나 마오쩌
둥의 사망 이후 문화혁명은 끝이 났고, 다시 교수로 복직한다. 그는 문화
혁명 시절의 아픔을 뒤로하고 연구에 몰두했다. 이후 80만 자에 달하는
방대한 당나라 역사를 2년 만에 책으로 내면서 유명해져 마침내 '인민의
스승'이란 칭호를 얻었다. 인민의 쓰레기에서 인민의 스승으로 변한 그
의 인생의 굴곡도 신기하지만 그는 이 모든 것도 '다 지나간다'는 평이한
진리로 담담하게 바라본다.

마오쩌둥은 '침대'의 남자였다고 한다. 그는 다른 사람보다 침대에서
많은 시간을 보냈다. 그렇다고 잠꾸러기는 아니었다. 침대에 책과 신문
을 쌓아놓고 뒹굴었다. 텍스트 집착이 보인다. 책을 읽다가 잠이 들어

야 했고, 일어나면 신문을 주워들었다. 실제 잠자는 시간은 보통 사람들의 반 정도라 네 시간을 채 못 잤다고 한다. 그러나 그는 침대에 누워 책을 읽고, 눈을 감은 채 생각에 잠기고, 침대에서 글을 썼다. 침대로 말하자면 데카르트가 선배이지만, 데카르트는 늦잠을 자는 것으로 마오와는 크게 다르다. 침대에서, 혹은 비몽사몽간에 뭔가를 이룬 점은 유사하지만, 맑은 정신으로 텍스트에 심취했던 점만 보자면 마오가 데카르트보다 한 수 위다. 그는 전쟁의 와중에도 침대가 필요했고, 침대가 없으면 널판이라도 펴서 넓은 침대처럼 만들어 갖고 다니면서 책을 읽었다.

마오는 글도 침대에서 썼는데 붓글씨를 보통 사람들처럼 정좌를 하고 앉아서 쓰는 것이 아니라 아무렇게나 가장 편한 자세로 썼다. 취하는 자세에 따라 글씨체가 이리저리 달라진 탓에 딱히 마오의 서체라고 불릴 만 한 것도 없다. 글도 붓 가는 대로 멋대로 썼다고 한다. 사실 붓글씨의 경우 이리저리 쓴 글을 수정하면 흉하기 그지없기에 미리 머릿속에 글을 정리하고 쓰는 것이 정석이지만 붓 가는 대로 일필휘지할 수 있게 생각이 시작되면 흐름이 유유했던 것 같다. 그러니 그는 글 쓰는 게 말하는 것 보다 편한 사람이 분명하다.

그의 아침의 일상은 침대에서 빠져나오는 것까지인데, 그는 세수를 하러 일어나지 않았고 젖은 타월을 달라고 하여 침대에 앉은 채 얼굴과 손을 닦아 고양이 세수를 했다. 몸을 잘 안 씻고 여성을 맞아 더럽다는 소문이 자자했다. 세수가 끝나면 침대에서 차를 마시면서 신문을 읽었다. 읽고 메모하느고 붓 을 놀리고, 이렇게 몇 시간을 침대에서 보낸 후 비로소 일어났다. 그러니 그의 침대는 서재이고 거실이었던 셈이다.

그의 생활태도는 혁명가답게 검소했다. 검소함은 사실 그의 개성이었다. 그것을 지키는 것은 다른 부분의 개성을 지키는 것과 같이 단호했다. 밥을 먹는 원칙은 때가 되어 먹는 것이 아니라 뱃속에서 꼬르륵 소리가 나야 먹었다. 그렇지 않으면 하루 종일 굶기도 했고 하루 한 끼 혹은 하루 두 끼 정도로 불규칙했다. 주로 잡곡밥, 국, 말린 고추, 소금에 절인 두부가 주식이고, 두 가지 정도의 채소를 먹었다. 튀긴 콩, 구운 감자, 쇠비름나물 등이 채소에 속했다. 바쁘면 소금에 절인 두부를 우적우적 먹었고 구운 감자를 입에 넣고 오물거렸다. 그는 의도적으로 먹는 것을 하찮아 했다. 잠자는 것, 먹는 것을 빼고 일, 일 중에서도 무엇보다 읽고 쓰는 것에 몰두했다. 텍스트 중독적인 삶이다.

불규칙적인 삶은 주위 사람들을 괴롭혔고 그를 이해하지 못하게 하는 기행의 요체였다. 차라리 자는 시간을 더해보는 것이 더 쉬웠다. 일주일에 다 합쳐서 30시간 내외를 잤다. 대략 4시간 내외를 자는데 그것도 하루는 밤을 아예 새고 다음날 몰아서 자는 식이다. 밤을 새며 텍스트를 만질 때, 그는 행복해 했다. 저녁도 먹지 않고 글을 쓰다가 꼬르륵 소리가 나면 밥은 필요 없고 구운 감자를 달라 했다. 그러나 감자는 먹다 입에 물고, 손에는 책과 붓을 든 채로 잠이 들어 가관인 모습을 경호원들은 자주 보았다. 하지만 그는 엄청난 양의 차를 마셨고 차를 마시면 반드시 찻잎을 입으로 꼭꼭 씹어 먹어 남기지 않았다.

마오가 사람들에게 알려진 것은 전설적인 3대 전투와 양자강 상륙작

전이었다. 그는 당대를 호령하는 장군이었고, 마침내 중화인민공화국의 최고 통치자가 되었다. 그러나 그는 산해진미를 싫어했고 여럿이 모이는 연회를 싫어했다. 그가 말의 사람이었다면 연회만큼 멋진 말을 할 수 있는 기회가 어디 있을까? 그러나 그는 재미난 말도 싫어했고 언제나 화난 사람 같았다. 히틀러와는 전혀 다른 모습이다.

마오는 항상 커다란 나무상자 두 개를 갖고 다녔다. 크기는 큰 택배상자만 했다. 어디든 두 개를 놓고 그 위에 널판을 얹으면 책상이 되었다. 그 상자에는 책이 꽉 차 있었다. 어떤 때는 책 대신 온갖 자료와 마오의 원고만이 들어 있기도 했다. 거처가 정해지면 상자에서 서류를 빼내서 책상에 쌓아두어야 했다. 책 대신 서류와 원고만 있을 때는 마오가 이상한 모드에 있다고 보면 틀림없었다. 그는 동쪽으로 향한 방을 택하고 수영할 때 이외에는 일체 사람을 만나지 않았다. 그리고 온종일 쭈그려 앉아 뭔가를 썼다. 그는 기분이 좋아지면 글이 잘 써지는지 붓끝을 쉴 새 없이 움직이고 거의 하루 종일 멈추지 않았다고 한다. 그리고 텍스트가 주는 흥분을 이기지 못하면 붓을 집어던지고 양자강에 뛰어들어 수영을 하며 성난 파도와 싸웠다. 마오는 선동가며 독재자로서 작가가 아니지만 글의 사람이 분명하다.

진중한 글의 개혁가:
켈빈 ——

가슴을 파고드는 목소리로 성경을 손끝에 두

고 휘젓는 언변의 사나이 마르틴 루터는 종교개혁가로 논쟁의 대가, 말의 사람이었다. 그에 반해 종교개혁의 아이콘 캘빈은 다르다. 루터가 열정과 힘이 넘치는 호소력의 사람이었다면, 캘빈은 한마디로 '눈에 띄는 무관심'의 사람이었다. 그는 대화 중에 종종 자기만의 세계로 날아갔기 때문에 남들에게 그는 무관심의 남자로 보였다. 그러나 이렇게 대화 도중에도 유체이탈을 감행하는 사람이 종교개혁의 불길을 피워 올릴 수 있었던 것은 오로지 글의 힘 덕분이었다.

캘빈Jean Calvin, 1509~1564은 프랑스 파리의 북쪽 누아용Noyon에서 태어났고, 그의 부친은 중산층으로 캘빈을 사제로 만들고자 하여 12살에 파리로 보내 신학을 공부하도록 한다. 이때 캘빈은 머리카락을 짧게 깎아서 탁발승과 같은 모습을 했다. 그러나 부친의 명령으로 몇 년 후 법학을 공부하기 위해 오를레앙으로 간다. 법학공부를 하면서 캘빈은 점차 인문학에 깊이 빠져들었다. 그는 이때 고대 그리스의 철학을 탐구하면서 분석적 탐구와 논증적 설득의 방법을 배운다. 물론 이때 아리스토텔레스의 수사학은 중요한 가르침이었다. 그리고 파리로 가서 문학과 고전을 배우고 신학공부를 마쳤다. 1532년 그는 법학박사 학위를 받게 되어 그의 공부는 신학, 법학, 문학, 고전, 수사학에 이르는 방대한 영역을 섭렵했다. 그가 12세부터 33세까지 20년간 공부를 지속할 수 있었던 것은 타고난 총명함 덕분이었다. 그리고 법학박사를 받던 해에 그는 생애 첫 책을 출판한다. 바로 『세네카의 관용론 주석』이다.

첫 책은 제목으로도 그의 학문적 여정을 눈치채게 해준다. 그는 세네

카라는 스토아학파의 걸출한 인물을 선택했다. 세네카$^{Lucius\ Annaeus\ Seneca,}$ $_{B.C.\ 4\sim A.D.\ 65}$는 폭군 네로 황제의 스승이었는데, 네로 황제의 불의를 지적한 대가로 그의 분노를 사서 자결을 명받은 사람이다. 그는 스토아철학의 스승답게 죽음 앞에 의연했고, 발뒤꿈치를 자르고 피를 내며 욕조에 들어가 죽음을 기다렸다. 그를 보며 슬피 우는 지인과 제자들에게 오히려 '스스로를 위해 울라'는 말로 위로했던 평정심의 대가다. 그는 죽음, 특히 억울한 죽음마저 관용으로 극복하는 것으로 스스로 주장을 실천했다. 캘빈은 이런 세네카의 주장들에 꼼꼼히 주석을 붙여나가는 작업을 했다. 이는 그가 기독교 신학에 들어와 있는 스토아주의를 검토하고 비판했다는 의도를 보여준다. 주석 작업을 하는 동안 그는 유럽을 흔드는 마르틴 루터의 사상을 알고 있었다. 그는 자기 친구인 파리대학 총장인 니콜라스 콥$^{Nicolas\ Cop,\ 1501\sim 1540}$과 함께 루터를 지지하는 입장에 섰다. 종교개혁의 물결은 유럽을 흔들었고, 프랑스로 흘러 들어와서는 일부 광기어린 운동가들이 성당에 있는 마리아상과 아기의 조각에 다가가 머리를 잘라내는 일이 비일비재할 정도였다. 이러한 일들이 과도하게 진행되면서 종교개혁자들에 대한 비판도 거세게 일어났다. 캘빈은 파리대학 총장의 연설문 초안을 작성한 것을 의심받게 되고, 구교파 사람들에게 생명의 위협을 받는다. 그는 결국 파리를 떠나서 스트라스부르크에 잠시 머물다가 스위스 바젤에 가서 정착하게 된다.

스위스의 바젤에 정착한 캘빈은 조용히 글을 쓴다. 물론 이 와중에 스위스의 개혁주의자들을 만나 대화도 나누었지만, 이미 경험한 바와 같이 개혁자들의 과격한 운동이 초래할 갈등 속으로 다시 빠져 들어가기보다는 개혁운동의 진정한 뜻을 밝혀 알리는 것이 중요하다고 생각했다. 그는 종교개혁자들이 교회의 권위를 파괴하는 위험하고 과격한 사람들이 아니고, 진정으로 기독교 정신을 따르고자 하는 사람들임을 밝히고 싶어 했다. 그는 조용히 칩거하면서『기독교 강요』의 초판을 완성한다. 이 책은 프랑수아 1세François I, 1494~1547에게 헌정되었는데, 프랑수아 1세가 비록 과격한 개혁주의 운동가들 때문에 마음이 많이 상했어도 그가 교회개혁에 관심이 많은 지도자라는 점 때문이었다.『기독교 강요』는 출판된 뒤 9개월 만에 매진될 정도로 인기가 있었다. 이때가 1535년이니 그의 나이 36세, 그는 유럽을 뒤흔든 베스트셀러의 작가가 되었고 그 책은 캘빈을 종교개혁의 이론가로 우뚝 세웠다.

이 대목에서 캘빈이 말보다는 조용히 글을 써서 세상을 움직이는 글의 사람임이 분명해 보인다. 더욱이 그는『기독교 강요』로 얻은 명성으로 인해 인생이 복잡해질 것을 알고 이를 걱정하게 되었다. 그가 진정으로 원한 것은 조용한 곳에서 글을 쓰고 책을 읽는 텍스트 중심의 지적인 생활이었다.

그의 인생은 예기치 않은 일로 이리저리 꼬인 부분이 있다. 그냥 바젤에서 조용히 있으면 될 터인데, 집안일이 생겨 파리로 몰래 돌아왔다가 그가 원하는 조용한 집필 장소인 스트라스부르크로 가는 길에서 발생했다. 그리로 가는 길은 스위스의 제네바를 지나가야 했는데, 그 도시에서 개혁주의자 파렐을 만나게 된다. 파렐Guillaume Farel, 1489~1565은 입담이 센 말의 사람으로 거의 반 협박으로 캘빈을 제네바에 붙잡아 둔다. 하는 수 없이 캘빈은 제네바에서 종교개혁주의자들을 돕는 와중에 그만 그들의 지도자가 되고 말았다. 캘빈은 여러 가지 종교개혁 정신에 맞춘 법률을 정했다. 그러나 그가 만든 법률로 사람들이 처형당하는 일이 생기게 되고, 오늘날도 캘빈의 개혁에 대해 좋지 않은 평가를 하는 사람들이 생겨난 이유를 제공했다. 종교개혁가들은 사회개혁을 위해 금주령과 같이 사람들의 일상에서 금하는 일들을 많이 만들어서 사람들의 반대를 불러일으킨다. 마침내 사람들은 개혁주의자들에게 반대하게 되고, 캘빈과 파렐은 쫓겨났지만 얼마 후 다시 돌아와서 지도자가 되고 종교개혁을 이어간다. 캘빈이 사형을 마다하지 않은 냉혹한으로 불려지게 된 것에는 여러 가지 사형 사례도 있었지만, 종교적인 이유로 막강한 힘을 가지고 있는 어느 이단적인 사람이 연관되어 있었다. 그 사람은 캘빈의 정적으로 캘빈을 죽이고 재산을 몰수하겠다고 나섰고, 이 일을 재판한 결과가 연관된 것이기도 하다.

캘빈은 철혈의 정치가, 광폭한 개혁운동가가 아니고 사실 대체로 소심하고 다소 의뭉스런 사람이었다. 그러나 그런 그에게 가장 빛나는 힘의 원천은 누구보다 뛰어난 성실성의 힘이다. 그는 지치지 않는 노동력을 갖고 있는 일 중독자였다. 특히 그는 텍스트, 활자중독이 극심했다. 여기에 더해 그는 끈기 있는 활동력, 폭발적이지는 않으나 멈추지 않고 이어가는 활동력을 갖고 있었다. 그는 타고난 학습자였고, 재주가 넘쳤다. 그리고 무엇보다 똑똑했다. 이런 사람들이 자주 빠지는 병폐는 자신이 너무나 뛰어난 나머지 남을 무시하고 자기 멋대로 하는 독단적 성격이지만, 그는 그렇지 않았다. 그는 자신을 믿지 않았고, 오직 신의 팔과 보호에 의지했다.

캘빈은 개혁자로서 언제나 적들과 싸워야 했다. 그러나 캘빈의 적들조차 그를 존경했다는 점은 희한한 일이다. 볼테르조차도 그의 타의 추종을 불허하는 근면에 대한 찬사를 보냈다. 이렇게 성실하고 품격 있고 대단한 적을 보면서 그들은 경탄했다. 캘빈의 근면은 말보다는 모조리 글자로 환원되었다. 텍스트는 그의 힘, 수많은 논쟁의 소용돌이 속에서 그는 70옥타보^{octavo, 1/8전지} 분량의 책을 썼다. 논쟁은 사람을 흥분시키고 싸우기 위한 논리를 세우느라 시간을 다 빼앗을 것이 분명한데, 캘빈은 논쟁을 과격하게 하기보다는 오히려 글 쓰는 일에 방해가 되지 않도록 배려한 것 같다. 이것이 정적들이 과도하게 그에게 분을 품지 않게 한 이유 중의 하나이고, 다른 한편으로는 캘빈이 늘상 보여주는 '눈에 띄는 무관심'으로 표현된 대화 속에 드러난 그의 태도다.

캘빈의 성실과 근면은 그가 상상력의 즐거움에 빠져들지 않은 것에서도 나타나다. 그는 상상력이 던지는 유혹을 견디고 오히려 논리 정연한 글을 썼다. 그의 글은 유머와 위트가 넘치기보다는 진중하고 설득력으로 넘쳐났고, 무엇보다 정확했다.

캘빈의 종교개혁에는 성 어거스틴 역할도 매우 크다. 스펄전^{Charles Haddon Spurgeon, 1834년~1892}은 캘빈주의가 어거스틴의 저작에서 유도된 것이라고 추측했다. 캘빈은 이렇게 스스로 고백하기도 했다. "내가 내 신앙에 대해 고백하자면, 어거스틴은 온전히 저와 함께합니다. 나는 그의 글에서 충만함과 만족감을 갖게 됩니다." 캘빈은 1559년 개정판에서 어거스틴의 책을 400번이나 참조했다. 그만큼 그의 책은 온전히 어거스틴과 함께한 치밀한 작업의 결과물이었다.

캘빈의 텍스트 파워의 가장 큰 힘은 그가 글의 사람으로서 보여준 글다듬기다. 27세의 젊은 날에 쓴 『기독교 강요』를 개정하는 일에 힘을 들여 라틴어판은 5개의 개정판을 출간했고, 프랑스판은 4개의 개정판을 냈다. 그러니 그는 평생 자기가 쓴 글을 다듬는 황소 같은 되새김질을 한 사람이다.

이런 엄정성으로 캘빈은 당연히 스스로 몸을 망쳤다. 두통은 기본이었고 당연히 세트로 따라다닌 것은 불면증이다. 그는 결핵에 걸렸고, 회복된 후에도 기침 가래가 끊이지 않아 연설이나 설교 때 어려움이 많았다. 말을 하려다 잔기침이 나오면 말이 끊어졌다. 그는 당연히 루터처럼 감동적인 설교자가 아니었고, 글을 낭독하는 낭독자였다. 그러나 그의 낭독적 설교는 워낙 텍스트에 힘이 넘쳐 듣는 이들을 눈물 흘리며 가슴을 치게 했다. 그는 늘 미열이 있어 불쾌한 상태였고, 더욱이 가끔 출혈도 있었다. 이때마다 그는 죽음의 그림자가 그를 따라오는 것을 느꼈다. 개혁가들은 매우 힘이 넘치고 건강한 사람이라 생각하는 게 일반적인데, 사실 죽음이 어른거리는 사람들도 많다. 어차피 죽을 것이라 생각하여 죽음을 두려워하지 않기에 더욱 용맹한 운동가들이 그들이다. 극도의 우울증을 겪었던 에이브러햄 링컨도 남북전쟁 당시 무수한 살해의 협박을 받았지만 그가 이를 감내한 것은 보통의 사람들, 작은 행복에 싸여 사는 사람들과 달리 인생에 어떠한 애착도 없는 상태의 깊은 우울이 드리워져 있었던 이유도 한몫했을 것이다. 마찬가지로 캘빈도 언제고 자신이 폭도들의 위협과 무관하게 그냥 세상을 떠날 수 있다는 사실을 잘 알고 있었다.

그의 고통은 신장결석에서도 왔다. 허리가 끊어지는 듯한 통증이 오래 지속되었다. 그리고 너무 오래 앉아서 글을 쓰는 까닭으로 생긴 치질로 피를 잃어야만 했다. 그는 대장염도 심해서 먹은 것을 제대로 소화시키지 못했고, 위염으로 피가 산과 함께 역류하여 토하는 것이 일상이었다. 관절마다 염증이 생겨 바람만 불어도 아프다는 통풍으로 고통받았다. 그의 몸은 모든 종류의 염증으로 공격받았다. 그는 염증으로 고통받는 육신을 끌어안아야 했다. 그러나 그는 누구에게도 짜증을 부리지 않았고, 오히려 사람들을 만나서는 다정다감했고, 함께 웃고 함께 울며 기독교의 정신을 삶에서 구현했다.

참으로 위대한 영혼이 아닐 수 없다. 이런 고통 가운데 그의 정신을 붙들어 맬 수 있는 것은 그를 꺾어내려는 적들의 계교와 교묘한 변증이 아니라, 그저 종이 위에 적어 내려가는 '글자'들이었다. 글을 쓰며 그는 텍스트의 세계로 건너갔고, 육체의 고통을 잊었다.

그는 고통스런 육체를 노동으로 다스렸다. 매년 300회 이상의 낭독형 설교와 강의를 했고, 매년 그가 쓴 서신, 원고, 논쟁, 논란의 글은 두세 권의 옥타보가 되었다. 그것을 31년간 그는 쉼 없이 했다. 더욱이 그는 이런 일중독의 삶으로 돈을 쓸 시간도 없었다. 다른 주교들이 1년에 2~3만 파운드를 소비할 때, 캘빈은 1페니도 없는 극히 가난한 삶을 살다가 죽었다. 그는 돈이 필요한 '말의 사람들'의 담소에 끼지 못했고 그저 종이와 펜에 코를 박고 살다간 '글의 사람'이었다. 그의 글은 루터의 열정과 포퓰리즘의 사운드와 달리 지적이고 무감정한 태도의 텍스트로서 프로테스탄트의 신학적 바탕을 구축했다. 제발 좀 쉬라는 지인의 부탁에 "주님이 오실 때, 게으르게 놀고 있는 저를 보시면 어쩌겠나요?"라고 반문했던 글의 사람, 통풍쟁이 캘빈은 고단한 몸을 1564년 55세 나이로 땅에 눕혔다.

글의 힘으로 스승을 높이다:
바울 ―

　　　　　　　　　예수와 그의 제자들, 소크라테스와 플라톤, 붓다와 아난다阿難陀, 미상, 공자와 제자들. 우리는 스승과 제자들의 이야기를 많이 알고 있다. 스승들은 말을 했다. 예수도, 부처도, 소크라테스도 글을 남기지 않았다. 그들의 말은 제자들의 마음을 파고들었고, 스승이 떠난 자리에 제자들은 글을 써서 스승을 기억했다. 제자들의 글쓰기는 종종 스승을 능가하는 제자를 만들어, 청출어람靑出於藍이라 했다.

모든 스승은 제자가 자기를 능가하기를 소망한다. '청출어람'은 교육의 지고한 목표다. 제자들은 그런 스승의 바람과 달리 모두 제각각이고, 성장의 형태도 다르다. 공자는 수천 명의 제자를 데리고 다녔지만 그중에서 안회顔回, B.C. 514~B.C. 483를 잃었을 때 슬픔을 가누지 못했다. 그러나 모든 제자에게 그러지는 않았다. 제자들은 각기 다르지만 이들도 말을 잘하는 말의 사람과 글이 좋은 글의 사람들이 달랐고 스승 역시 제자들의 특성에 따라 호불호가 있었다.

예수의 열두 명 제자는 그런 면에서 독특하다. 수제자가 있었는데, 그는 어부출신의 베드로다. 사람들은 그가 성질이 급하고 무식하다고 생각하는 경향이 있다. 예수는 그를 수제자로 삼는 순간 그의 머리를 개조시켜 탁월한 언변과 지적능력으로 가득 차게 하지 않았다. 베드로는 말의 사람이었고, 오히려 글의 사람은 마태였다. 마태Matthew the Apostle, B.C. 1~A.D. 34는 베드로가 마가Saint Mark, 미상에게 전한 예수 이야기에 자신의 기억까지를 더해 마태복음을 썼다. 예수를 팔아 십자가형을 받게 한 제자는 가룟 유다Judas Iscariot, 미상이다. 그가 양심의 가책으로 죽고 나서 자리가 비었을 때, 그 자리를 찾은 사람은 바울이다. 그는 3년간 예수를 따라다닌 예수의 제자들과 달리 로마시민이었고, 당시 최고 학자인 가말리엘Gamaliel II, 미상이란 사람의 문하생으로 지성이 넘쳐나는 인물이다. 그는 열정도 넘쳐, 예수를 믿는 이상한 종교인들을 색출하여 고발하는 일에 직접 가담했다.

예수의 수제자 베드로, 그리고 뒤늦게 합류한 바울. 베드로는 어업 노동자고, 바울은 지성인이다. 그러나 베드로는 예수가 택한 첫 제자인데, 어부치고는 희한하게 언변이 대단하다. 그는 스승 예수와 제법 말이 통했다. 베드로의 말은 영감이 넘쳤고, 직관적이어서 척 보면 아는 것 같았다. 이 세상 어부는 모두 이렇게 말을 잘한다면 할 말이 없지만 그렇지 않으니 베드로는 독특하다. 베드로는 심지어 사도가 된 이후에 설교를 하는데, 사도행전에는 그의 설교 내용이 요약되어 있다. 그리고 그가 전한 간단한 메시지는 수천 명의 청중을 감동시켜 예수를 믿게 하여, 예수의 예언대로 초대 교회의 반석이 된다.

그러나 학자인 바울의 언변은 다르다. 바울도 설교하는 이야기가 사도행전에 나온다. 그의 설교는 내용이 심오하고 어려워서 그의 말을 좀 더 따져보자고 사람들이 모여들었다. 베드로의 설교 반응과는 확연히 다르다. 바울을 굳이 말의 사람과 글의 사람으로 분류해보자면 베드로가 말의 사람인데 반해, 바울은 글의 사람이라 할 것이다.

바울은 여러 교회에 편지를 썼고, 그 편지는 나중에 성경이 되었다. 바울의 편지들은 매우 잘 쓰인 것이지만, 만일 바울이 자신의 편지가 성경이 될 것을 미리 알았더라면 훨씬 더 심오하게 썼을 것이란 생각을 하는 것은 지나치지 않다. 바울의 편지는 그저 후루룩 읽고 끝낼 글이 아니었다. 한 줄 한 줄 곱씹고 실천을 위해 고민해야 하는 글들이다. 이런 글들을 바울은 편안한 소파에 누워서 쓰거나 밝은 조명이 휘황한 멋진 사무실에서 쓰지 않았다. 그는 전도여행의 과정에서 체포되어 가택에 연금되기도 했고 감옥에 갇혀 있기도 했다. 이런 불안하고 불편하기 짝이 없는 상황에서 그는 쉼 없이 텍스트에 집착했다. 4편의 성서는 바울이 감옥에서 쓴 것으로 에베소서, 빌립보서, 골로새서, 빌레몬서가 그것이다. 그는 모든 글의 사람들이 그렇듯이 텍스트를 만지면서 현실을 잊을 수 있는 사람이었다. 그리고 그는 글을 쓰면서 주변에서 눈에 보이는 것을 모티브로 활용했다. 심지어 연금 상태에서 자신을 감시하는 로마군병의 옷차림을 보면서도 영감을 전했다. 저 로마 군병은 로마 황제에게 충성하려고 자신의 임무를 철저히 하는데 지금 이 자리에 보이지 않는 로마 황제를 하나님이라 하면, 신을 믿는 성도들은 저 로마군인처럼 살아야 하지 않을까? 전혀 군인에게 위해를 가할 수 없이 무장하지 않고 감금된 자기를 지키는 일에도 병사는 무기와 군복을 입고 있었다. 바울은 하나님을 믿는 성도들도 이런 병사들처럼 무장을 해야 한다고 편지에 쓴다. 그는 로마병정에게서 발견되는 것들, 예컨대 투구, 가슴에 붙이는 흉배, 허리띠, 방패, 칼 이런 것들을 보이지 않는 믿음을 방해하는 적과의 싸움을 위해 반드시 갖추어야 할 덕목으로 연결시켰다.

바울은 어디서나 쓰고 또 썼다. 아끼는 제자에게도 긴 편지를 썼다. 스승은 말하고 제자는 쓴다는 룰은 소용없다. 텍스트의 스승은 텍스트로 제자에게 다가간다. 그의 제자 디모데Timothy, A.D. 17~A.D. 80는 젊은 나이다. 그는 디모데가 나이로는 비록 어리지만 하나님의 도를 전하는 입장에서 사람들에게 권면하고 가르치는 일을 위해 그가 권위 있게 행동하고 말하기를 권면한다. 바울에게는 예수의 제자로 3년의 공생애를 같이 다니지 않은 것은 확실히 단점이겠지만, 바울이 예수의 일생과 가르침을 텍스트가 갖는 추상성과 논리적 완결성을 갖게 하기 위해서는 오히려 구체적 경험이 없는 것이 더 좋은 역할을 했을지도 모른다. 그는 오직 믿음으로 의에 이른다는 신학적 교리를 제시한다. 바울의 글은 한 번에 이해하기보다는 곱씹어 이해해야 할 만큼 텍스트의 질감이 다르다.

말의 제자 베드로도 성경에 올라간 짧은 글을 썼다. 그러니 베드로도 글을 쓰긴 썼구나, 하는 놀라움도 있지만 사실 베드로가 성경에 기여한 가장 큰 것은 예수의 일생과 그의 경험을 마가^{John Mark, 미상}에게 소상히 말해준 것이다. 베드로의 입담이 마가의 마음을 흔들었다. 예수는 보통 사람이 아니고, 바로 하나님의 아들이다. 동정녀에게서 태어났고, 물 위를 걸었고, 죽은 사람을 살렸다. 아이의 도시락으로 5,000명이 넘는 사람들을 먹이기도 했다는 기적적인 이야기뿐만 아니라, 자신의 기억 속에 늘 떠오르는 예수의 말씀 중에 비유로 하신 말씀을 풀어주었다. 그리고 자기와의 만남과 대화, 그리고 자랑스러운 장면과 후회스런 장면, 예수의 죽음과 부활을 이야기했다. 스승 베드로는 말을 했고, 제자 마가는 썼다. 이것이 마가가 쓴 복음서 마가복음이다. 4개의 복음서 중에 제일 먼저 쓰였다. 그리고 다른 복음서의 구성도 마가복음의 스토리 라인을 그대로 따른다. 베드로는 바울이 치밀한 텍스트의 힘을 발휘한 것과 대조적으로 구수한 말의 힘을 발휘했다.

바울의 서신은 이러한 복음서가 등장하기 훨씬 이전에 나왔기에 쓰인 순서로 하자면 신약의 앞부분에 놓여야 한다. 그래서 복음서 이전의 서신이 교회에서 읽혔고, 그 내용을 이해하기가 쉽지 않아 이를 풀이하는 설명이 필요했다. 그러나 바울 서신보다 후에 나온 예수의 일생은 쉽고 감동이 있어 사람들에게 예수가 누구인지를 알려주는 데 매우 요긴했다. 베드로는 자기가 했던 구수한 이야기가 성경이 될 줄 알았을까? 마찬가지로 바울은 자신의 편지들이 성경이 될 줄 알았을까? 만일 바울이 그럴 줄 안았다면 고린도 전서에서 몹시 꾸짖고, 고린도 후서에서 다소 미안해하는 그런 편지는 다시 써서 정연한 논리를 만들었을 것 같다. 뿐만 아니라 로마의 압제 속에서 교회의 그루터기를 지키기 위해 권위에 복종하라며 불의한 권위는 하나님에게 맡기기를 권면하던 그의 글에도 무엇인가 더 깊은 장치를 했을 것이다. 그것이 오늘날 교회에 등장하는 권위에 적용되는 오해를 막기 위해 많은 글을 덧붙였을지도 모른다.

예수의 제자들 중에는 이와 같이 말의 제자 베드로와 글의 제자 바울이 있다. 베드로의 말은 글의 제자인 마가의 도움으로 글이 되었다. 그래서 예수의 생애와 의미, 그리고 제자들의 삶의 지침은 오늘날도 남아 있다. 예수의 언행은 복음서로, 공자의 언행은 논어로, 붓다의 언행은 불교 경전으로 남았고, 이 모두는 스승의 말을 글로 쓴 제자들의 공로다. 그래서 종종 받아쓰는 제자는 스승을 넘어선다.

필드의
노트쟁이들 ─

과학자들 중에 특이한 이력의 사람은 단연 패러데이[Michael Faraday, 1791~1867]다. 그는 제본공 출신으로 학교를 다니지 않아서 수학을 할 줄 몰랐다. 그러나 '수포자'가 과학의 금자탑을 쌓았고, 영국왕립학회의 명예로운 회원이 된 것은 입지전을 넘어선다. 여기에 더 희한한 사람도 있는데, 바로 해적 출신의 과학자다. 윌리엄 댐피어[William Dampier, 1651년~1715]는 17세기 말 해적선을 이끌고 바다를 항해하며 해적질을 하던 해적 선장이다. 오늘날에도 소말리아 해안 근처에서 중기

관총으로 무장한 해적에 배가 나포되어 구출하는 뉴스를 보게 되니, 해적은 참 오래된 직업 중에 하나인가 보다. 댐피어는 해적질 틈틈이 섬에 도착하면 새나 곤충, 동물을 관찰하고 그 내용을 매일의 날씨와 함께 노트에 기록하면서 지구를 세 바퀴나 돌았다. 해적질이 끝나면 대부분의 해적들은 칼을 다시 갈고, 술을 퍼먹으며 간혹 서로 주먹다짐을 했지만, 댐피어는 이들을 피해 혼자서 낮에 보았던 것들을 꼼꼼히 노트에 기록했다. 그 기록을 바탕으로 해적 댐피어는 『새로운 세계일주 여행』과 같은 책을 몇 권 출판했다. 그의 관찰기록 노트와 채집 자료는 모두 유실되었지만 그가 남긴 책에서 그의 관찰의 습관과 발견의 원형을 짐작할 수 있다. 이 해적 출신의 과학자를 자주 소환한 사람은 진화론의 찰스 다윈 Charles (Robert) Darwin, 1809~1882이었다. 다윈 역시 비글호 여행을 통해 탐사기록을 갖고 있었고, 이것이 출판된 항해기에 댐피어의 발견을 자주 언급했다.

'캡틴 쿡'으로 유명한 제임스 쿡James Cook, 1728~1779 선장은 1768년에서 1771년 까지 영국 국함 인데버호를 타고 항해를 했는데, 그도 해적 댐피어의 관찰기록에 관심이 많았다. 그는 아예 전문가를 배에 고용했는데, 바로 자연사학자인 조지프 뱅크스Sir Joseph Banks, 1743~1820였다. 뱅크스는 전문적인 방식으로 관찰 노트를 작성했고, 미술가를 고용해서 그림을 그려 넣기까지 했다. 이와 유사하게 찰스 다윈의 비글호 여행은 두 가지 용도, 자연사학적 관찰과 더불어 선장의 우울감을 해소하기 위한 말동무의 임무였다. 그의 비글호 항해는 한 사람의 항해가 아니라 인류가 함께 움직인 항해였다.

먼 바다를 항해하든 뒷동산을 산책하든 우리는 이동 중에 언제든 눈에 들어오는 관찰 대상을 발견하게 된다. 관찰 대상이 있는 곳을 필드라고 부른다. 그리고 관찰 대상을 기록하는 노트는 필드 노트다. 맛있는 대게를 먹으러 동해로 가지만, 어떤 이는 대게를 관찰하러 동해로 간다. 동해는 대게를 관찰하는 필드가 된다. 봄에 뒷동산을 오르다 보면 희한하게 생긴 곤충 하나가 하늘로 날아오른다. 알록달록하다. 그런데 몇 발자국 가면 다시 하늘로 오른다. 길앞잡이다. 이것을 잡으려고 몸을 달리고, 마침내 잡은 다음에는 그 모습을 자세히 살펴본다. 그리고 풀어주어도 관찰은 한 것이지만, 이것을 자세히 글로 기록하면 관찰 노트의 기록자가 된다. 우리는 어디서나 노트를 펼치고 필드 노트를 기록할 수 있다. 소박하나 무한한 행복의 세계다.

필드 리서치는 필드에 존재하는 다양한 관찰 대상을 보면서 이들의 특징을 기록하고, 자신의 생각을 적어 넣는 기록을 요구한다. 이런 관찰만으로 책을 내어 작가가 된 사람도 많다. 뒷동산을 탐구하기로 유명한 작가 데이비드 소로Henry David Thoreau, 1817~1862는 『월든』이라는 책으로 유명하다. 최근에는 우울증을 달래기 위해 정원 산책을 기록한 『야생의 위로』를 쓴 에마 미첼Emma Mitchell, 1973~도 있다. 관찰에 마음을 쓰다 보면 마음의 감기, 우울증을 잊을 수 있다고 한다. 관찰하고 기록하는 글쓰기는 치유의 힘도 갖고 있다.

에마는 이렇게 말했다. "마흔 여섯 살이 된 지금도 나는 쭈그리고 앉아 던지니스의 자갈길에 서식하는 소박하고 섬세한 식물군집이나 이끼, 바위 웅덩이 속에 오락가락하는 작은 생물을 관찰한다. 19세기 시인 존 클레어^{John Clare, 1793~1864}는 이런 행위를 '내려앉기'라고 불렀으며, 그 자신도 둥지 속 도요새의 시점에서 자연을 관찰하기 위해 야생의 식물들 속에 내려앉곤 했다. 그의 시에 소재와 영감을 제공한 것은 이러한 물리적 정신적 침잠이었다." 에마는 관찰이 자연과학자들만의 것이 아님을 보여준다. 자연의 작은 존재들은 우리의 영혼에 말을 걸고 우연한 깨달음을 준다. 무엇보다 생각이 들끓을 때, 우울감으로 아득할 때, 침묵 속에 다양한 말을 거는 이 우아한 존재들은 우리를 가장 환대하는 친구가 아닐 수 없다.

대만 국립 동화대학교의 중문과 교수인 우밍이^{吳明益, 1971~}는 나비를 관찰했다. 나비는 장자의 호접몽으로 우리에게 철학적 사유를 촉발시키는 곤충이기도 하다. 우밍이가 나비에 관심을 두게 된 것은 군대를 다녀오고 중국문학으로 전공을 바꾼 뒤, 아르바이트로 곤충 전시관에서 임시 해설사로 일하게 되면서였다고 한다. 그는 많은 사람들이 나비를 대하는 모습을 봤다. 나비를 관찰하는 사람을 관찰하는 것도 그의 관찰의 한 부분이었다. 어떤 이는 나비의 생식기 크기에 관심이 많아 조사를 했고, 어떤 이는 나비는 단순히 채로 낚아내는 사냥감에 불과하게 여겼다. 우밍이는 곤충학자는 아니지만 생물학자가 되기 전에 인간의 자세로 다른 생명을 대하는 법을 배워야 한다고 생각했다. 나비를 사냥감, 연구대상으로 삼을 수도 있지만 친구, 연인, 타인으로 볼 수도 있고, 감상자로서 저마다의 관점으로 감상이 가능하다고 생각했다. 우밍이는 나비를 관찰할 때 그의 특기인 그림 그리기를 병행했다. 그는 물론 나비를 잡아

방부처리를 하고 가슴에 핀을 꽂은 다음 액자에 넣어 파는 것도 알았지만 그것보다는 나비를 관찰하는 인간이기를 원했다. 나비에 대한 탐구는 그가 '나비를 찾되 길을 잃는 것'이라 했다. 발터 벤야민^{Walter Benjamin, 1892~1940}을 떠올리지 않더라도 우리는 학교를 가다가 그만 학교를 잊어버리고 길가에 정신이 팔린 어린아이와 같이 관찰의 탐구로 길을 잃을 수 있다. 나비를 따라가다 길을 잃고 거기서 인생을 만난다면 즐거운 일이다. 그에게 나비는 '수수께끼'의 상징이고 '사랑'에 빠진 존재다. 그는 나비를 보면서 나비처럼 날아오르지 못하는 이유가 날개가 없어서가 아니고, 물질을 채우느라 생긴 무거운 몸과 남이 들어오지 못하게 하늘까지 쌓아올린 울타리라는 성찰도 했다.

관찰에 성찰이 더해진 경우다. 관찰에 성찰이 더해지면 가장 뛰어난 이야기가 탄생한다. 그것은 셜록 홈즈의 입을 빌어 말하는 코난 도일^{Arthur Conan Doyle, 1859~1930}의 이야기와 전혀 다른 감동, 깨달음의 공명을 주기 때문이다. 그래서 글의 사람들은 이런 성찰의 재료에 대한 관찰을 위해 여행을 즐기고 산책을 즐긴다. 새로운 장소나 언제나 익숙했던 사물이 어느 날 낯설게 다가올 때, 우리는 질문과 호기심을 던지고 마침내 인생의 성찰을 이루어낸다. 베르나르 베르베르는 그런 면에서 성공을 거둔 작가다. 많은 사람들이 개미를 귀찮아하고 이를 없애려고 약을 사다 뿌린다. 그러나 그는 개미를 사랑해서 개미를 관찰하고 개미에 대한 지식을 모조리 섭렵했다. 수많은 개미의 종류를 구분했고 그들의 특징을 확인하려 직접 개미를 키웠다. 그는 이런 관찰을 통해 『개미』라는 소설을 완성했는데, 이것을 출판하는 데 애를 먹었다. 번번이 거절을 당하던 그는 간신히 어느 출판사 사장의 도움으로 세상에 소설을 알렸다. 그는 이것으로 베스트셀러 소설가가 되었고, 프랑스 역사상 가장 많이 팔린 초대형 베스트셀러로 기록을 남겼다.

관찰의 대가들은 대부분 과학자다. 그들은 자신의 눈앞에 펼쳐진 자연의 복잡함을 잘 안다. 자연을 분석의 대상으로 놓은 과학자들은 사진사가 자기가 원하는 각도와 표정만을 사진에 담고자 조명을 바꾸는 것처럼 자기가 알고자 하는 현상만 드러나도록 자연을 왜곡하여 관찰한다. 압력과 온도, 둘 다 영향을 주는 일이 있다면 일단 압력은 고정시키고 온도를 바꾸면서 변화를 보고, 온도를 일정하게 하고 압력을 바꾸는 식으로 변수 하나를 줄이는 것은 기본이다. 이것은 수학에서도 반영되는데, 편미분이란 것은 미분변수 이외는 상수라 가정하고 미분하는 식이다. 과학자는 관찰하고 수학자는 연산한다고 한다. 수학의 연산은 과학의 관찰과 동일한 언어다.

소로의 에세이나 다윈의 항해기에서 우리는 자연과학자들의 관찰의 방식과 묘사를 보게 된다. 소로는 복잡한 생활 속의 현대인들에게 자연과 소통하는 삶의 가능성과 가치를 보여주었고, 이런 모범은 스콧 니어링과 같이 지속가능한 환경을 유지하며 살아가는 삶을 실천하게 해주었다.

에드워드 윌슨Edward Osborne Wilson, 1929~도 개미 연구를 하면서 진화생물학의 선두에 선 사람이다. 미물을 관찰하면서 자연과 삶에 대한 위대한 통찰을 얻어냈다. 원숭이 개미와 같은 작은 존재들이 이루는 사회의 강건함을 깨닫고, 인류가 직면한 문제와 위기에 이들의 지혜와 함께하는 것을 『컨시리언스^{consilience}』라는 책을 통해 알렸다. 이들은 자연을 끊임없이 탐구하면서 기록하는 글의 사람들이다. 이들은 자연을 눈과 귀로 경험한 그대로 기록했다. 그리고 이들 모두가 한목소리로 관찰일지의 모범으로 칭찬하는 것에는 '다윈의 관찰 노트'가 있다는 것은 신기한 일이다. 다윈은 새로운 생물을 발견하면 그 생물 자체에 대한 치밀한 묘사뿐만 아니라 자신과의 관계, 즉 언제 어디서 어떻게 그 생물을 발견하고 채집했는지를 적었고, 이 생물을 보면서 얻어낸 자신만의 생각을 적어 갈무리했다. 이러한 관찰일지 쓰기는 그가 『항해기』와 같은 책을 저술할 때 좀 더 현장감이 넘치는 글이 되도록 하는 데 도움도 주었지만, 그의 관찰 노트는 노트 자체로 후대 과학자들에게 귀중한 자료가 되었다.

1874년 엘리엇 카우즈^{Elliott Ladd Coues, 1842~1899}가 다음과 같은 금과옥조의 말을 남겼다.

> 당신의 기억을 믿지 마십시오. 그것은 당신의 발목을 잡을 것입니다. 지금 명확한 것은 나중에는 점점 흐릿해집니다. 모든 것을 있는 그대로 쓰세요. 배경지식이 있는 대중에게 당신의 연구를 알리는 경우라면 시간이 더 걸리더라도 지금 쓰세요. 결국에는 쓰는 것이 시간을 절약하는 길이 될 것입니다. 무미건조한 항목에 만족하지 마십시오. 뼈대만 남은 사실에 옷을 입히고 시뻘겋게 달아오른 생각과 함께 그것에 생명을 불어넣으십시오. 기록을 남긴 종이에 숲의 냄새가 나게 하세요. 새로운 사실마다 맥박이 뜁니다. 맥박이 사라지기 전에 그 리듬을 타세요.
>
> – 『과학자의 관찰노트』 마이클 R. 캔필드^{Michael R. Canfield} 엮음, p.374

사실만을 중시하는 과학의 세계에도 글을 쓰면서 자신과 자연의 교감을 쓰는 것이 중요함을 많은 과학자들이 인정하고 있다. 과학자가 아니더라도 우리는 갓 태어난 아이에 대한 육아일기를 비롯해서 수많은 자료가 넘치는 글을 쓰고 싶은 충동을 갖는다. 그렇다면 쓸 것이며, 그 말은 바로 당신은 '글의 사람'이란 증거다.

글로 무술을 엮어낸 칼잡이: 미야모토 무사시 —

보통 글의 사람, 하면 지적이고 고운 손을 갖고 있는 사람이란 생각이 든다. 학문 근처의 편견을 깨고, 이런 사람도 글의 사람이 될 수 있다는 것을 보여준 사람은 미야모토 무사시^{宮本武藏,} Miyamoto Musashi, 1584~1645라는 일본의 사무라이다. 무술은 몸과 마음을 쓰는 기술인데, 그는 글을 써서 남겼다. 그의 글의 제목은 『오륜서』라고 한다. 이 글이 과연 그가 직접 쓴 것인가에 대해 논란의 여지가 많은 것은 원본에 없는 것이 사본에 등장하는 일이 잦아서 후대에 누가 그의 이름을 빌려 쓴 것이 아닌가 하는 의심을 주지만, 한편 무사가 무슨 글을 쓰냐는 일반적인 편견도 한몫한다. 한일관계가 늘 불편한 상황에서 일본의 무사를 글의 사람에 올려놓는 것이 조금 어색하지만, 누구나 글의 사람이 될 수 있다는 생각에 이르는 데 조금이라도 도움이 되면 좋겠다.

그의 글 『오륜서』는 『손자병법』과 같이 서양인들이 즐겨 읽는 동양의 글 중 하나다. 싸움은 언제나 존재하기에 손자의 병법은 서양인들도 무름을 치며 지혜롭다 생각한다. 반면『오륜서』가 인기를 끄는 이유는 무엇일까? 미야모토 무사시란 인물이 신비로운 점은 있지만『오륜서』에서 자기소개는 몇 줄이 되지 않는다.『오륜서』는 불교의 다섯 가지 바퀴를 놓고 자신의 무술이 무엇이고, 어떻게 수련하고 사용할 것인가를 가르치는 일종의 교재다.

미야모토 무사시는 1584년경에 태어나 1645년 6월에 죽었다. 6월13일이 그의 사망일인데, 그는 마지막 대결에서 상대방의 칼에 맞아 죽었기에 그 날짜는 정확할 수밖에 없다. 그는 평범하지 않은 인생을 시작했다. 토요토미 히데요시가 죽기 2년 전인 1596년, 그는 열세 살의 어린 나이에 이상한 일에 연루된다. 소년 무사시가 지나가던 길에 이상한 방^榜이 하나 붙어 있었고, 울 안에는 무사가 하나 앉아 있었다. "나의 검법은 아리카 기헤이 신당류다. 누구든지 대결하자." 그는 자신의 검법을 자랑하며 사람들을 두려움으로 몰아갔고 그것을 즐겼다. 소년 무사시는 한번 대결을 해보자는 마음을 먹고 그에게 결투를 신청했다. 둘은 목검을 들고 싸웠다. 기헤이는 힘차게 목검을 휘둘렀지만 소년 무사시는 작은 몸으로 그의 허점으로 뛰어들어 몸으로 기헤이에게 부딪혔고, 그가 쓰러지자 목검으로 사정없이 두들겨 팼다고 한다. 이후 그는 한 번도 싸움에서 진 적이 없다는 전설이 되었다. 그는 16세에 아키야마를 이기고, 21세에 교토에 가서 이런 저런 시합을 했고, 30세 전까지 무려 60여 차례의 결투를 하는 과정에 한 번도 지지 않았다.

그는 이러한 결투의 과정을 적은『오륜서』에서 작성한 이유를 서문에 이렇게 적었다.

"나의 병법은 '니텐 이찌류二天一流'라 이름한 뒤 수년에 걸쳐 단련하여 내가 체득한 바를 비로소 문자로서 서술해보려고 한다."

그의 첫 대결자도 자신의 병법의 이름을 걸고 대결을 청했던 것을 그는 기억하고 있었다. 열세 살 소년에게 보였던 그 생경한 방榜은 기헤이 자신의 이름을 붙인 무술을 선보일 뿐 아니라 무술의 위대함을 입증하고자 했던 것으로, 비록 어린 소년에게 졌지만 자신의 무술을 만들고 이를 완성하는 무도인의 길을 보여준 잊을 수 없는 사건이었을 것이다.

미야모토 무사시는 자신의 무술에 이름을 붙였고, 이미 수많은 결투에서 그 탁월성을 입증했다. 그리고 그 체득과 검증의 모든 과정 끝에 그의 나이 60세에 자신이 체득한 것을 글로 남겨 읽는 이가 스스로 훈련하고 체득할 수 있는 교과서를 쓴다.

몸으로 익히는 무술은 무용이나, 음악, 미술과 같이 글로 전하기보다는 직접 보고 느끼는 과정에 전달되는 암묵지가 중요하다. 그래서 대부분의 무술 입문서는 그림으로 자세를 설명하고, 약간의 주의를 붙여 넣는 것이 통례이다. 그러나 『오륜서』에는 그림 설명이 없다. 그는 오직 글로 자신의 무술을 설명하고, 그것을 상상으로 익혀 배우는 자가 자신의 무술을 꺼내도록 하고자 했다. 13세에 우연히 정상의 사무라이와 결투를 시작한 그가 60회 이상의 결투에서 승승장구한 30세에도 그는 아마 자신의 무술을 설명하기 어려운 부분들이 많았나 보다. 그가 자신의 무술이 무엇인지 알게 된 것은 그로부터 20년이 더 걸렸고, 그것을 글로 표현할 수 있게 된 것은 또 10년이 더 걸린 셈이다. 할 줄 아는 것에서 아는 것으로, 그리고 가르칠 줄 아는 것으로 순서가 전개되었다.

그는 하나의 전설이 되었고. 당시에 그의 무술은 일류임을 스스로 입증했다. 그러나 그는 그가 사라져도 그의 무술이 전수되기를 바라는 마음에 글을 쓰기로 작정했다. 서문에서 그는 "자신이 없어도 자신의 무술이 전수될 수 있게 하겠다."라는 말로 글의 힘을 인정하고, 글의 사람이 되었다.

무사시의 『오륜서』는 그의 무술학교의 커리큘럼이고 강의내용이다. 그는 불교의 오륜을 차용하여 체계를 잡았다. 땅[地, 지], 바람[風, 풍], 물[水, 수], 불[火, 화], 비움[ꨉ, 공]의 다섯 개의 교과과정을 만들었다. 그의 교육체계는 탁월하다. 무사시는 무사로서의 업의 본질을 논한다. 무사는 칼을 쓰고 상대방을 죽이는 일을 하는 사람이지만, 그는 오히려 큰 건물을 짓는 대목장이 무사가 하는 업의 본질이라고 한다. 대목장은 건물을 지을 전체적인 설계와 구체적인 설계를 갖는다. 무사시는 이렇게 전투도 설계가 필요하다고 본다. 대목장은 재료를 잘 다루고 버리는 것이 없다. 좋은 나무와 굽어진 나무 모두 쓸모를 알아 버림이 없이 사용한다. 대목장은 나무를 다루는 연장을 잘 알고 잘 갈무리한다. 대목장은 건물을 지어야 하는 그 지역의 독특한 환경과 관련 행정적인 법규를 알아야 한다. 마찬가지로 무사는 전투가 벌어지는 공간의 환경과 사용가능한 법칙을 알아야 한다.

무사가 싸워 이기면 그만이라는 주장을 넘어, 무사란 누구인가에 대한 성찰을 했다는 것은 그가 얼마나 깊은 사색을 했는지 가늠케 해주는 대목이다. 이것뿐이 아니다. 이러한 업의 본질을 달성하면서 언제나 승리하는 최강의 무사가 갖추어야 하는 다섯 개의 역량을 기록했으니, 오늘날 학교교육에서도 참고할 가치가 충분하다.

먼저 '땅의 학교'다. 그는 여기서 무사가 갖추어야 하는 기초에 대해 말한다. 연습은 물론이고 기초를 다지는 것의 중요성과 일상으로 정해진 방법을 제시한다. 매일의 학습은 모든 학생에게 기본적으로 요청되는 것으로, 이것에 발을 디디고 있는 수련자가 성장의 가능성이 있다.

'불의 학교'는 전투의 기법을 이야기한다. 그는 조금이라도 높은 곳에 서라 하기도 하고, 표정을 무섭게 하는 것과 소리를 지르는 요령까지 세세하게 말한다. 이런 것은 그가 수많은 전투에서 사용해서 확실히 효과를 본 실전용이다. 한 명의 상대와 단둘이 싸우는 법, 혼자서 여러 명을 감당해야 하는 싸움, 여럿이 서로 붙는 전투 등에 대해 자세히 기술했다. 모든 학교는 이와 같이 전투역량, 혹은 전문성을 키우는 교육에 집중한다. 글로벌 교육은 언어와 문화에 대한 지식과 체험을 강조하고, 이과는 수학과 자연과학의 법칙을 잘 알도록 가르친다. 그리고 문제를 해결하는 방법을 이론과 체험으로 가르친다. 기초교육과 전문성 교육 둘이면 거의 현대의 교육은 끝이 난다.

그러나 무사시는 이것에 더한 교육을 요구한다. 우선 '물의 학교'다. 물은 정신을 의미한다. 호수의 물과 같이 고요한 흔들림 없는 마음은 전투에서 상대방의 헛 노림수에 속아 한순간에 치명상을 입는 것을 막아준다. 뿐만 아니라 많은 무사가 대결의 시간을 앞두고 정신적으로 공황상태에 빠지지만 목숨을 건 결투를 앞두고도 평상시와 같은 마음을 유지하는 것, 이런 마음 수련은 무사에게 매우 중요한 것이다. 그는 시야에 대해서도 말한다. 위협적인 상대를 우습게 보는 것, 이름 없는 상대를 대단히 보는 것과 같은 것이다. 인문학에서 익숙한 것을 다르게 보기나 새로운 것을 익숙한 시선으로 보기와 같은 이야기를 그는 무술수업에서 하고 있다.

여기에 더해 무사시는 '바람의 학교'를 말한다. 이것은 스타일을 말한다. 스타일은 자신만의 풍을 만들어내는 것으로 '브랜드'를 만드는 것과 일치한다. 브랜드라고 할 수 있을 만큼 다른 유파와 달라지는 것, 그 차이를 만드는 것과 그 차이가 가져다주는 필승의 역량을 검토하는 것이다. 다른 무술과 차별을 만들어가는 과정에 강점과 약점이 나타날 것이니 강점은 더 강화하고 약점은 보완하여 제거하거나 다른 강점으로 막아내야 할 것이다. 오늘날의 교육도 가만 보면 이런 스타일링의 문제에 많이 귀결된다. 한동안 미국을 중심으로 STEM교육^{과학예술융합교육}이라 하여 과학, 기술, 공학, 수학을 초중고 학생들에게 녹아들게 하자는 것도 유행했다. 이런 교육은 STEM이라는 브랜드를 만들고, 이런 교육을 받은 학생은 받지 않은 학생들과 차이를 보일 것이다.

무사시는 이렇게 기초교육과 전공교육에 마음교육과 차별화교육을 넣었고, 마지막으로 소명교육까지 넣는다. 바로 '비움[空, 공]의 학교'다. 싸우고 죽이면 사는 것이고, 지면 죽는 세계에 비움은 무엇을 말하는 것일까? 그는 세상에 텅 빈 것은 사실 없다는 말로 시작한다. 무사시는 마음도 아무리 비우려 해도 비워지지 않는 것을 체득하고 깨달아 알았다. 그는 비우는 것에 집중하는 것이 아니라 바로 텅 빈 하늘, 즉 하늘의 뜻에 따른 것을 '비움의 학교'로 정한다. 하늘의 뜻에 맞게 죽어야 할 사람을 죽이는 것, 자신이 죽어야 하는 것이 천명이라면 부끄럼 없이 죽는 것, 그것을 그는 '공의 학교'에서 역설한다.

오늘날 교육에서 천명 혹은 소명교육은 어떻게 이루어지고 있는가? 성공을 위해 꿈을 가지고 부단히 노력하라는 말은 하지만 그 꿈이 하늘의 뜻에 맞아야 한다는 것은 얼마나 강조하고 있을까? 좋은 학벌에 실력으로 넘치는 인재는 많지만 뉴스를 타고 들어오는 이들이 일으킨 문제를 바라보는 일반인들의 마음은 어지럽기만 하다. 하늘의 뜻에 맞는 행동, 그 소명의 길에 서기를 무사시는 자신의 제자들에게 요청하고 자신도 그렇게 살겠다고 다짐한다. 그는 공의 길에 악은 없고 오직 선만 있으며, 지혜가 있고, 도리가 있다고 했다. 그는 아마 진선미의 덕이 가득 찬 어떤 경지를 지향한 것 같다.

천하의 싸움꾼이 글의 사람이라니…. 마야모토 무사시는 1642년 10월 10일 새벽 4시에 이 책을 쓰기 시작한다. 그리고 1645년 5월 12일에 글을 맺는다. 그 사이에 세 번의 겨울을 지냈다. 2년 7개월 동안 쓴 글은 정갈하다. 자신도 모르는 사이에 몸에 붙어 익숙한 자신의 싸움기술을 설명하는 일은 길었다. 몸에 달라붙은 싸움의 기술을 썼고, 상대와 대응하면서 순간적으로 새로운 기술이 자신의 몸에 달라붙었다. 몸에 달라붙는 기술은 유동적이고, 이미 알려지고 나면 더 이상 쓸 수 없는 것이기도 했다. 몸에 붙어 있으나 무엇이라 형용하기 힘든 암묵지를 그는 글로 쓰고자 했다. 글쟁이가 아닌 그가 이런 엄청난 일을 했다는 것이 놀랍기만 하다. 정말 그가 쓴 게 아니고 누군가 창작한 것이라고 믿고 싶을 지경이다. 그가 상대를 쓰러뜨리고 가슴에 칼을 꽂고 나면, 승리감에 도취하기보다는 왜 내가 이길 수 있었던가를 복기하고 복기했을 것이다. 실수로 한 어떤 행동이 승리로 가는 원인을 제공했을 수도 있다. 그는 즉시 그 새로운 행동이 어떤 경우에 쓰면 좋을 것인지를 고민하고 고민했을 것이다.

암묵지, 체득지體得知를 글로 쓴 사람 미야모토 무사시. 물론 그의 『오륜서』가 그의 몸에 달라붙어 있는 그만의 기술을 모두 나타낸 것은 아니다. 그러나 그는 적어도 다섯 가지 커리큘럼을 제시했고, 사람 죽이는 일이라는 상식을 넘어 무사의 업의 본질을 대목장과 같은 장인으로 제시했고, 그 지향점을 하늘의 뜻에 두었다는 점에서 비상하다. 혹시 우리는 남보다 잘하는 타고난 재능을 가르칠 줄 아는지 물어야 한다. 그것도 면 대면이 아닌 글로 가르칠 교본을 만들 수 있을까? 그것도 오직 글로만 가능할까? 미야모토 무사시는 그렇다고 말한다.

비밀 노트로 이뤄낸 명예:
찰스 다윈 —

갈릴레오는 『대화*Dialog*』라는 책을 통해 자신의 과학을 문학적 형식으로 들어냈다. 천동설 중심의 세상에서 이단적 사상을 품은 사람이 숨어든 곳은 남의 입을 빌어 생각을 넣는 문학적 글 그릇이었다. 절친이 교황으로 선출되었기에 그의 책은 출간이 되었지만, 결국은 필화를 입어 그는 이단 재판을 받아야만 했다. 종교적 신념은 견고하여 종종 그 신념이 수정되려면 수많은 증거의 축적도 있어야겠지만, 그것을 알리는 메신저들의 희생 역시 빼놓을 수 없다.

그래서 진실을 찾는 여정은 위험하기 짝이 없다. 중세의 암흑기에 수많은 과학자들은 천동설이란 거대한 이상 앞에 무릎 꿇어야 했고, 다른 생각을 품은 자들은 그 생각을 공공연히 드러낼 수 없었기에 모든 생각은 비밀에 붙여졌다. 만유인력을 알아내고, 태양 주위를 별들이 도는 그 주기와 반경을 계산해 낸 뉴턴조차 그의 계산과 이론을 일체 비밀에 붙였다. 당시 과학자들의 비밀주의는 비밀 노트로 이어졌다. 물론 이들이 이단으로 몰릴 경우 그 노트들은 고스란히 이단의 증거가 될 것이나, 생각을 이어가기 위해서는 글쓰기를 멈출 수 없었다. 뉴턴은 이외에도 연금술과 신학 관련 삼위일체가 아닌 일신론에 기반을 둔 연대기 등 수많은 노트를 갖고 있었고, 이것이 발각될 때 그가 어떤 취급을 받을 것인지 스스로 잘 알고 있었다. 그는 그 비밀 노트들을 궤짝에 넣어 봉해 두었는데, 그가 죽은 후에 수백 년 후에나 공개할 것을 부탁했다. 만일 그의 노트가 발각되면 분노한 사람들이 그를 무덤에서 꺼내어 유골을 화형에 처할 것이란 말도 했다. 역학법칙이 세상에 나온 것은 당시 천문대장인 헬리Edmond Halley, 1656~1742라는 후견인의 격려와 보호에 힘입은 바가 크다. 그렇지 않았다면 뉴턴은 이마저도 그의 비밀 노트 궤짝에 넣어두었을 지도 모른다. 뉴턴은 수학을 이용한 물리법칙을 통해 자신의 생각을 매우 어려우나 확실하게 세상에 알리는 방법이 있음을 알게 되었고, 이후 몇 가지 중요한 저술을 세상에 내놓았다. 그러나 기본적으로 그는 타인을 믿지 못하고 숨길 것이 많은 사람이었다. 당시 지식인들이 겪던 불안은 갈릴레오의 이단 심판과 같은 사건도 컸지만, 무엇보다 부르노Giordano Bruno, 1548~1600라는 과학자의 화형과도 연관된다. 그는 천체에 대한 몇 가지 생각을 말한 죄로 이단으로 몰려 8년간 고문을 받았고, 마침내 군중 앞에서 화형에 처해졌다. 요즘은 상상하기 어려운 일이지만 매우 오랫동안 생각이 통제되던 시대가 있었다. 천동설은 과학의 영역에만 머물지 않고 종교를 비롯한 사회질서와 연관되어 강고하게 자리하고 있었기에, 이에 도전하는 것은 과학을 넘어 사회의 체계를 부정하는 매우 위험한 일로 간주되었다. 토마스 쿤Thomas S. Kuhn, 1922~1996의 말처럼 주류 이론이 폐기되고 새로운 이론이 등장하는 과정은 연속적이기보다는 혁명적이다. 그렇기에 새로운 패러다임의 창조자들은 비밀스런 글쓰기를 하는 경우가 많다.

또 한 사람, 비밀 글의 사람이 있다. 바로 찰스 다윈이다. 그는 19세기의 사람으로 16세기 과학자들이 이룬 변화의 끝자락에 놓여 있었다. 그 사이에 물리학은 비약적으로 발전하여 역학법칙 이외에 광학과 전자기학, 그리고 화학 분야에 이르기까지 상당한 발전을 이루었다. 그럼에도 불구하고 강력한 패러다임은 생물학 분야에 있었다. 그것은 이 세상 모든 생물은 신의 창조물로, 저절로 나온 것이 아니라 신의 특별한 설계로 만들어진 피조물이란 종교적 신념이었다. 가톨릭 교부들은 그리스 철학을 유연하게 수용하는 입장이었지만 자연발생설은 부정해야 할 이론으로 아리스토텔레스 같은 철학자의 저서에 등장하기도 한다. 다윈은 쌀 포대에 더러운 옷을 덮어두면 쥐가 나온다거나 봄철 습지에 맑은 해가 쏟아지면 개구리가 나온다는 식의 자연발생설을 주장했었다. 그러나 파스퇴르가 목이 긴 관이 있는 용기를 준비하고, 잘 끓여 살균한 물에 담긴 스프가 부패하지 않는 것을 실험적으로 입증함으로써 자연발생설을 부정한 것이 오히려 신의 피조물에 대한 믿음을 더욱 공고히 하게 되었다. 우주는 신이 설계한 만유인력이란 법칙으로 정교한 시계처럼 돌아가고, 생물은 신의 특별한 계획으로 종류대로 창조의 나날에 창조된 것이라는 생각은 기독교 신앙을 지탱해주는 든든한 반석이었다.

찰스 다윈은 참 아이러니 한 인물이다. 빅토리아 시대가 갖는 아이러니를 한 몸에 지닌 사람이라 할 수 있다. 빅토리아 여왕Queen Victoria, 1819~1901은 즉위 후 얼마 되지 않아 남편을 사별하고 종교에 깊이 들어간 여왕이다. 평생 미망인으로 상복을 입고 살았으며, 국교가 나라를 다스리는 가장 강력한 힘을 발휘하도록 지원했다. 당연히 빅토리아 시대에는 성서에서 말하는 방탕함을 사회에서 제거하려는 움직임이 강했고 많은 제도들이 세워졌다. 금주령은 기본이고, 자살한 성직자의 경우는 그의 재산이 몰수되었고, 교회 무덤에 안치될 수도 없었다. 이렇게 국가는 여왕을 따라 경건하고 엄숙해졌지만, 일반인들은 점점 교회에서 멀어지는 아이러니한 시대가 빅토리아 시대다. 다윈 역시 아이러니한 인물로, 아마 빅토리아 시대를 통틀어도 그와 같은 아이러니한 인물은 보기 드물 것이다. 그는 성직자들과 대립했고, 수많은 급진주의자를 거느렸다. 그러나 그는 귀족으로서의 온정주의자로 예민하고 시민의 의무감에 젖어 있던 사람이다. 그는 평생 직업도 없이 생계를 꾸렸지만 그가 지지하는 이론은 적자생존의 냉혹한 것으로, 그의 경제생활 역시 자신의 이론인 적자생존 법칙에 따라 파멸할 수 있는 수준이었다. 그는 매우 탁월하고 치밀한 과학자였으나 건강하지 못했다. 그래서 몸 상태가 좋지 않을 때면 이상한 대체 치료술에 몸을 맡겼다. 그는 건강이 회복되면 마치 시계추처럼 규칙적으로 하루의 일과를 반복했지만, 그가 주장하는 과학은 '자연은 우연의 산물'이라는 것이었다.

다윈은 생전에 『종의 기원』을 필두로 진화론에 대한 저술을 출판하고, 이들 책으로 인해 수많은 문제와 논쟁의 정점에 선 사람이다. 사람들은 심지어 그의 얼굴에 원숭이 몸을 그려 넣어 조롱하기도 했다. 사람이 원숭이에게서 진화되어 나왔다는 주장으로 그는 신성모독의 대명사가 되었다. 빅토리아 시대에 여왕의 권위와 국교의 서슬 퍼런 통치 속에서 이게 가당키나 한 일일까? 부르노처럼 화형까지는 안 가더라도 그의 불온한 책들은 불태워져야 하고, 그는 가택 연금을 당하거나 일체 사회로부터 격리되어야 할 것이었다. 그러나 그는 죽은 후 명예로운 사자들의 은신처인 웨스트민스터 대수도원에서 장례식이 치러지고 그 수도원에 묻혔고, 그의 시신의 운구를 위해 글래스턴 내각의 각료들이 움직였다. 그는 영국의 자랑이 되어 땅에 묻혔다. 그의 죽음과 장례는 이제 영국이 빅토리아

후기 피어난 자유주의 시대로 접어들었음을 선언하는 것이 되었다.

다윈은 의사였던 부친의 권유대로 의사의 길을 걸어가지 않고, 박물학자로 나아간다. 부친은 그에게 너무 실망했고, 부친이 죽었을 때 그에게 부고조차 하지 않았을 정도였다. 젊은 다윈은 귀족집안의 자녀로서 누릴 수 있는 많은 유익을 스스로 던져버리고 틈만 나면 숲속에 가서 풍뎅이 따위를 채집했다. 이런 기질은 격세유전처럼 그의 조부에게서 물려받은 부분이 분명하다. 그의 조부는 에라스무스 다윈Erasmus Darwin, 1731~1802으로 의사였다. 이 의사는 처방으로 성생활을 장려하는 등 다소 이상한 구석이 있던 사람이다. 다윈의 조부는 런던과 같은 중심도시가 아닌 버밍햄의 흔한 클럽 모임의 멤버였다. 그들은 매달 보름달이 뜨는 날 모여 밤새도록 술을 마시며 토론했다고 하는데, 그 멤버들이 희한하다. 산업혁명, 하면 떠오르는 제임스 와트James Watt, 1736~1819가 있었고, 볼튼Matthew Boulton, 1870~1953이란 사람은 돈이 많은 자본가로 이 모임의 물주이기도 했고, 철도산업과 같은 막대한 자본이 들어가는 일에서 큰 성공을 거둔 사람이다. 수소를 비롯한 몇 개의 기체 원소를 발견한 화학자로 유명한 사람도 멤버였는데, 그는 산소의 산화작용이 화염의 원인이라는 현대 화학과 달리 플로지스톤Phlogiston이라는 불의 요소가 있다는 것을 믿던 사람이었고, 나중에는 다양한 종교를 연합하는 종교의 교주가 된 사람이다. 물론 이 모임에 가장 열렬한 멤버이며 급진적이고 위험한 사상을 펼치던 사람은 다윈의 조부였다. 그는 하나님의 창조가 아니라 생물이 서로 어찌 어찌하여 다양한 것이 나왔다는 주장을 했고, 그것을 아예 『주노미아Zoonomia』라는 책으로 펴냈는데 이는 공적으로 볼 수 없는 금서였지만 당시 대학의 불온한 자유사상 클럽에서 학생들이 돌려가며 읽던

책이었다. 물론 가끔 대서양을 건너 등장했던 미국의 벤자민 프랭클린 Benjamin Franklin, 1706~1790과 토마스 제퍼슨Thomas Jefferson, 1743~1826도 있었는데, 이들은 후일 영국에서 미국을 독립시켜 자유의 나라로 만드는 데 큰 기여를 했다. 지저분한 남자들이 모여들어 달이 뜨는 날마다 펼쳤던 논쟁과 사상은 먼 훗날 바라보면 세상을 완전히 바꿔버린 것이 되고 말았다는 점에서 위대한 것은 대부분 이렇게 협수룩하고 그저 그런 것에서 나오나 보다.

다윈은 비글호를 타고 항해에 나섰다. 비글호의 선장은 당시 늘 하듯이 새로운 지역에서 발견하는 신기한 동식물과 광석을 채집하고 분류하여 보고할 자연사학자도 필요했지만 길고 긴 항해 기간에 몰려오는 우울감과 외로움을 달랠 말동무가 필요했다. 다윈은 스승의 추천으로 비글호를 타고 항해를 떠난다. 그는 비글호 여행 중에 보고 느낀 것을 그때그때 적어 스승에게 편지했는데, 그 편지를 모아 스승은 세상에 출판을 해주었다. 그래서 다윈이 비글호 여행을 마치고 돌아왔을 때는 이미 약간의 명성을 얻은 상태였다.

비글호 여행을 마치고 돌아온 다윈은 그의 나이 28세가 되던 해에 드디어 '비밀 글의 사람'으로 첫발을 내디딘다. 그는 비밀 수첩을 준비했고, 표지에 B라고 썼다. 줄이 쳐지지 않은 무선 수첩은 요즘 기자수첩만한 것이다. 그는 그 수첩의 속표지에 할아버지가 쓴 책 이름 '주노미아'라는 글자를 써넣었다. 비글호 여행 중에 들렀던 갈라파고스 군도에서 그는 바닷가에서 해조류를 뜯어먹고 사는 바다이구아나를 보고, 육지이

구아나가 환경에 적응하는 과정에서 변한 것이라는 생각이 얼핏 들었던 것을 더 밀고 나갈 작정이었다. 이 생각은 영국 국교의 창조론에 정면으로 위배되는 위험천만한 생각이었다.

다윈은 수첩을 펴놓고 열정의 불꽃으로 가슴이 타올라 미친 듯이 처음 27쪽을 썼다. 몰스킨 수첩은 '생명은 왜 짧은가?' '유사생식의 중요성'과 같은 질문들로 가득 찼다. 7월에 시작한 메모는 8월의 폭염 속에서도 지치지 않아, 그는 땀에 흠뻑 젖은 채로 비밀 수첩을 썼다. 다음해에 그는 영국 곤충학회의 부회장이 되었다. 그러나 그는 공식석상에서 온화한 표정으로 미소를 지으며 창조론을 바라보면서도 서재에서 더욱 비밀 노트에 몰두하며 그들을 비웃고 있었다. 이때 이미 그는 수첩 B를 다 썼고, 이제 수첩 C를 펴들었다. 1838년 2월이다. 그는 점점 확신에 차올랐고, 그의 수첩에는 이전에 없던 단어 '내 이론my theory'이라는 단어가 등장하기 시작했다. 이때 다윈은 어떤 정신적인 작용이었는지 위를 칼로 찌르는 듯한 통증을 겪기 시작했다. 고통이 심해질수록 그는 노트에 강박적으로 매달렸다. 1838년 6월, 불과 4개월 만에 그의 비밀 노트 C는 글로 가득해졌고, 그의 몸은 더욱 망가졌다. 위장병, 두통, 심장이 마구 뛰는 증상이 그를 괴롭혔다.

이때 영국은 18세의 가냘픈 소녀인 빅토리아 여왕이 등극한다. 여왕은 영국을 '신의 나라'로 만들고자 하는 소망이 있었기에 국교는 더욱 강력하게 정치와 사회에 깊이 관여하며 힘을 발휘했다. 사회의 표피는 종교적 경건을 뒤집어썼지만 내부의 사람들은 점점 교회의 가르침에서 멀어져갔다. 여왕의 즉위는 다윈의 비밀 노트가 영원히 서랍 속에 잠들어야 할지도 모르는 위험한 일이었다. 다윈은 피를 토하는 심정으로 1주일 만에 노트 한 권을 다 쓴다. 1주일 만에 가득 채운 비밀 수첩은 이것을 쓰고 죽어도 좋다고 생각하는 오직 하나의 생각에 사로잡힌 사람이 보여주는 편집적 광기로 번득인다. 그리고 또다시 비밀 노트를 편다. M노트는 2주일 만에 다 썼다. 아마 이때 다윈은 노트를 쓰다가 죽고자 했던 것 같다. 한 달에 두 권의 노트를 채우는 이런 불꽃의 생활을 지속할 수는 없었다. 건강이 허락하지 않았다. 다윈은 이 싸움이 매우 긴 것이라 생각하게 되었고, 다시 일상의 루틴routine을 회복하고자 했다.

시골 신사로서 다윈의 정해진 일상은 이러했다. 7시에 기상했고, 10시까지 세 시간 동안 산호초 관련한 작업을 했다. 아내 엠마가 충분히 잠을 자고 일어나 아침을 준비해 주면 10시에 아침식사를 하며 한 시간 반 정도 대화했다. 이제 11시 반이 되었다. 다윈은 자신의 서재로 들어간다. 그러고는 오후 2시까지 두 시간 반을 아침 이후의 작업을 했다. 보통 사람들이 먹는 점심을 그는 생략했던 것 같다. 늦은 아침으로 브런치를 먹은 것 같기도 하다. 그리고 오후 2시부터 저녁 6시까지 네 시간 동안 시내에 나갔다. 사람들을 만나고 볼일도 보았다. 분명 뭔가 먹었을 것이다. 그의 볼일은 무엇이었을까? 시골 노신사는 대학이나 어디서도 일자리가 없었기에 일정한 수입이 없었다. 그는 당시 철도산업에 주식을 투자해서 돈을 모으고 있었다. 주식이 오르는 날은 그래도 기분이 좋았지만 내리는 날은 위장염과 두통이 더욱 심해졌을 것이다. 그는 이런 방식으로 10자녀를 키워낸 대단한 사람이다. 오후 6시에서 7시 반까지 한 시간

반 동안 아내가 차려준 저녁을 먹는다. 그의 식사시간은 언제나 한 시간 반이었다. 그리고 7시 반에서 잠들기 전까지 음악을 들으며 차를 마시고 가끔 아내와 공기놀이도 했다고 한다. 그러나 책을 들어 읽기 시작하면 그는 마치 중풍에 걸린 사람처럼 꼼짝 않고 책을 읽었다. 이렇게 '집콕'을 하는 사이에 아이가 자꾸 태어나 10명이 되었다. 직업도 없이 10명의 아이를 키운 다윈은 이것만으로도 유별나다.

그의 이런 일상이 언제나 성공한 것은 아니다. 그의 몸은 그에게 관대하지 않아, 그는 "하루 세 시간 만이라도 책상에 앉아 있을 수 있으면 좋겠다."고 한탄을 많이 했다. 책상으로 갈 힘이 없어 그는 의자 다리에 바퀴를 붙여 질질 끌고 다녔는데, 그것으로 특허를 내기도 했다.

다윈의 『종의 기원』은 이런 비밀스런 글쓰기가 세상에 나온 결과다. 그 영향은 너무나 컸다. 국교회의 권력자들은 다윈을 맹비난했다. 그리고 그의 불온한 이론을 추방하기 위해 세기의 토론회가 준비되었다. 이 토론장은 비밀 노트의 글의 사람인 다윈 대신 절정의 말의 사람 헉슬리가 종횡무진 누볐다. 토론은 진화론의 승리로 끝이 났다. 사실 영국의 국교회는 세상을 한손에 쥐고 있었지만 교회로부터 점점 멀어져간 일반 시민들의 눈에는 권력을 움켜쥔 성직자들이 실제 사회문제를 해결하는 데는 무능하다는 것을 드러낼 뿐이었다. 또한 자신들이 주장하는 성결한 삶에도 깃들어 있는 위선으로 자기모순에 빠져 있는 모습이 역력했다. 빅토리아 여왕의 상복과 거룩한 삶은 존경의 대상이었지만 일반인의 삶에 파고든지 못했다. 일반시민들은 오히려 성직자들의 선포를 교회 건물 안에 잠그고 자유주의로 달려 나갔다. 이 자유주의의 파도 위에 다윈은 조각배 한 척도 없이 타고 올라 영웅이 되어 있었다.

다윈은 철저한 글의 사람이다. 그가 말을 잘했다면 헉슬리의 등장은 필요하지 않았을 것이다. 누구보다 정확한 자료와 분석의 결과를 갖고 있는 그였지만 논쟁에 들어가 이길 자신이 없었다. 그도 그럴 것이 그는 글쟁이가 필요로 하는 단조롭고 평화로운 전원생활을 하며 글을 썼지, 어수선한 모임에 들어가 이야기꽃을 피우지 못했다. 오히려 언제나 따스한 아내 엠마가 차려주는 밥을 한 시간 반이나 먹으며 마음의 안정과 위로를 찾았고, 공기놀이도 하면서 아이를 생산했다.

사랑이 빚은 글:
카프카 ―

이것을 쓰다가 죽어도 좋다는 격정의 글쓰기를 경험한 독자들도 많을 것이다. 글쓰기가 기본적으로 읽을 독자를 상정하고 생각을 토해내는 작업이라면, 이것은 여러 친구들과 차를 한잔하면서 나누는 담소만큼 행복하고 즐거울 수 있을까? 물론 제목만 주어지면 유머와 위트가 넘쳐서 쓰면서도 웃음을 참지 못하는 사람들도 있겠지만 드문 일이다. 그러나 우리는 이런 종류의 글쟁이를 가끔 만난다. 신문의 칼럼조차 이들은 파격으로 달려들어 사람들의 속을 들락날락 하면서 흔들어 세운다. 도대체 이런 사람들은 어떻게 이런 생각을 했고, 어떻게 이리도 맛깔나게 글을 쓸까?

'관종관심종자'을 글쓰기의 중요한 동력으로 추천하는 『대통령의 글쓰기』의 저자 강원국의 말에 공감한다. 아무도 읽어주지 않을 글을 쓰는 것처럼 힘든 일이 있을까? 외로운 글쓰기를 지속하기보다는 즐거운 글쓰기를 위해 '관종'이 되는 것도 나쁘지 않다. 예전과 달리 관종이 되는 쉬운 길이 생겼다. 페이스북을 비롯한 SNS다. 우리는 순간순간 우리의 생각을 적는다. 페이스북을 열면 '무슨 생각을 하세요?' 라는 질문이 담긴 창이 뜨니, 아무 생각이고 쓰고 싶은 마음이 열린다. 생각도 쓰고, 생각에 걸맞은 사진이나 그림도 올리고, 그러다가 사람들이 '좋아요'를 눌러주고 댓글을 달면 관심을 받고 있다는 것을 직감한다. 이 작은 글쓰기를 이어가는 힘은 이러한 즉각적인 상호작용이 아닐까? 책 한 권을 쓰기 위해 고독한 시간과 장소에 스스로를 가두는 '황홀한 글 감옥'과는 거리가 완전히 먼 세계다. 요즘은 사회가 양분되어 조금만 생각이 다르면 심한 경우 육두문자까지 넘친다. 이런 경우 일단 '친구 끊기'를 하는데, 안타까운 것은 매우 존경하던 분들도 한순간 분을 참지 못하고 인연이 끊어지는 경우도 있다. 언젠가는 다시 좋게 서로 '관종'이 되길 바란다.

SNS의 글은 이렇게 가볍고 즐겁다. 정보가 흘러넘치고 의견이 쏠리고 증폭된다. 한참 보다 보면 과연 이것이 요즘 사람들이 모두 생각하는 생각의 주류라고 압도되기도 한다. 비슷한 생각을 갖고 있는 사람들이 서로 의견을 교환하다 보면 확증편향을 갖게 되어 한 가지 생각에 함몰된 자신만의 세계에 틀어박히게 된다. 2차 세계대전이 끝난 지가 오래건만 아직도 군복을 입고 경계를 하다가 발견된 필리핀 정글속의 일본군인 같이 될 수도 있다. SNS의 가장 큰 폐단은 너무 재미있고, 너무 편리하다는 것. 지인들이 올리는 글을 보면 마치 오랫동안 생활을 같이하여 속을 훤히 아는 것처럼 친숙하다. 아, 이 사람은 이렇지. 지금 어디에 있을 터인데. 그렇지 거기 있구만. 와 맛있겠다. 지들끼리만 먹네…. 이렇게 글을 보면서 혼자 이야기하고 입에 웃음이 가득하다.

종종 긴 글을 쓰는 사람들도 있다. 이런 글들은 정갈하고 군더더기가 없다. 아마 이 글들이 모여서 책이 탄생할 것이란 것을 예상하는 것은 어렵지 않다. 너무 길어 '좋아요'가 적지만, 그들이 실시간으로 올리는 글과 얼마 전에 올린 그의 일상을 비교하면 그가 왜 이런 주제의 글을 쓰게 되었는지 추측도 가능하다. 그러니 완성된 책이 아니라 되어가는 책을 읽고 있는 즐거움, 연재를 기다리는 독자가 된다. 그러나 종종 이런 셀럽들의 글들로 기가 죽거나 너무나 행복해 하는 지인들의 삶 때문에 오히려 우울감이 몰려오는 경우도 있다. 관종도 좋지만 허세나 잘난 척 금지는 필요한 것 같다. 오히려 진솔한 삶을 나누는 글을 읽으면 엄청난 힐링의 경험을 하기도 한다. 우리가 세상을 살면서 글로 이렇게 남에게 용기와 위로를 줄 수 있다면 넘치게 해도 좋다. 이런 글에는 사람들의 반응이 뜨겁다.

때로, 즐거운 텍스트는 고사하고 텍스트로 인해 고통 받는 작가들도 너무 많다. 그러나 그 창작의 고통이 책받침을 휘었다가 놓으면 갑자기 튕겨 올라가는 것같이 한순간에 환희로 바뀌기도 한다. 고통은 쾌락과 같은 뿌리에서 나오나 보다. 고통과 환희로 점철된 글의 사람은 카프카가 아니었을까?

카프카Franz Kafka, 1883~1924의 사진을 보면 그가 어떤 종류의 고독과 불안을 담고 살았음을 짐작하게 된다. 그는 전업 작가가 아니었다. 산업재해 보험공단에서 일했고, 일처리 능력이 뛰어나 임원까지 승진했다. 그냥 일반인의 관점에서 보자면 그의 직장생활은 성공이라고 부를 만했고, 당연히 그의 얼굴은 성취가 많은 사람들이 보여주는 자신감과 부가 붙여준 볼살로 예상되는 평범하지만 그렇게 고독에 찬 얼굴은 아니어야 했다. 그러나 그는 글의 사람, 텍스트를 만지고 만들어내는 일을 즐겼다. 그는 책방에 자주 들러 사치스러울 정도로 많은 책을 샀다. 그리고 책을 친구들에게 선물했다. 그는 책을 만질 때 종이가 던지는 촉감을 좋아했고, 인쇄 냄새를 사랑했다. 구석진 골목에 있어 잘 보이지 않는 책방을 좋아했고, 눈에 들어오는 책의 모습에 행복해 했다.

낮에는 정상적인 직장생활을 하고, 퇴근하여 집으로 돌아오면 글을 만들었다. 그의 밤은 텍스트가 춤추는 시간이었다. 그러나 그의 낮은 만나는 사람들의 말이 춤추는 시간이었다. 카프카의 얼굴에 달라붙은 고독에는 그가 평생 프라하 광장의 수백 평 부지 인근에서 붙어 있듯 지냈던 것도 한몫했을 것이다. 프라하 광장에서 같은 시절을 보냈던 라이너 마리아 릴케Rainer Maria Rilke, 1875~1926가 명성을 떨쳐가던 시절에도 카프카는 프라하 광장 근처, 그의 공간에 웅크리고 있었다. 그의 삶과 그의 글에도 이런 답답함이 묻어났다.

카프카가 텍스트 중독자로서 독서에 몰입한 배경에 타인의 삶에 대한 유별난 관심이 있었다는 점은 매우 아이러니하다. 타인의 삶은 그가 소설에 등장하는 사람들을 창조하는 데 필요한 재료였다. 그는 유명한 사람뿐만 아니라 범죄자의 삶까지도 시시콜콜한 실체를 파악하고자 했고, 자료를 수집했다.

카프카는 작가로서 오늘날 우리에게 유명하지만, 정작 그에게는 아무도 관심을 기울이지 않았던 무명작가였다. 그의 작품이 이름을 얻기 시작한 것은 그가 죽은 후 30년이 지나서였으니, 생전에 인기를 몰고 다닌 동향의 릴케와는 너무 대조된다. 카프카는 아무도 알아주지 않는 글을 쓰고 또 썼다. 관종이 되어 신나는 글쓰기를 해보지는 못했지만 무엇이 그를 텍스트 중독자로, 텍스트를 한밤중에 만지고 만드는 사람으로 이끌었을까?

카프카는 글을 만지면서 고통스러워했다. 그의 고통은 어느 날 읽은 괴테Johann Wolfgang von Goethe, 1749~1832의 글 때문이었다. 그는 이 위대한 문호의 글을 읽으면서 이보다 좋은 글이 아니라면 글을 쓸 이유가 없다는 생각을 했다. 괴테의 글은 그에게 텍스트의 기준을 던짐과 동시에 텍스트 제작의 동력을 꺼버린다. 이 시절 카프카는 글을 쓰지 못하는 고통을 매일의 일기에 호소한다. 제목을 놓고 또 쓰지만 버려야만 하는 텍스트들.

카프카가 한 유명한 말, "한 권의 책은 우리들 내면의 얼어붙은 바다를 깨는 도끼여야 한다."라는 말 속에서 스스로 얼어붙은 바다가 되어버렸다. 괴테의 책은 그의 내면의 얼어붙은 바다를 깨기는커녕 더욱 얼어붙게 하여 한 줄의 글도 빠져나오지 못하는 완전한 '블록block 증상'으로 몰아넣었다.

카프카의 얼음을 깨뜨린 도끼는 책이 아니라 사랑이었다. 1910년 1월에 시작된, 괴테로 인한 블록증상은 3개월이나 지속되었다. 그리 긴 기간은 아니지만 카프카의 고통을 생각하면 이 시간은 영원처럼 길게 느껴졌다. 이즈음 그는 펠리체라는 여인을 만나고 마음에 연정이 싹튼다. 그는 글의 사람답게 만나서 언변으로 마음을 사는 대신 편지를 쓴다. 사랑의 편지는 쉽게 써지지 않아 그는 수없이 쓰다가 구겨버린 종이를 던진다. 그러나 마침내 그의 편지에 펠리체가 반응하기 시작했고, 그는 편지를 통해 갑자기 수다쟁이로 돌변했다. 카프카는 하루에 4통의 편지를 쓸 정도로 환호했다. 막혔던 글의 불록은 사라지고 글 쓰는 기쁨이 그를 사로잡았다. 그의 독자는 물론 단 한사람 펠리체였다. 1912년에서 1917년의 6년간 그는 500여 통의 편지를 주고받았다. 처음 펠리체의 사랑을 확인했던 1912년 10월에서 이듬해 1월까지 3개월 동안 100통의 편지를 보낸다. 거의 매일 1통 이상이다. 다음 8개월 동안 200통의 편지를 썼으니 고독한 광장에서 펠리체라는 여인, 단 한 명의 독자는 그에게 찬란히 빛나는 별이었고, 그의 내면의 얼음을 깨는 강력한 힘이었다.

신기한 것은 그가 펠리체에게 편지를 쓰기 시작한 시기에 그에게는 전혀 다른 현상이 일어났다. 한 줄도 글을 쓸 수 없던 그는 갑자기 글을 쓰지 않으면 안 되는 이상 증세에 빠지게 된다. 그의 일기를 보면 1912년 10월 22일 하루만에 20쪽이 넘는 소설 『선고』를 썼다. 펠리체를 만나기 시작한 9월에서 11월까지 3개월 동안에 그는 400쪽이 넘는 원고를 썼다. 이 시기에 탄생한 작품들은 오늘날 우리가 좋아하는 그의 걸작들로 『변신』『유형지에서』『화부』와 같은 작품이다.

사랑은 표현하게 만든다. 말의 사람이야 분위기 좋은 곳에서 애인과 끝없이 대화를 하겠지만, 단어 하나를 놓고 씨름하는 글의 사람은 연인이 던진 단어 하나를 놓고 밤을 새며 말뜻을 새긴다. 글의 사람에게 연애 편지만큼 행복한 글쓰기가 어디 있을까?

사랑은 글의 사람에게 창작의 불꽃을 피워준다. 카프카의 글을 얼어붙게 만든 괴테는 평생 여인을 사랑한 것으로 유명하다. 심지어 노인이 된 괴테가 건강을 위해 온천으로 휴양을 갔는데, 온천지의 여관에서 주인 집 딸에게 사랑을 느껴 구애를 하는 대목은 보는 이에 따라 비난할 일이기도 하지만, 그가 만든 찬란한 글들은 언제나 마음속에 흘러나던 사랑의 열정이 남긴 흔적이 아니었을까?

사랑은 이렇게 글의 사람의 고독과 블록을 깨쳐서 황홀한 글쓰기로 인도한다. 마찬가지로 마음속의 분노 역시 글을 쓰게 하는 힘이 있다. 조지 오웰George Orwell, 1903~1950은 정치적인 글쓰기가 문학이 되게 하고자 하는 비전을 갖고 있었지만, 만일 그가 문학적 재능이 없다 하더라도 그는 분명 수많은 글을 쓸 수밖에 없을 정도로 사회에 대해 충분히 인식하며 분노를 갖고 있었던 것 같다.

우리는 종종 블록현상에 빠져 한 줄의 글도 쓰지 못하는 상태가 된다.

여기서 탈출하는 방법은 간단하다. 사랑하든지 분노하든지 둘 중에 하나면 충분하다. 카프카와 괴테, 그리고 조지 오웰이 보여주었다.

창조를 향한
예술가의 글 ──

사진, 드로잉, 글은 종이의 '얼룩'에 불과하다. 이 얼룩을 '실재^{實在}'로 받아들이는 데는 얼룩이 상징하는 것을 감각적, 정서적, 경험적인 것으로 재창조해낼 수 있는가에 달려 있다. 종이 위에 드러난 얼룩이 '진실'이 되려면 우리 자신의 내부에서 그것들을 받아들여야만 한다. 『생각의 탄생』이란 책에서 저자들은 '생산적 사고는 내적 상상과 외적 경험이 일치할 때 비로소 이루어진다.'라고 했다. 외적 경험의 원인 제공자로서 우리는 종이 위에 쓰인 글이나 그림과 같은 얼룩을 인정한다.

크리에이터의 시대다. 크리에이터들은 어느 시대나 존재했지만 오늘날처럼 추앙받는 시대도 드물다. 그러다 보니, 이전 시대의 걸출한 크리에이터들을 무덤에서 일으켜 세워 오늘날 사람들에게 드러내는 일이 많다. 이들 중에는 크리에이터였기 때문에 불행한 인생을 살았던 사람도 많다. 그들의 불행은 인정하지 않는 암울한 사회의 탓이지만, 그의 인생을 모두 아는 우리의 입장에서는 우리가 그가 살던 시대를 살지 않고 있다는 안심과 더불어 그가 이 시대에 왔으면 어떠했을까, 하는 상상을 불러일으킨다. 이런 과정에도 우리가 소환한 걸출한 크리에이터의 면면은

관찰에 성찰이 더해지면 가장 뛰어난 이야기가 탄생한다.

결국 그의 전기나 그가 남긴 작품의 사진이고, 결국은 얼룩져 종이 위에 담겨 있는 외적 경험의 원인 제공자로서 의미 있다.

동생 테오에게 수많은 편지를 썼던 화가 고흐 Vincent (Willem) van Gogh, 1853~1890는 늘 '글을 쓰듯이 그림을 그리는 것'을 원했다. 그리고 어떤 곳에서 그는 이렇게 말했다. "뭔가를 글로 써내려가듯이 뭔가를 그려내기를 원한다." 그의 그림은 결국 글이다. 고흐는 글의 사람이다. 그의 붓질은 투박하고 역동적이다. 그는 그런 글을 우리에게 건넸다. 칠판을 지우지도 않고 판서를 하는 수다쟁이 교사처럼 고흐는 그림으로 수많은 말을 썼다. 그것도 부족해 동생에게 매우 긴 편지, 글씨뿐 아니라 그림도 빠지지 않았던 편지를 썼다. 그의 창조력은 아쉽게도 그의 생전에 빛을 보지 못했고, 그가 죽은 후에 사람들에게 인정을 받는다. 당시 사람들에게 그는 정규 그림수업을 받지 않아 족보가 없는 이상한 화가, 정신이 오락가락하는 화가, 들판에 나가 대수롭지 않은 소재를 그리는 사람일 뿐이었다. 느낌은 뭔가 있지만 망친 그림의 생산자처럼 여겨졌을 것이다. 그를 인정해서 친구가 되었던 고갱 Paul Gauguin, 1848~1903에게도 귀에 들려오는 이상한 소리로 인해 귀를 자르는 위험한 행동은 다시 보고 싶지 않은 감정을 주었을 것이 분명하다. 그러나 그의 그림과 글은 오늘날도 남아서 우리의 마음을 적시고, 그가 추구한 예술의 혼을 짐작케 해준다.

또 다른 종이 위의 얼룩을 찾아보자. 릴케와 로댕은 어떨까? 시인 릴케는 조각가 로댕 Auguste Rodin, 1840~1917을 스승으로 삼는다. 로댕을 만나기 전 릴케는 마음속에 떠오르는 영감에 따라 시를 썼다. 내면의 깊은 연못 속에서 작은 기포 하나가 떠오르면 릴케는 재빨리 그것을 낚아채서 글을 썼고, 그가 남긴 종이 위의 얼룩은 많은 사람이 애송하고 있다. 릴케와 조각의 인연은 그가 조각가인 아내를 만난 것에서 시작되었고, 이어 여러 조각가들을 알게 된다. 그들이 돌에 어떤 형상을 상상하고 돌을 떠내는 과정에서 그 상상이 구체적인 형상으로 드러나는 것을 보고, 릴케는 이것이 시를 쓰는 것과 유사하다고 생각했다. 그리고 마침내 조각의 대가 로댕을 만난다. 로댕은 종이 위에 글을 쓰는 글의 사람 릴케에게 조각이 요구하는 노동을 가르칠 심산이었다. 망치로 끌을 쳐서 돌을 깨내는 작업이다. 릴케는 조각을 배우면서 동시에 로댕의 예술을 탐구했다. 그리고 그는 로댕의 예술을 논하는 『로댕론』을 집필한다. 이런 과정에서 릴케는 단순한 말의 유희에서 벗어나 구체적인 사물로 나아가는 변신을 한다. 그는 사물과 인간의 감성을 조각가가 된 듯이 들여다보게 된다. 카프카가 고립의 세계로 나갔다면, 그는 그것을 깨트리고 세상으로 나왔다.

로댕은 수많은 조각 작품을 남겼다. 초기 작품들은 근육과 힘의 역동성으로 가득하다. 그것은 비록 사실적이나 사물에 불과했다. 그는 모든 노력을 기울여 또 하나의 사물을 만들어낸 것이다. 그것은 비록 아름다운 눈을 가졌으나 볼 수 없었고, 멋진 근육이 있지만 누구 하나 때려누일 수 없었다. 정교한 성기는 아이를 생산할 수 없었다. 이 사물은 창작품일 뿐이고, 그가 쓰는 도구인 정과 망치와 같이 유용하지 않았다. 용도로 가치를 주는 것이 아니라 그저 존재와 이미지로 가치를 지어내는 그런 사물이었다. 쓸모에서 존재로, 사물은 그렇게 로댕의 손에서 재창조 되었다. 릴케는 로댕을 바라보면서 『로댕론』을 통해 사물에 대한 의식을 말한다. 이것은 훗날 하이데거^{Martin Heidegger, 1889~1976} 같은 철학자에게 존재에 대한 성찰에도 영향을 준다. 로댕은 자체로 위대한 조각가이지만, 그에게 잠시 들렸던 릴케라는 글의 사람은 그의 조각품에 가치를 새롭게 입혀 '쓸모에서 존재로' 향하는 가치를 드러내어 사물의 창조를 글로 나타내었다. 우리는 간혹 로댕의 조각전을 보러 간다. 그의 작품이 해외에서 들어오면 전시회의 기간 동안 그의 작품을 직접 볼 수 있다. 그러나 그가 지어낸 사물과의 만남도 특별하지만, 릴케가 쓴 『로댕론』을 읽으며 우리는 로댕의 조각을 다른 차원에서 음미하고 의미를 생각하게 된다. 이것은 그 무거운 수많은 조각품을 옮길 필요도 없이 우리의 손안에 들려진 종이 위의 얼룩이 있기 때문에 가능하다.

또 다른 창조와 관련된 인물, 레오나르도 다빈치Leonardo da Vinci, 1452~1519를 살펴보자. 그의 창조성에도 글의 힘, 종이 위의 얼룩은 위대한 작용을 했다. 자연을 관찰하고, 그리고, 발명하고, 사색한 그는 창의성 면에서 늘 최고의 위치에 자리한다. 그는 과연 왜 그렇게 창의적이었을까, 그 원인을 찾고자 하는 노력도 엄청나다. 다빈치의 창의성의 원천을 탐구하는데 가장 좋은 자료는 그가 남긴 엄청난 분량의 노트다. 그는 어느 과학자보다도 세밀하게 자연을 관찰했다. 유체역학의 역사에서 물의 소용돌이를 최초로 관찰하고 그려낸 사람은 다빈치로 나온다. 물론 다빈치는 그 법칙을 탐구하기보다는 초상화를 그릴 때 곱슬머리를 갖고 있는 사람의 머리카락을 사실적으로 그리는 데 활용했다. 그가 화가로서 늘 중요하게 생각했던 눈의 구조나 신경의 연결도 그가 그린 세밀한 신체 해부도에 잘 나타나 있다. 눈과 관련하여 그는 연구 노트에 이런 질문까지 던진다. '신은 왜 시신경을 온몸에 뿌려놓지 않고, 신체의 특정 지점에 모아놓았을까?' 이런 질문을 바라보면 그는 화가와 과학자, 인문학자의 어느 영역에도 정의되지 않는 융합인임을 알게 한다. 다빈치의 연필 그림은 '은필銀筆'을 사용한 것이 많다. 은필은 한 번 그었을 때 선이 너무 희미해 수많은 연필질을 해야 원하는 형상과 명암이 나온다. 무수한 선 긋기는 자신의 눈으로 들어온 사물을 그리는 것이지만, 그 손길 속에서 사물의 본질에 대해 질문하고 대답하는 치열한 사고의 과정이 깃들었을 것이다. 그림을 그리고, 그림에 대한 설명과 뜻에 대한 논의를 한다는 점에서 그의 연구 노트는 오늘날 과학자의 논문과 유사하다. 뇌 과학자들은 좌뇌와 우뇌의 통합적 활동이 창조성에 큰 영향을 주었다고 생각하기도 한다. 그것은 그가 논리적인 글을 쓸 때 많이 사용된다는 좌뇌와 감성적인 부분에 많이 관여하는 우뇌가 한 장의 종이 위에 동시에 나타나기 때문에, 생각과 형상의 끝없는 교차적 발현이 그를 창조적으로 만든 것으로 생각하기도 한다. 만일 전체 뇌의 통합적 사용의 효과만 말하자면 음악은 전체 뇌를 가동시킨다는 점에서 매우 중요한 창조성의 원천일 것이다.

르네상스의 거장으로 레오나르도 다빈치보다 종종 앞서는 존재로 여겨지는 미켈란젤로Michelangelo di Lodovico Buonarroti Simoni, 1475~1564는 사실 다빈치보다 어린 사람이다. 다빈치가 항상 미완성의 작품을 많이 갖고 있는 것과 달리 미켈란젤로는 뛰어난 작품으로 의뢰인의 마음을 사로잡았다. 그러나 미켈란젤로는 작품 이외에 그를 알 수 있는 기록은 적다. 그는 다빈치처럼 생각에 빠져들어 쓰며 사색하는 스타일이기보다는 말을 잘해서 의뢰인과 소통하면서 의뢰인의 요구를 좀 더 구체적으로 파악하면서 자신의 의도를 설득하여 최종적으로 서로 만족하는 결과를 얻어내는 소통력이 뛰어난 사람이었다. 다빈치도 말이 어눌한 사람은 아니었으니 두 사람 다 소통에 뛰어나다 해도 미켈란젤로가 미술 비즈니스에서는 다빈치를 능가했다. 미켈란젤로는 그의 탁월한 작품으로 인정받지만 다빈치는 그의 작품과 더불어 그가 남긴 사색과 발명의 노트로 우리에게 다가선다. 말의 사람과 글의 사람은 서로 다른 방식으로 자신의 위대함을 남겼다. 그런 면에서 글의 사람으로서의 예술가를 보자면 칸딘스키 Wassily Kandinsky, 1866~1944 도 빼놓을 수 없다. 칸딘스키는 자신이 예술가로서 예술 창조의 신비를 삼각형의 구조를 통해 설명한다. 밑변을 떠나 꼭지점으로 나가는 예술가의 의지는 그만큼 불안해지고, 그 불안과 창조성은 연관된다. 그는 색채에도 깊은 관심을 갖고, 원색에 대하여 역동적인 색과, 정신적인 색, 그리고 그 둘이 결합하여 만들어지는 색의 의미 같은 것을 자세히 글로 남겼다. 그는 예술에서 정신적인 부분이 어떤 것이고, 이것이 어떻게 예술가에게 작용하고 작품에 드러나는지를 심도 있게 고민하고 글을 썼다. 그의 『색채론』은 고흐의 그림을 보면 바로 확인이 된다.

글을 창조하는 작가와 달리, 글이 아닌 사물을 변형하고 제작하는 사람들 중에도 이렇게 글의 사람들이 많다. 그리고 그들은 글을 씀으로 자신의 세계를 확인하고 확장하여 예술로 드러낸다. 피카소 Pablo Picasso, 1881~1973 는 글의 사람일까 말의 사람일까? 이런 이분법적 접근은 불편하긴 하지만 무엇이 좀 더 강한가라는 측면에서 보자면 그도 글의 사람이다. 그는 창조성과 관련해서 수많은 명언을 남겼다. 말이 명언으로 남는 것은 그 말이 일단 글로 저장되어 다시 나올 때 가능하다. 물론 우연히 하던 말에서 채취된 명언도 많을 것이나 명언이 갖는 정제미를 생각한다면 글의 사람이 하는 말일 경우가 많다. 그가 했던 말들을 살펴보자.

"사람들은 캔버스에 그림을 그리는 것처럼 인생을 살아야 한다."
"대부분의 사람들은 '왜'라고 묻는 일에 익숙하다. 그러나 나는 '왜 아닌가?'를 묻는 것에 익숙하다."
"조각은 지성의 예술이다."
"나는 라파엘로처럼 그림을 그리기 위해 4년이란 시간을 소비했다. 그러나 아이처럼 그림을 그리기 위해 평생을 소비했다."

피카소를 글의 사람으로 보는 이유는 그가 시 습작 노트를 썼다는 사실과 더불어 그것이 평생 일기장이기도 했다는 점 때문이다. 그는 심지어 1934년에서 1936년 봄까지 그림 그리기를 멈추다시피 하고는 '시 쓰기'에만 몰두했다. 이 당시 그는 시를 쓰면서 장문의 일기를 쓰곤 했는데 그 문장은 대개 그가 그리고 싶은 추상화를 글로 나타낸 것이 대부분이었다. 그의 어느 날의 일기장이다.

"어슴푸레 남은 눈물과 함께 초상화를 둘러싸고 아나운서들이 웃는다. 우리들이 밤의 봄을 맞이할 이 시간에 내가 쓰는 종이 위로 거미들이 끈 위를 가로질러간다. 검은 지빠귀가 노래하고 나의 세계는 날아간다."

그림을 멈추고 2년여 간 진행된 시 쓰기 작업은 그의 그림이 추상으로 나아갈 수밖에 없었던 이유를 더듬게 해준다.

글을 쓰는 화가, 글을 쓰는 작곡가, 글을 쓰는 무용수, 글을 쓰는 운동 선수…. 작가라는 영역에서 보자면 이들의 글은 수준이 낮고 호응받기 어려운 글들일지도 모른다. 그러나 이들은 자신의 삶에서 글과 인생을 치열하게 접목한 그 진실성으로 글의 잔치가 아닌 진실의 잔치로 나타난다. 그들의 글은 거의 대부분 출판되지 않는 비밀의 것들이겠지만 이들의 작품과 평소의 언행에서 그들이 깊이 고찰하여 내면으로 종이를 얼룩지게 하는 사람으로, 그들의 인생과 그들이 남긴 족적이 다른 클래스임을 금세 알게 해준다. 그리고 우리는 이들을 '창조적인 사람'이라고 부른다.

7장

/

흉내 내기의 비밀

말더듬이가
수다쟁이로 —

말더듬이를 고치면 보통은 수다쟁이가 된다. 말더듬이는 말을 잘 하지 못하는 사람이 아니고 단지 더듬는 사람인데, 그것은 속에 너무나 많은 말이 한꺼번에 폭주해서 말머리를 못 꺼내서 생기는 경우가 많다. 대부분 첫 단어를 발음하는 과정에 더듬기 시작하는데, 그러면 스스로 창피함이 몰려오면서 다음 할 말들이 엉클어진다. 그래서 말을 잘 하지 못하는 사람이라고 스스로도 여기게 되고, 남들도 듣다가 답답해서 대신 말을 해버리니 대화가 엉클어진다.

"아아아아아 아저씨. 그그그그러니까…"; 이런 식이다.

말더듬이가 대화의 주도권을 갖기는 매우 어렵다. 상대방들이 답답해 할 뿐 아니라 금방 자신들의 주제로 몰고 가게 되고, 그냥 맞장구를 쳐주다가 대화가 끝나곤 한다.

지인 중에 한 사람은 정말 말이 많다, 한번 말을 시작하면 길기도 하거니와 말을 속사포처럼 쏘아대서 중간에 끊고 이야기를 한다는 것이 어렵기도 하다. 그냥 들어주면서 고개를 끄덕이고, 긴 말이 끝났을 때 다른 주제를 이야기하는 것이 상책이다. 어느 날, 어떻게 그렇게 말을 빨리 잘하느냐고 물었더니 의외의 말을 한다. 사실 말더듬이었다는 것이다. 그런데 말더듬이를 고치려고 스스로 많은 노력을 했고, 고치고 나니 말을 잘하게 되었다고 자랑한다. 그러고 나서 자세히 살펴보니 그에겐 아직도 말더듬이의 흔적이 남아 있었다. 그가 대화를 하다가 논리에 다소 문제가 발생하거나 난처한 상황이 되면, 그의 입이 뾰족하게 튀어나오면서 오물오물하는 것이 빠른 말더듬의 형태였다. 그는 어쩌면 항상 말을 하려고 할 때 논리가 부족했고, 다소 난처한 상태였던 것 같다. 그래서 말을 더듬었는데, 나름의 방법으로 상대방을 만나기 전에 말을 준비하고, 미리 받을 질문들을 고려하여 난처함을 최대한 없애려는 노력을 했던 것 같다. 그러고 나서 다시 곰곰이 생각해보니 그는 정보력이 뛰어나 항상 사람에 대해 많은 정보를 갖고 있었고, 대화의 주제에 대해 많은 조사를 해놓고 있었던 기억이 난다. 그래서 그런지 말더듬을 극복하고 나서 그는 말을 잘하는 사람을 넘어 열정적으로 설득을 잘하는 사람으로 통한다.

흉내 내기로 완성한
토론왕 ─

　　　　　　　　토론대회에서 대상을 어김없이 거머쥐고 돌아온 청년이 있다. 한번은 대상을 못 받았는데, 나중에 알아보니 너무 한 사람이 계속 대상을 받는 것이 문제가 있어 심사에서 제외했다는 말을 들었다고 했다. 그는 당시에 대학생 토론대회에서 전국을 재패한 인물이었다. 이렇게 토론을 잘하는 말의 사람인 최영환은 필자가 근무하는 포항의 한동대학교에서 공부했다. 한동대학교는 지방도시에 위치했지만 글로벌 대학을 지향하는 관계로 전국에서 학생들이 몰려왔고, 수도권에서 많은 학생이 와서 표준말이 사용되고 있었다. 그는 부산 출신인데, 한 번도 겪지 못한 열등감이 생겼다. 수업시간에 발표를 하거나 토론을 하면서 자신이 사용하는 경상도 사투리가 잘 먹히지 않는다는 생각을 했다. 사투리보다는 논리가 더 문제였겠지만, 당시 그는 사투리 때문에 손해가 많다는 생각이 컸다. 그리고 가만 생각해보니 이곳이 경상도인데, 경상도에서 경상도 사투리를 쓰는 것이 손해라니 억울한 생각에 학교를 그만두고 싶은 생각이 들었다. 수업시간에 논쟁에서 지고 나서는 수업에 들어가고 싶은 마음도 사라져서 기숙사에 눌러앉아 서러움에 눈물이 나기까지 했다고 한다.

그는 자신의 말투부터 모든 것을 다 뜯어고치기로 결심을 했다. 인터넷을 뒤져서 억양을 교정하는 방법을 찾아보았고, 누군가 아나운서를 흉내 내라는 방법을 알려주어 따라 해보고자 했다. 그는 당시 자기가 생각할 때 정말 배우고 싶은 앵커가 있었는데, 이인영 앵커였다고 한다. 그는 이인영 앵커가 뉴스를 전하는 시간에 그 방송을 녹음하고 그것을 녹취했다. 그러고는 그 녹취록을 읽으면서 이인영 앵커를 흉내 냈다. 이 흉내 내기는 나름 효과가 있어서 시간이 지나면서 점점 뉴스 아나운서의 빌음이 니오기 시작했다고 한다. 더욱이 흉내 내기 과정에 말을 하는 순서 같은 것이 있다는 것을 알게 되었고, 뉴스 시간에 앵커가 어떻게 말을 시작하고, 어떻게 팩트의 순서를 잡아 주장을 펼치는지 구조를 스스로 깨닫게 되었다고 한다. 그런데 경상도 사투리 억양은 많이 잡혔지만 아직도 어색한 구석이 있었다. 그는 또 어디선가 볼펜을 입에 물고 발음을 해보라는 방법을 찾아내서 이것을 열심히 했다고 한다. 그가 이십여 년간 사용해온 발음 습관이 만든 입주변의 근육을 개조하는 훈련이었다. 그는 이인영 앵커의 뉴스를 외우다시피 해서 혼자 있을 때나 숲길을 산책할 때, 마치 뉴스의 앵커가 된 것처럼 말을 했다. 최근 이슈를 하나 잡아 멘트를 시작하고, 중간에 기자를 불러내는 일인 다역으로 기자가 되어 팩트를 말하고 나면, 다시 앵커가 되어 멘트를 하는 식으로 모의 뉴스 앵커를 했다. 무수한 모의 앵커놀이는 그에게 어떤 주제를 시청자에게 전달하기 위해 어떤 방식으로 어떤 표정과 말투로 해야 하는가에 대한 실제적인 감각을 알게 했다.

고통의 시간이 지나고, 그를 모르는 학우들이 그가 수도권에서 온 학생이라고 여기게 될 무렵, 그는 발표나 토론에서도 발군의 실력을 발휘하게 되었다. 이인영 앵커 흉내 내기는 이렇게 강력한 효력을 발휘하기 시작한 것이다. 이때 마침 전국 학생 토론대회가 생겼다. 그는 이곳에 나가 다양한 주제를 놓고 다양한 상대와 토론을 했고, 매번 승리하여 마침내 대상의 영예를 얻었다. 그러나 대상을 받고도 그는 단지 재수가 좋았다고 생각했다. 정말 내가 토론을 잘하는지 다시 한 번 확인하자는 마음에 다음 해에도 출전을 했고, 역시 대상을 차지했다. 그래도 한 번 더 확인하고자 한 그다음 해의 출전에서 그의 이름은 수상자 명단에 없었다.

대신 선정위원의 심사평에서는 "최영환 씨는 올해도 대상에 해당하나 연이은 대상 수상으로 평가에서 제외했다."는 것이었다. 그는 KTX를 타고 돌아오는 길에 기차 안에서 울었다고 한다. "이제 나는 대한민국에서 가장 말 잘하는 사람이 되었다." 기숙사에서 사투리로 고민하며 울었던 시절이 주마등처럼 스쳐지나갔고, 그는 앵커 흉내 내기로 마침내 말의 사람으로 자신을 바꾸어냈다.

큰소리학교 학생: 링컨 ─

에이브러햄 링컨은 미국의 자랑스러운 대통령 중의 한 사람이다. 그는 남북전쟁을 승리로 이끌며 노예해방과 더불어 미국을 하나의 나라로 통합해낸 위대한 대통령이다. 링컨이 처음 알파벳을 배운 것은 15세이니, 우리 나이로 하자면 고등학교 1학년이 될 때까지 학교를 다니지 못하고 숲속에서 아버지를 도와 나무꾼을 한 것이다. 그가 처음 다닌 학교는 지구가 평평하다는 생각을 갖는 특정 종교의 교리를 전파하기 위해 만들어진 미인가 학교였다. 그 학교에서는 큰소리로 책을 읽어야만 했기에 '큰소리학교'로 알려졌다. 모든 학생은 큰소리로 책을 읽어야했기에 1마일 떨어진 곳에서도 학생들의 책 읽는 소리가 들릴 정도였다.

큰 소리로 책을 읽는 것은 눈으로 책을 읽는 것과 다른 효과를 준다. 그것은 바로 말하기와 듣기를 모두 개발시켜주는 효과다. 링컨은 학교에서 배운 대로 집으로 돌아오면 숲속에서 큰 소리로 책을 읽기도 했고, 자기의 생각을 노트에 적어 큰 소리로 읽었다. 물론 청중은 다람쥐나 나무 이파리들이었지만 링컨의 큰 소리 읽기는 그가 정치가로서 연설과 수많은 회의에서 사람들을 설득하는 말의 사람으로 만들어주는 데 큰 역할을 한 것은 분명하다. 자신의 목소리로 크게 책을 읽으면 저자의 말투와 나의 말투가 부딪치며 '이런 말은 이렇게 하는 것이 더 좋다'는 생각이 들기도 한다. 여기서 자신의 말투와 자신의 문체가 탄생한다.

다차원의 흉내 내기: 성대모사 ──

연예인들 중에는 성대모사의 달인들이 많다. 소리만 듣고 있자면 정말 구분이 가지 않을 정도다. 사람마다 말하는 방식과 사고방식이 다른데, 성대모사의 달인들은 그 사고방식의 특징을 잘도 잡아낸다. 개그맨 중에 성대모사의 달인으로 정평이 난 정성호 씨는 다양한 프로그램에서 그의 재주를 마음껏 선보였다. 특히 목소리만 흉내내는 것이 아니고, 행동거지나 표정까지 흉내를 내서 감탄을 자아내는데, 그가 이렇게 된 것에는 이유가 있다.

그는 기본적으로 몸에서 소리가 나므로 울림통을 모사하고자 하는 대상과 비슷하게 만드는 것에 집중한다고 한다. 그것은 체형, 몸짓, 표정에 이르는 외형적인 부분이다. 그리고 물론 목소리 톤, 말투, 억양 등 모든 것을 담아낸다. 아무 말이나 다 할 수도 있겠지만 특징지어주는 말을 여러 번 반복적으로 연습하다 보면 대상의 사고방식이나 말하는 방식을 익히게 되어, 다 같은 말이라도 모사하고자 하는 대상의 특징을 잡고 목소리와 말투를 잡으면 생각도 잡아질 수 있을 정도가 된다. 정성호 씨가 머리가 좋을 것이란 생각은 지나치지 않다. 실제 그는 아이큐가 140에 중학교 때는 전교 1등을 할 정도였다는 것은 잘 알려진 일이다. 실제로 그는 성대모사를 머릿속에서 대상의 목소리가 환청처럼 들리는 빙의가 혹은 신내림 같은 일이 일어나야 한다고 했다. 이 정도가 되려면 성대모사 하나를 위해 6~7개월의 시간이 소요된다고 했다. 이런 노력 없이는 사람들에게서 웃음을 얻어낼 수가 없다고 한다. 성대모사는 모사하고자 하는 대상에 대한 다차원적인 흉내 내기다. 성대모사는 사람들에게 즐거움을 주는 재주 중에 하나이지만, 말 습관을 개조할 수 있는 좋은 열쇠다.

모창은 나의 힘:
독학 성악가 —

가끔 비슷하나 다른 이름을 갖는 가수들이 있다. 나후나, 너훈아, 페튀김, 이런 식의 이름이다. 이들은 모창 가수들이다. 원래의 가수들이 서지 않는 무대에 서서 그 가수들 대신 불러주는 노래는 왠지 아련하다. 그리고 사람들은 잘 불렀다고 박수를 치기보다는 비슷하다고 박수를 쳐준다. 그런데 이들의 노래를 듣고 있다 보면 정말 원래 가수를 잘도 흉내 낸다. 생김마저도 비슷하게 변한 것 같다. 이렇게 되기까지 얼마나 많은 흉내 내기의 노력을 했을까?
클래식 성악은 좋은 음악 학교에서 정식으로 배워야만 할 것 같지만 이

분야도 모창으로 어느 수준에 도달한 사람들이 종종 발견된다.

한국의 폴포츠라고 불리는 최성봉 씨는 고아원에서 자라다가 부당한 대우에 탈출을 해서 껌팔이를 비롯한 생활을 하던 중에 루치아노 파바로티의 목소리에 반해 그의 노래를 들으며 흉내 내기를 했고, 그 흉내 내기의 끝에 스스로 고음을 열었다. 그를 교회로 인도했던 성악가 박정소 씨의 권유로 2011년 tvN의 오디션 프로그램 〈코리아 갓 탤런트Korea's Got Talent〉에서 준우승을 했다.

폴포츠의 등장은 이보다 전이었고, 매우 극적이었다. 그가 2007년 스타 발굴 프로그램인 영국 ITV의 〈브리튼스 갓 탤런트〉에 처음 등장했을 때, 그의 직업은 휴대전화 외판원이었고, 몸집은 작고 뚱뚱했고, 얼굴은 잘 생기지 않았다. 이도 가지런하지 않아 노래를 부를 때 표정도 어색했다. 그러나 그가 뿜어내는 탄탄한 테너의 고음은 평가자들을 놀라게 했다. 그는 이전에 마트에서 일을 하면서도 성악에 도전했지만 오디션에서 번번이 낙방했고, 심지어 그의 외모는 청중에게 모욕이란 말까지 들었다. 그러나 그는 포기하지 않고 자신의 소리를 갈고 닦았다. 그는 노래로 세상에 나왔지만 말이나 글도 같은 정도의 노력을 요구한다. 어느 날 갑자기 말이 잘 되거나 글이 술술 써질 것이라 생각하는 것은 망상이다. 그가 건물 옥상을 무대 삼아 끝없이 불렀던 노래만큼 아무도 듣지 않는 빈 공간에서 자신의 말을 건네고, 자신의 글을 쓰고 고치는 일은 그것이 아무도 몰라주는 헛된 노력으로 끝날지라도 반드시 거쳐야 하는 수련의 과정이다.

셀프 첨삭으로 이뤄낸 글:
벤자민 프랭클린 ―

벤자민 프랭클린Benjamin Franklin, 1706~1790은 말
도 잘하고 글도 잘 쓰는 언서인言書人이다. 그가 이렇게 된 것에는 타고난
면도 있지만 노력을 빼놓을 수가 없다. 그는 열세 명의 형제 중에 막내로
태어나, 노쇠한 부친은 한 명은 하나님에게 드려야 한다는 거룩한 생각
으로 그를 라틴어 학교에 보냈지만 1년 정도만 뒷바라지를 하고는 그만
더 이상 교육을 시키지 않았다. 학교교육을 받는 대신 그가 보내진 곳은
큰형이 운영하는 인쇄소였다. 거기서 그는 밥을 얻어먹으며 견습공 생
활을 했다. 다른 노동자들이 일이 끝나면 놀러가는 대신 그는 자신을 개
발하는 일에 몰두했다.

그가 어느 날 우연히 발견한 것은 형의 사무실에 있던 영국의 『스펙테
이터』라는 잡지였다. 그는 비록 인쇄와 관련하여 활자를 따는 일이나 제
본 같은 노동을 했지만 『스펙테이터』를 읽는 순간, 자신이 사용하는 말과
글의 수준이 이에 훨씬 못 미치는 형편없는 것임을 깨닫는다. 그는 영국
의 지식인들의 말과 글을 배우고 싶었고, 비록 학교를 다니지 못했지만
언젠가 그들과 같은 사람이 되고자 했다. 그가 택한 길은 스스로 자신을
개발하는 것이었다. 그는 『스펙테이터』의 특정 에세이를 꼼꼼히 여러 번
읽었다. 그러고는 조그만 수첩에 그 제목과 주요 논지와 키워드를 적었
다. 얼마 지나서 『스펙테이터』의 글이 머릿속에서 잊히면, 그는 수첩을 꺼
내서 써놓은 제목과 키워드를 중심으로 글을 썼다. 그러고는 자신의 글
을 원글과 비교하면서 수정을 했다. 이것은 또 다른 차원의 흉내 내기다.

그는 많은 날을 혼자 이렇게 자신의 글을 스스로 첨삭지도 했다. 그리고 얼마 후 그가 바라던 바대로 『스펙테이터』의 글 냄새가 물씬 풍기는 자신의 글을 쓰기 시작했다. 형이 출판한 신문에 가끔 원고가 동이 나면 가짜 필명으로 그는 글을 써서 채웠는데, 사람들의 반응이 매우 좋았다. 그는 자신의 글이 세상에 통하게 되었다는 사실을 20살이 되기 전에 깨달았다. 그는 글의 사람이 되고자 노력하면서 동시에 말의 사람이 되었다.

서예훈련의 비밀: 임서 —

말 잘하기, 글 잘 쓰기는 분명 수련을 요구한다. 누구나 말을 하고 글을 쓰기에 그냥 하면 된다고 하지만 수련을 하는 사람을 당할 수는 없다. 테니스도 그저 공과 테니스 라켓을 주면 누구나 칠 수 있다. 제법 게임에서 승리도 하고 즐거운 운동생활을 즐기기도 한다. 그러나 대부분 권하는 것은 레슨을 받아보라는 것이다. 혼자 하다 보면 공은 넘기고 공격도 하지만 다소 이상한 자세가 굳게 마련이다. 그래서 자세교정을 잘 받으면 훨씬 강력한 서브를 하게 되고, 힘을 덜 들이고 공격과 방어를 하게 된다. 그런데 이 레슨은 스승을 필요로 한다. 말이나 글쓰기의 스승을 발견하기는 쉽지 않다. 물론 말하기 학원도 있고, 글쓰기 학교도 있다. 그러나 이런 곳은 정말 말로 먹고 살겠다거나 글로 이름을 얻겠다는 굳은 결심을 한 사람들이나 찾아가야 할 곳처럼 보인다. 우리 같은 일반인들에게 적절한 방법은 무엇일까?

독하게 독학하는 게 정답이다. 서예도 서예학원도 있고 선생님이 있다. 그런데 서예에서 어김없이 요구하는 것은 '임서臨書' 수련이다. 임서는 빼어난 서예가의 글을 보고 베껴 쓰는 것이다. 이를 위해 교본도 참 많이 나와 있다. 한자 서예를 하자면 구성궁체, 안진경체, 왕희지체, 조맹부체 등 다양한 서체의 서본書本들이 있다. 이것을 보면서 붓을 놀려 글을 흉내 낸다. 서예는 붓에 먹을 찍어 화선지에 쓰는 단순한 행동이지만, 어떤 획을 그대로 하기 위해서는 붓을 잡는 손부터 붓끝과 종이가 닿는 면적과 깊이, 속도, 이 모든 것이 맞아야 한다. 물론 선생이 있으면 이것을 가르쳐주어 시행착오를 없애주겠지만, 혼자 공부한다고 하면 너후나가 나훈아를 흉내내듯이 쓰고 또 써서 붓이 가는 길을 체득해야 한다. '붓 길'이 바로 '서도'가 아닌가? 그 도에 이르지 않으면 절대로 그 글씨가 나오지 않는다. 이런 지난한 과정을 임서라고 한다. 임서의 임臨은 임할 임 자로 신하 신臣 변을 갖는데 신하의 주 임무가 살펴보는 것이므로 품品을 살피는 것이다. 품이란 자잘한 것으로 구성되어 있으니, 임할 임 자는 자잘한 것까지 살피는 것을 의미한다. 임서는 자잘한 것까지 살펴서 쓰는 것을 의미한다.

임서에는 세 단계가 있다고 한다. 이것이 앞서 말한 많은 말과 글의 모방으로 자신의 세계를 만들어낸 사람들의 이야기와 연관된다는 것이 필자에겐 흥미롭다.

임서 1단계는 '형임形臨'이다. 이것은 그저 수본繡本의 형태를 그대로 본 뜨는 것이다. 실제로 붓의 길이 정확치 않아도 일단 형태는 같아야 할 것이다. 대부분의 서예 수련은 형임에서 그친다.

임서 2단계는 '의임意臨'이다. 이것은 단순히 형태만 본뜨는 것이 아니라, 수본의 필의筆意까지 알고자 하는 노력을 요구한다. 이것은 글을 쓰되 그저 비슷하게 하여 그 교묘함을 자랑하는 것이 아니라, 그 원래의 뜻을 알기 위해 의심하고 의심하여 뜻을 헤아리는 것을 선으로 여기는 것이다. 도에서 선으로 나간다.

임서 3단계는 '배임背臨'이다. 이제 더 이상 수본을 보지 말고 등을 돌리는 것이다. 이제 배반하여 자기의 글을 뽑아내는 것이 임서의 본래의 목적이다. 서예를 하다 보면 수많은 임서 끝에 자기 서체가 탄생한다고 말한다.

말하기 수련도 글쓰기 수련도 이러하리라. 흉내 내기로 빙의에 이르는 교묘함에 도달한 것에서 한걸음 더 나아가 그 말과 글의 뜻의 바름에 질문을 던지고 던져, 그 사람으로서는 그렇게 말하고 그렇게 쓸 수밖에 없다는 의임에까지 이르고 나면, 이제 나의 말과 글을 토해내는 배임의 세계로 넘어 나와야 할 것이다.

이러한 모방은 그저 서당의 머리 땋은 서동들만의 몫이 아니었다. 소동파는 늘 고서의 글씨를 벽에 붙여놓고 이를 살펴보았다. 글의 획이 어디서 움직이고 어디서 머뭇거리는지를 눈으로 보고 마음으로 수없이 모방하고 속으로 그려보아 비로소 붓을 잡고 획을 쳤다. 그는 이 행동에 자신밖에 없는 것이 아니고 타인도 있고, 자신도 있어 고첩古帖의 스승만을 의지하지 않는다고 했다.

북송시대의 황백사라는 사람은 흉내 내기를 구분하여 설명했다. 그는 사람들이 임할 임臨과 베낄 모摹를 구분하지 않는다는 점을 지적하면서 이렇게 설명했다. '임'은 글씨의 원본인 고첩을 펴고 그 옆에 종이를 펼치고는 고첩에 쓰인 글씨의 형세를 보면서 쓰는 것인데, 마치 못가에 임한 것 같다 하여 임이라 한다고 했다. 반면 베끼는 것 즉 '모'는 고첩 위에 얇은 종이를 올려놓고 글자를 연필로 위형을 그리거나 바늘로 찔러 형을 뜨는 것이다. 그러니 모는 그대로 베끼는 것이고, 임은 흉내 내기가 된다. 간혹 글씨를 나무에 새기는 장인을 보게 되는데, 나무 위에 글씨를 붙이고 그 형을 베낀 뒤에 끌로 나무를 따낸다. 그래서 언제고 모방된 본이 필요하나 임은 흉내 내기로, 같아지려고 하나 언제고 다른, 그런 흉내 내기다. 그래서 임서는 자신의 서체를 탄생시킬 수 있다.

서예를 서양인들은 캘리그라피caligraphy라고 부른다. 이는 그리스어로 아름다움을 뜻하는 칼로스kallos와 글씨를 말하는 그라피아의graphia 합성어로 아름다운 글쓰기를 말한다. 서양 알파벳도 캘리그라피는 나름의 법도가 있고, 다양한 서체가 존재한다. 당초 모든 캘리그라피는 손글씨였지만, 16세기 이후 인쇄술이 발전하면서 손글씨는 메뉴스크립트manuscript로 좀 더 치장된 인쇄용 캘리그라피로 구분되기 시작했다. 손글씨가 보여주는 다양한 개성은 글쓴이의 성격과 인품까지도 느끼게 한다.

말처럼 글쓰고
글처럼 말하기 ─

글을 잘 쓰는 사람과 만나 이야기를 하고 나

서 그가 쓴 책을 꺼내 읽어보면 그의 목소리가 들리는 것 같은 착각이 든다. 이 경우 작가는 독자에게 말을 하듯이 글을 쓴 것이고, 그 글은 그렇게 그의 말투와 느낌을 고스란히 전한다. 이런 책들은 독자에게 쉽게 다가간다. 글의 수정을 위해 쓴 글을 큰소리로 읽을 것을 권하기도 한다. 자기가 쓴 글을 읽다 보면 어색한 표현도 발견되지만, 무엇보다도 발음이 잘 되지 않거나 읽는 흐름이 부드럽지 않은 것을 잡아낼 수 있다.

언변이 뛰어난 사람 중에는 말을 하면서 논리를 세워나가고, 상대방의 반응을 보면서 힘주어 말하거나 반복하여 강조하는 등 다양한 방식을 사용한다. 그러나 종종 많은 이야기를 했지만 주장하는 것이 정확히 무엇인지 파악되지 않는 경우도 많다. 말할 때 조금이라도 논지를 수첩에 메모하고 그것에 따라 논리를 펼치면 조리 있는 말이 된다. 그러나 글을 써서 줄줄 읽는 것은 좋지 않다. 글은 단어 선정이나 문장의 형식으로 강조를 하기도 하고 느낌을 전달하지만, 말을 하는 것은 표정과 음성, 말의 속도 등 다양한 방식으로 의미를 전달할 수 있기 때문이다. 눈이 텍스트에 달라붙는 순간, 이 모든 것은 사라진다. 얼굴은 무표정으로 근엄해지고, 또박또박 책 읽는 듯한 연설은 감동이 없다.

글처럼 말하기는 하고자 하는 말을 일단 글로 쓰고, 문장을 다듬고 나서 많이 연습하는 것이 좋다. 반복해서 말하다 보면 글을 보지 않게 되고 더 자연스런 표정과 자신만의 말투가 나온다. 청중의 눈망울과 마주치면서 공감이 더 깊어지면 글에 없던 비언어의 말도 해줄 수 있다. 물론 이때는 말로 인한 실수가 생기지 않도록 조심해야 할 것이다.

간혹 방송에서 청중 없이 하는 강연을 보게 되면 연사가 베테랑인지 아닌지 금방 알 수 있다. 아무 표정 없이 책을 읽는 것처럼 강연하는 사람은 십중팔구 초보자다. 스크립트를 써놓고 그것을 읽는데 너무나 읽기에 집중해서 말하기와 완전 거리가 먼 상황을 연출하는 탓이다. 요즘 비대면 강의가 넘치는 상황에서 사람보다 카메라와 마이크를 바라보며 웃고 울며 강연을 하는 사람들이 늘어나고 있어 이런 문제는 많이 감소하고 있지만, 보이지 않는 상대를 향해 손짓 발짓을 하면서 강연을 하려면 많은 훈련이 필요하다.

어느 경우나 말 잘하기는 기본 텍스트를 숙지한 후, 텍스트를 떠나야 한다. 더 이상 읽을 필요 없이 입에 붙어 나오게 하면 몸은 자연스럽게 반응하면서 말하기는 힘을 얻는다.

말과 행동이 만나
신뢰를 본다 ─

사람은 영물이라 너무나 신기하게도 사람을 만나면 금세 상대방에 대한 느낌을 갖는다. 말은 잘하지만 믿을 수 없는 사람, 말은 어눌하지만 진실한 사람, 소리는 큰데 겁이 많을 사람, 조용한데 한번 화나면 감당이 안 될 사람…. 이 모든 판단은 어떤 논리 체계가 있다기보다 살아오면서 겪은 무수한 경험에 근거하고, 설명이 되지 않는 생물학적 끌림이나 배척으로 생기기도 한다.

사람이 하는 말을 잘 들어보면 그가 하는 말이 자신의 삶과 일치하는지 아닌지 알 수 있다. 슬픈 이야기를 하면서 짓는 표정은 다양하다. 거짓으로 울먹이는 것과 정말 슬픔을 견디며 하는 말은 차이가 있다. 순간 스치는 그 묘한 표정에서 우리는 그 사람의 진위를 가려낸다. 그래서 눈동자는 마음을 말해준다.

우리는 말하는 사람 혹은 글 쓰는 사람을 유심히 살펴보는 경우가 있다. 그가 정말 그 말처럼 그 글처럼 살고 있는가를 살피게 된다. 간디는 비폭력 무저항의 운동가다. 그래서 사람들은 혹시 이 사람에게 폭력이나 저항이 있는지 우선 살피게 될 것이다. 어떤 학부모가 사탕을 너무 먹는 아이가 있었는데, 그 아이는 간디를 몹시 존경했다고 한다. 그래서 간디를 찾아와서 선생께서 이 아이에게 사탕을 먹지 말라고 해주시면 아이가 선생을 존경하니 틀림없이 사탕 많이 먹는 버릇을 고칠 것이라 하면서 부탁을 했다고 한다. 간디는 머뭇거리더니 지금은 할 수 없다고 했다. 학부모는 비폭력 무저항을 강조하는 사람이 이런 작은 청 하나를 들어주지 못하는 것에 서운해 했다. 그리고 얼마 후 간디는 그 어린아이에게 사탕을 먹지 말라고 말해주었다고 한다. 진작 해주지 왜 뜸을 들였냐고 학부모가 볼멘소리를 하자, 간디는 웃으며 그때 당시에는 자기가 사탕을 먹고 있어서 사탕을 끊어야 말할 수 있다고 생각했기에, 이제 사탕을 안 먹고도 살 수 있어서 아이에게 말할 수 있게 되었다고 했다. 이 일화는 작지만 큰 울림을 준다. 많은 말을 하는 지도자들의 일상이 자신의 말과 일치 하지 않을 때, 우리는 실망하게 되고 그를 믿지 않게 된다.

최근 정치인들의 언행불일치는 사회문제가 되고 있다. 국가가 위중한 시기에 이런 이유로 지도력을 상실하고, 이것을 정쟁의 도구로 사용하면서 사회는 혼란에 빠진다. 남을 공격한 그 말이 자신에게 그대로 돌아오는 경우가 너무 많다. 그런 모습을 보면서 마을 잘하는 말의 사람들이 모여 있는 국회에서 저렇게밖에 말을 못하나, 하는 말들이 여기저기서 들린다.

책을 쓴다는 것은 더 큰 인생의 시험대다. 나는 아주 오래전에 『탁월함에 이르는 노트의 비밀』이란 책을 썼다. 문제는 '탁월함'이란 단어였다. 그 책은 나의 탁월함을 이야기한 것이 아니고, 탁월한 사람들이 갖고 있던 노트에 대한 이야기였다. 그러나 독자나 그 책을 읽지 않고 제목만 본 지인들은 영락없이 내가 탁월한 사람인가에 대한 궁금증을 갖고 있었다. 강연 요청이 와서 뉴턴이나 레오나르도 다빈치 같은 사람들의 탁월함과 노트를 이야기하면서 매우 즐거웠지만, 항상 듣는 질문은 "쌤은 어떻게 노트를 쓰고, 그래서 어떤 탁월함을 만들었나요?" 하는 것이었다. 급기야 어느 출판사에서 '탁월함이란 무엇인가'라는 제목으로 책을 써달라는 부탁을 받았을 때 정말 많이 당황했다. 저는 탁월하지도 않고, 탁월함이 무엇인지 알지 못한다고 말해도 소용이 없었다. 『탁월함에 이르는 노트의 비밀』이란 책이 많이 팔렸으니 탁월함이란 무엇인지 생각 좀 해보고 책을 써달라고 하여, 무거운 마음으로 책을 썼던 기억이 난다.

사실 탁월함은 일생을 던져 만들어가는 것이니 아직 완성되지 않은 인생에서 이것을 말하기는 어려웠다. 만일 내가 김연아 선수였다면 그 탁월함을 입증한 후이니 얼마든지 탁월함을 말할 수 있을 것이지만, 〈아직

공사 중 – 통행에 불편을 드려 죄송합니다〉 수준의 사람이 말할 수 있는 자신의 탁월함이란 그저 언제고 '저의 꿈은 이것입니다'라고 하는, 누구나 하는 말밖에 없었기 때문이다.

탁월함을 말했기에 탁월함으로 나가야 하는 인생이 되어버렸다. 그리고 그 탁월함은 무지개 같은 것이어서 어디에 도달하면 벌써 저만치 멀리 달아나 있었다. 누군가 이것을 '에고 과잉'이라 말해주었다. 남이 나를 어떻게 보는가에 집착하는 에고 과잉은 결국 자신을 파괴하고 주변 사람도 파괴하는 흉측한 일이라고 했다. 나는 책을 한 권 내고는 '탁월함'이란 바위에 눌려 숨도 못 쉬는 꼴이 되었다.

그리고 시간이 지나가던 중에 〈세상을 바꾸는 15분〉이란 방송에서 연락이 왔다. '노트쓰기' 관련해서 강연을 해달라는 것이었다. 원고를 준비하고 이것을 반복해 읽으며 텍스트에서 떨어져 자유로운 몸이 되려고 했다. 스피치 코칭을 해주는 〈폴 앤 마크〉의 최재웅 대표가 내 스크립트를 봐주었다. "교수님 이 부분에서 잘난 척을 한번 해주셔야 해요. 그리고 이때 박수가 나오는 거죠…" 15분의 짧은 시간에 노트쓰기를 이야기하면서 나도 노트쓰기로 한몫 봤고, 이렇게 탁월해졌다고 말하는 것이 당연한 요청이었다.

나는 갑자기 탁월함의 바위가 가슴을 눌러 숨도 못 쉴 것 같은 생각이 들었다. 그냥 포기할까? 내가 논문을 몇 편 쓰고, 뭐가 되고, 이런 저런 상을 받았다고 말하면 될 일이지만 대학교 교수가 초등학생도 아니고 그런 것을 말하면 창피한 일인 것 같았다. 그리고 그렇게 말해도 그보다 더 잘하는 사람들이 부지기수가 아닌가? 노벨상을 받은 것도 아니고, 국가 과학자가 된 것도 아니지 않은가? 탁월함이란 단어가 이렇게 짓누를지 정말 몰랐다.

나는 박수 대신 나의 가장 수치스런 일을 말하기로 결심했다. 내가 평생 언제 이런 자리에 설까? 기왕이면 솔직히 고백하고 적어도 내가 허풍장이가 아니라, 탁월하진 않지만 진실되게 인생을 살려고 노력한다는 인상만이라도 알리고 싶었다. 그래서 연구 능력을 완전히 상실하고 자살을 결심하던 시절의 이야기를 넣었다. 사실 이 시절의 이야기는 너무나 아파서 말하다가 실수할 것이 분명했지만 그것을 말했고, 유서를 쓰다가 나에게 생긴 한 가지 탁월한 능력, 글을 몰아서 엄청 많이 써대는 것을 알게 되었다는 이야기를 했다. 그것도 탁월한 것인지 모르겠지만 나보다 더 글을 잘 쓰는 사람들이 천지에 널린 세상에서 그래도 죽을 생각까지 했던 사람이 하는 말이니 용서해주겠지, 하는 마음이었다.

탁월함에 이르는 노트의 비밀을 쓴지 13년이 지났지만 나는 지금도 '탁월함'이란 단어에 가위눌린다. 그리고 언젠가 이 못난 사람에게도 탁월함이 찾아오기를 소망한다.

자신에게 속지 않는 백신:
성찰 ——

재정이 넉넉지 않은 대학에서 학생을 가르치다 보니 여러 가지 일들을 겪는다. 그중에 하나는 큰돈을 벌게 해준다고 총장님께 다가서는 사람들이다. 돌아가신 김영길 총장님에게는 유달리 그런 사람들이 많이 접근했다. 총장님은 많은 경우 나에게 그 사람들을 만나서 일이 잘 되도록 해보라고 하셨고, 나는 그 사람들을 만나 하나하나 이야기를 듣고 사실관계를 확인했다. 진위를 알기 위해 간이 실험도 하고는 했다. 그런데 한 가지 놀란 것은 이런 사람들이 정말 '천재급'이란 것이다. 어떻게 그렇게 이것만 되면 정말 세상이 달라지리라는 것을 알아채는지, 그리고 얼마나 자신감에 넘치는지 알 수가 없을 정도다. 한 사람은 물리적 원리로 안 되는 것을 된다고 하면서 일을 벌이고 있었다. 처음에 듣고는 정말 대단한 것이라 생각을 했지만, 한참 후에 하나하나 보다 보니 여러 가지 문제가 생겼다. 그중에 한 문제는 물리법칙상 안 되는 부분이었는데 그 사람은 이것이 된다고 확신을 갖고 있었다. 그리고 정말 진지하게 믿어버리는 것을 보았다. 그는 자기 자신도 속인 상태인지라 그의 언과 행은 정확히 일치했다. 언행이 일치하고 신념에 넘치니 사람들은 그를 만나면 깜박 속아 넘어갔다. 그는 항상 웃고 자신감에 넘쳤고, 나는 항상 생각이 부족하고 의심이 많은 사람이 되었다. 그가 틀렸다는 것이 나타나는 데는 정말 오랜 시간이 걸렸다. 다행히 사람들에게 피해는 주지 않았기에 망정이지 정말 위험한 일이 아닐 수 없다.

오늘날 우리는 종종 자기 자신마저 완전히 속인, 확신에 찬 사람들을 많이 본다. 상대방을 나쁜 사람으로 단정하고 그것이 분명하다고 생떼를 쓰는 사람들을 많이 본다. 진보와 보수로 양분된 사회에서 지도자들은 이렇게 자기 자신도 완전히 속인 맹신으로 사람들을 이끈다.

이것은 정말 성찰의 부족이 아닌가 생각된다. 스스로를 속인 그릇된 신념은 바이러스처럼 다른 숙주를 찾아 확산된다. 말도 되지 않는 이야기도 여럿이 모여 말하면 정말처럼 들린다. 음모론이 도처에서 일어난다. 더욱이 유튜브는 어떤 주제의 영상을 보고 나면 비슷한 키워드의 영상을 추천하기 때문에 그 생각에 점점 확증을 갖게 된다. 유튜브가 만드는 확증편향의 피해는 심각하다. 이것이 점점 사람들의 생각을 속여 스스로 속이게 만든다.

스스로 속이는 것을 막는 유일한 길은 성찰이다. 자신이 한 말이나 글을 성찰하고 고민하는 것이 그것이다. 이것은 인문학의 기능이다. 인문학은 그래서 한 사회나 시대에 그릇된 사상의 바이러스를 발견하고 퇴치하는 백신이다. 자신이 한 말을 곰곰이 돌아보는 것, 그리고 너무나 확신에 차서 말하는 사람에 대해 의심해 보는 것은 중요하다. 자신을 포함한 세상의 모든 말을 하는 플레이어에게 한번쯤 의심을 걸고 성찰하는 것이야 말로 우리의 언어생활과 글쓰기 생활에 가장 중요한 일이 아닐까 한다.

슬기로운 언서생활을 위한
말조리 복조리 ──

우리의 생각은 언어로 피어난다. 말을 하는 것은 생각을 피어내는 일이다. 그리고 말을 하는 동안 시간은 덩어리진다. 그래서 말을 하는 동안에 우리는 현재에 깃들 수 있다. 아직 말이 끝나지 않았다면 아직도 현재다.

우리는 말만 하는 것이 아니라 말의 불꽃을 글로 기록한다. 글로 기록하고 나면 피어난 생각은 현재를 넘어 미래로 나아간다. 글을 쓰는 것은 불멸로 나가는 행위다. 그러나 '말로써 말 많으니 말 말을까 하노라' 하는 옛 어른들의 말처럼 말은 씨가 되기도 하고 온갖 문제를 불러오기도 한다. 조리 있는 말을 한다면 말은 정겨운 담소와 문제를 해결하는 도구가 될 것이다.

'말조리'는 조목조목 이치에 맞는 말을 의미한다. 그런데 말조리를 만들려면 말 속에 들어 있는 틀린 말을 골라내야 한다. 이것을 위해 근대사회를 열어낸 사상가 데카르트는 위대한 결심을 했다. 그는 이 세상에 진리가 아닌 것은 받아들이지 않기로 한다. 그러려면 무엇이 참이고 무엇이 거짓인지 알아야 한다. 그는 참과 거짓이 섞여 있는 명제를 부분 부분 잘라 참과 거짓으로 구분하는 분석을 시도했다. 그리고 '참'만을 모아서 그 참의 모임이 과연 '참'인가를 검토하는 종합을 시도했다. 그의 이런 '참'을 향한 방법은 근대과학의 방법론이 되었다.

생각해보면 데카르트는 참과 거짓이 섞여 있는 말 덩어리에서 거짓을 거르는 조리질을 한 사람이다. 조리는 물에 불린 쌀을 건져낼 때 사용하는 도구다. 조리질을 잘 하면 쌀에 섞여 들어 있는 돌은 물에 남기고 쌀알만 건져낼 수가 있다. 조리는 조릿대라고 하는 가냘픈 대나무의 가지를 엮어 만든다. 조리질은 삼각형으로 생긴 조리로 쌀이 담긴 물을 휘저어 그 흐름에 맞춰 떠오른 쌀알을 조리 안으로 건져내는 것이다. 그래서 조리질을 일정하게 하면 조리질로 만들어진 물결이 만드는 힘에 대응하는 존재들만 떠오르고 그렇지 않은 것은 남게 된다. 지금은 조리질할 필요가 없이 잘 정제된 쌀을 사먹지만 예전에 밥짓기는 조리질이 기본이다. 조리질이 잘 되지 않으면 밥을 먹다 돌을 씹기 일쑤이고, 그 기분이 너무 나빠 '밥 먹다 돌 씹는 기분'이란 표현이 있을 정도다. 조리는 매일 먹는 쌀을 건져내는 도구라서 사람들은 복도 좀 건져내면 좋겠다는 생각으로 정월에는 복조리를 사서 선물을 하고 집에 걸어두어 복을 부르는 상징으로 여겼다.

말에 섞인 돌을 건져내는 조리질은 말을 조리 있게 해준다. 말에 섞인 돌은 무엇일까?

첫째, 비속어와 거친 말이다. 종종 화가 나면 욕을 하고 소리를 지르고 얼굴 표정을 일그러뜨린다. 이런 표정과 말을 하는 사람의 말을 경청할 사람은 없다.

둘째, 지나친 칭찬이다. 지나친 칭찬은 의도를 담는다. 요즘 유행하는 소시오 패스를 구분하는 법에 지나친 칭찬과 순종을 경계하라는 것이 있다. 지나친 칭찬에는 그가 인정받고 싶다는 의도나 강요하고 싶다는 의도가 들어 있는 경우가 많다. 종종 지나친 칭찬은 상대방에 대한 인격

모독이 될 수도 있다.

셋째, 흐리지 않는 말이다. 말을 많이 하는데 서로 연관도 없고 중구난방의 '아무 말 대잔치'가 벌어진다. 농담하고 웃는 자리라면 용납이 되겠지만 종종 그렇지 않은 자리에서도 이런 말 습관을 갖고 있는 분들이 등장하여 모두가 빨리 자리를 뜨고 싶게 하는 경우가 있다. 말의 농도가 너무 옅어 맛이 없다. 말을 농축해서 짧되 분명하게 하는 것, 문장도 뼈대 있게 간추리는 것이 설득력을 증진시킨다. 쓸데없는 수식어도 모두 들어낼 돌이다. 조리질을 열심히 해야 한다.

엎질러진 물 같은 말과 빼도 박도 못하는 글 사이에서, 말의 사람과 글의 사람들의 이야기를 쓰면서 스스로를 돌아보지 않을 수 없었다. 사실 지금 이 순간에도 우리의 시선과 귀를 잡아채는 말의 사람들과 글의 사람들의 황홀한 말과 글의 잔치를 목도하는 것은 어렵지 않다. 마치 중국의 무술이 강한 타격을 위주로 하는 북권과 부드러운 원운동을 중심으로 하는 남권으로 대별되듯, 말의 사람과 글의 사람은 저마다 다른 스타일로 인생을 살고 사회와 소통하고 나름의 업적들을 남겼다. 글보다는 말로 하는 것이 좋은 사람이나 말하기보다는 글로 전하는 것이 편한 사람들이 있기 마련이지만, 말이 힘을 발휘할 때와 글이 힘을 발휘할 때가 다르다.

말로 풀면 문제가 작아지는데 글로 제시하면 문제가 커지는 경우가 있다. '간담회'라는 것은 서로 담화를 나누자는 모임이다. 문제를 놓고 서로 솔직한 의견을 나누고자 서로간의 입장 차이를 들여다보며 무엇이 명분상의 일이고 무엇이 실제적인 고민인지를 살피게 된다. 대화를 하다보면 서로 오해를 풀기도 하고, 인상을 쓰고 만났다가 웃으면서 포옹을 하는 일도 생긴다. 그래서 많은 문제들이 작아지고 해결되는 경우가 많다. 물론 간담회라 하여 진짜 간담이 서늘하게 되는 모임도 있지만, 이런 경우는 말의 힘이 잘 발휘되지 않아서 생기는 일이 대부분이다.

말로 도저히 되지 않으면 예전에 많이 유행하던 대자보가 벽에 붙는다. 벽에 붙은 글은 사물이 되어 사물이 갖는 특성상 무한한 외침이 된다. 그 사람의 목소리와 격정은 살아 움직여 읽는 사람의 가슴마다 파고든다. 그래서 글은 힘이 있다. 공문이 되었든 의견서가 되었든 대자보가 되었든 일단 글이 되면 문제는 견고해지고 종종 더 확대되는 경향이 있다. 그래서 좋은 리더의 덕목 중에 어려운 문제를 작게 만들 줄 아는 능력이 손에 꼽히나 보다.

말을 하든 글을 쓰건 성 어거스틴의 생각을 빌리자면, 우리는 적어도 하나의 문장이 끝나기 전까지 물리적 시간을 떠나 심리적인 현재를 누릴 수 있다는 것은 또 하나의 위로다. 정신없이 바쁘게 살았다는 말을 많이 하는 현대인들의 삶은 사실 말을 하고 글을 쓰는 것이 대부분이기에, 이것이 '정신없음'으로 표현될 것이 아니라 바로 현재라는 시간을 오래 붙들었다는 뜻이 될 것이다. 현재를 너무 오래 붙들었기에, 긴 현재가 끝나고 나니 물리적 시간이 한참 흐른 것이다. 그러면 우리는 시계를 보면서 갑자기 들이닥친 물리적 시간에 놀라서 심리적으로 흔들리게 마련이다. "벌써 퇴근할 시간이군…. 오늘 정신없이 살았어!"라고 외친다. 우리는 말을 하고 글을 쓰는 생각을 지어내는 동안에 커다란 생각 덩어리와 이것이 차지하는 현재라는 시간 덩어리를 만들어낸다. 이런 관점에서 보자면 내가 말의 사람인가 글의 사람인가보다는 얼마나 좋은 생각 덩어리를 얼마나 오랜 시간 덩어리에 담아낼 것인가를 고민해야겠다.

수많은 말 잘하기, 글 잘쓰기 비법이 펼쳐진 지금, 흉내 내기라는 간단한 방식을 제시하면서 약간 겸연쩍었다. 모두가 나만의 말, 나만의 글을 내놓고 싶어 하지만 그것은 흉내 내기의 3단계인 배임背臨에서 얻어질 것이니, 앞의 두 단계를 유념한다면 각자의 말하기와 글쓰기는 날로 좋아질 것이다. 서예의 대가들이 다양한 서체를 틈나면 임서하듯이 오늘도 많은 작가들이 자신이 좋아하는 작가의 글을 노트에 직접 필사하거나 번역을 하면서 작가가 사용하는 단어와 문장의 특징을 살펴 탁월한 글의 사람으로 변하는 모습은 흔하다.

말하기와 글쓰기는 각자 어느 것이 편한가라는 측면에서 구분된다. 그러나 만일 말의 사람이라면 기왕에 하는 말을 글로 써보고 이를 체화하여 말을 한다면, 본인의 말재주에 정연한 논리와 멋진 단어 선정이 곁들여져서 그야말로 천하를 흔드는 말을 하게 될 것이다. 동시에 만일 자신이 말보다 글이 우선인 사람이라면 자신의 글이 혹시 지나치게 문어적이고 논리적이어서 요즘 같은 SNS시대에 그다지 영향을 주지 못할 경우, 한번 말을 하고 그것을 글로 적는 방법을 써볼 필요가 있다. 아니면 쓴 글을 읽어보아 말처럼 들리는지 살펴볼 일이다. 이와 같이 말은 글을 통해서, 글은 말을 통해서 숙성되듯 우리가 음양의 순환을 체득하여 실천한다면 우리의 말과 글은 신선하고, 신기하고, 품위와 즐거움이 넘치리라는 생각을 했다.

에필로그를 쓰며, 이 책은 과연 그러한가라는 자기검열을 하지 않을 수 없었다. 당연히 그렇지 못하지만 용기를 내어 독자에게 다가가는 이유는 〈지금은 공사 중 ─ 통행에 불편을 드려 죄송합니다〉라는 공사장의 문구처럼 완성된 모습이 아니지만, 다 같이 조금씩 우리의 언서생활을 돌아보고 개선하자는 다짐에 기댄 까닭이다.

생각 없이 말과 글이 생겨날 수 없지만 생각은 말과 글로 생겨나는 상호작용적인 결과물이다. 말하다 보니 좋은 생각이 났다 하고, 끄적끄적 글을 쓰다가 갑자기 전혀 다른 글이 탄생했다고도 한다. 그러니 적극적으로 말을 하고, 적극적으로 글을 쓰는 것은 나만의 생각을 탄생 시키는 데 가장 좋은 방법이다. 친구가 없으면 혼잣말 하기와 일기쓰기만으로도 우리는 말과 글의 생활을 풍성하게 할 수 있다. 그러나 지인들을 만나 말과 글을 나누는 것은 생각의 충돌과 수용으로 더 큰 생각을 만들어 낼 수 있다. 그래서 유럽의 계몽시대는 수많은 클럽과 살롱의 모임으로 활짝 열리게 된다. 오늘의 우리는 당시 사람들이 만났던 클럽과 살롱 대신 SNS에서 많은 사람들의 생각과 삶을 들여다보고, 댓글을 달며 생각을 교환한다. 짧은 글이나 사진과 음악 등으로 표현되는 우리의 일상과 세계에 대한 의견은 모이고 쏠리고 들끓어 거대한 흐름을 만들기도 한다. SNS의 글들은 타임라인을 따라 과거로 흘러내려 마치 말을 한 것처럼 현재의 창에서 사라지지만, 사려 깊은 독자는 지난 시간에 했던 말들을 다시 꺼내 들여다 볼 수 있다는 점에서 글의 힘이 더 세지는 것 같다. 그러나 우리의 글 생활은 간단히 모여 수다를 떠는 것같이 점점 가벼워지고 짧아지고 있다는 점에서, 우리의 글쓰기가 과거와 같은 힘을 발휘하기는 쉽지 않을 것 같다. 그래서 그런지 문해력이 퇴보하는 시대를 걱정하는 글의 사람들이 하나둘 늘어나고 있다. 동시에 글쓰기 훈련보다는 동영상 편집기술을 익히고자 하는 사람들이 늘어나고 있다. 영상매체는 긴 묘사의 글을 간단한 사진으로 보여줄 수 있고, 자신의 음성과 표정으로 만나서 이야기 하는 것과 같은 전달력을 보여준다. 영상매체에서 글은 자막을 통해 만나게 된다. 빠르게 듣기 기능은 실제로 듣고 보기 시간을 절약시켜줄 뿐만 아니라 연사가 매우 열정적으로 강연하는 사람처럼 느끼게 해주는 효과도 있다. 최근 전문과학자들의 학술지에도 나타나기 시작하는 영상 저널은 앞으로 우리의 언서생활이 크게 달라질 것을 예고하고 있다. 과학논문은 창의적이고 도전적인 연구의 주제와 방법이 기술되는 것이지만, 그 형식과 어투 등에 어떤 종류의 수사학적 특징을 갖는다. 그래서 연구를 배움과 동시에 논문쓰기를 배우는 것이 과학자들의 학습 중의 하나가 된다. 그러나 동영상 논문은 이런 전통적인 논문 기술을 영상으로 대체하는 것으로, 논문에 등장하는 실험방법이나 장치에 대한 서술, 결과의 동적 특성을 영상화함으로 시각적 이해를 극대화하는 장점을 지닌다. 물론 이런 저널이 지금 엄청난 성공을 거둔다고는 할 수 없지만『사이언스』를 비롯한 저명한 논문들은 논문 이외에 보조 자료로 동영상 등을 첨부하는 것을 하용하고 있기도 하다. 이런 추세가 지속된다면 문서나 책이라는 전통적인 기록과 전달방식이 대폭 변형되어

디지털화된 멀티미디어 형태가 될 것이라는 것을 예측하는 것은 무리가
아니다.

이 책을 쓰던 2020년 4월은 코로나바이러스로 사회적 거리두기가 한
창인 시간이었다. 그리고 우리는 마스크를 쓰고 비대면 회의를 자주 했
다. 심지어 어떤 제안서의 평가를 받기도 했다. 눈만 보고는 상대방의 표
정을 읽기가 매우 힘들었고, 제안을 하는 입장에서 합리성과 성공을 위
한 열정을 전달하는 데서 이전의 대면을 하고 상대방과 공감하던 것과
는 너무 다르다는 것을 느꼈다. 비대면이 주는 시공간적 자유의 유익함
과 비대면이 주는 공감의 제한으로 인한 답답함은 비대면에 익숙하지
않기 때문이고, 시간이 지나면 능수능란하게 마치 옆에 앉아서 도란도
란 이야기하는 것 같은 자연스러움이 생길 것이라는 기대를 하기는 쉽
지 않았다. 그러나 학생들은 이전보다 더 편리하다고 여기는 사람들이
많아졌다. 수업시간에 손을 들고 질문을 하는 데는 많은 용기가 필요했
던 것이 우리나라 교실의 풍경이지만, 비대면 수업을 하면서 문자로 질
문하는 것을 훨씬 편리하게 생각하는 학생들이 많다. 마치 꺼림칙한 말
은 전화로 하기보다는 문자로 보내는 현상처럼, 비대면 강의라는 온라
인 교육에서 학생과 교수는 더 많은 질문과 대답을 하는 상황이 되었다.
학생들은 매우 빠른 속도로 질문이나 의견을 달았고, 교수들은 독수리
타법으로 맞춤법이 엉망인 채로 답을 하기도 했다. 공간을 넘어선 디지
털 의사소통의 결과는 신기하게도 전반적으로 강의 평가에서 강의 만족
도가 높은 것으로 나타났다. 그에 의아해하며 신기해한 교수들이 제법
되었다. 학생들은 자신들이 익숙한 소통방식에 교수들이 들어와 유창

하진 못하지만 소통하고자 애쓰는 모습에서 감동을 한 것 같아 보이기도 했다. 수줍음이 많아 조용한 학생이 문자 소통에서는 엄청난 수다쟁이가 되는 현상도 있었다. 반면 모이면 좌중을 휘어잡는 언변을 발휘하던 학생이 문자의 공간에서 매우 긴 침묵을 하다가 슬며시 나가는 일도 종종 보였다. 디지털 소통 공간에서는 음성보다는 문자가 적은 정보 용량을 차지하기에 훨씬 효과적인 전달수단이 되고 있다. 이모티콘을 사용하면 문자로 서로 인사를 나누는 것보다 훨씬 예의가 바르게 보이기조차 하다. 문자 대화를 짧게 하고 싶으면 "예" 대신 "옙"과 같은 글자로 이제 그만하자는 말투를 느끼게 해준다. 문자 대화는 단어를 축약하는 것을 촉진한다. "꿀잼" "노잼" "영끌" "찐" 이런 단어들이 오히려 더 소통을 촉진한다. 종종 새로운 축약어의 뜻을 찾기 위해 인터넷을 뒤져야할 때가 있다.

이제 비대면 소통사회에서 우리는 말은 하고 마는 것이 아니라 기록되어 증거가 되고, 다시 들으며 곱씹는 문자적인 성격을 갖게 되었다. 동시에 문자 대화는 글이 말로서의 즉각적인 소통의 도구로 등장하고 있다. 동시에 우리의 사고방식은 문자를 매개로 하기보다는 오히려 소리와 그림으로 유도되는 경향이 있다. 긴 글을 쓰는 능력이나 긴 글을 읽는 능력이 쇠퇴하고 있다. 이런 말과 글의 위기의 시대에 우리는 다시 한 번 우리의 오랜 생각의 도구인 말과 글의 사용을 점검하고 오히려 강화할 필요가 있다. 긴 글을 읽는 것이나 긴 글을 쓰는 것은 현재에 우리를 존재하게 해줄 뿐만 아니라, 그 생각 덩어리의 크기는 새로움을 창조하게 해줄 것이기 때문이다. 그래서 SNS 글쓰기의 즐거움에서 가끔 떠나는 것이 필요하다. 수첩이나 노트를 펴고 자신의 생각을 틈틈이 적는 것은 큰 도움이 된다.

가급적 그 글쓰기는 주제를 갖고 이어 쓰면 더 좋다. 그 조각글들이 모여서 하나의 큰 생각을 만들어낼 것이다. 그 생각을 글로 표현하고 대화의 도중이나 강연에서 말로 표현되게 된다면 말과 글은 하나가 될 것이다. 그리고 자신이 한 말을 모두 지키기 위해 애쓰는 삶은 우리의 인생을 한 차원 끌어올릴 것이 분명하다.

책의 끝머리에서 다시, 현재에 머무는 것의 의미, 침묵과 내면의 대화, 기록과 같은 단어들을 떠올리게 되는 것은 결국 수많은 말과 글이 흩어져 없어지는 것이 아니라 모여서 하나의 나를 창조해내는 가장 중요한 것들이고, 이것은 어쩌면 우리가 맞이하고 있는 비대면 사회에서 우리를 지켜낼 가장 믿을 만한 도구라고 여겨지기 때문이다. 결국 말의 사람 글의 사람은 다름이 아니고, 말과 글로 생각을 쌓아가고 이어가서 자신을 창조하는 사람이다.

말의 사람 글의 사람

초판 1쇄 인쇄일 | 2020년 10월 26일
초판 1쇄 발행일 | 2020년 10월 30일

지은이 | 이재영
펴낸이 | 박성면
펴낸곳 | 동아북스

출판등록 | 제406 - 2007 - 000071호
주소 | 경기도 파주시 문발로 115, 세종출판벤처타운 206호
전화 | (031) 8071 - 5201
팩스 | (031) 8071 - 5204
전자우편 | lion6370@hanmail.net

정가 | 13,800원
ISBN 979-11-6302-409-5 (03810)